没落伯爵令嬢は家族を養いたい
The Daughter of a downfall
Earl Wants to
Support Her Family
3
ミコタにう
illust. 椎名咲月
TOブックス

[目次]

The Daughter of
a downfall Earl
Wants to Support
Her Family

Contents

Illustration 椎名咲月
Design Afterglow

CHARACTERS

クルゼライヒ伯爵家

ゲルトルード

クルゼライヒ伯爵家の長女、
ゲルトルード・オルデベルグ。
21世紀の日本からの転生者。
王都中央学院1年生。

ナリッサ

コーデリア

アデルリーナ

ヨーゼフ

アーティバルト

✦ エクシュタイン公爵家 ✦

エクシュタイン公爵

エクシュタイン公爵家当主

ヴォルフガング・クランヴァルド。

✦ 商業ギルド ✦

エグムンド

✦ ツェルニック商会 ✦

ロベルト

リヒャルト

ベルタ

商会店舗をどう使う？

ここレクスガルゼ王国の王都リンツデールは、王宮の南側に市街地が広がっている。

王宮の南正面は大きな広場になっており、王宮で何かイベントがあるときは、その広場に市民が集まって見物できるようになっている。イベントっていうのは、王家の誰かの結婚式だとか王太子殿下の立太子礼だとか、そういうヤツね。

ふだんは閲兵式なんかもこの広場で定期的に開催されてて、私も下校途中にちょっとだけ見物したことがある。騎士と近衛がずらーっと並んでて壮観だった。

ちなみに、新年のお祭りもこの広場で開催される。

その王宮南正面の広場からは大通りが三本、王都の外に向かって延びている。南へまっすぐ一本、南東方向へ斜めに一本、南西方向へ斜めに一本だ。

その大通りの間に何本かの中通りが走り、それら王宮から放射状に延びた通りを横断する道路が何本も走り、網目状の市街地が形成されている。王宮前大広場から王都の外へと延びる大通りがいわゆるアベニュー、それらを横断している道路がいわゆるストリートみたいな感じかな。

私とエクシュタイン公爵さまが乗った馬車は、王宮の西側に広がる貴族街を抜けて、王宮前大広場へと向かっている。

しかし、新居を確認すると公爵さまから言われたときは、いったいナニを確認すんの？　と思ったんだけどねえ。本当にちゃんと確認してくださったわ。主に防犯関係なんだけどね。

いやもう、言われてみればまさにその通りよ。貴族街の中とはいえ、かなり外れのほうの立地だし……そもそも、夫人と令嬢しかいない家だって周囲にはもう知られちゃってるよね。当主が亡くなったことで、あんなでっかいタウンハウスを引き払って引越すんだもの。

それでなくてもお母さまは美し過ぎるしアデルリーナはかわいすぎる。そこを狙って押し入ってくるような輩《やから》が、それこそ先日の勘違いクズ野郎みたいなのが湧いて出ないとは限らないわ。

はー、護衛を雇うとなると結構な出費になるなあ。いったい何人必要なのかな、日中も夜間も警備してもらえるようシフトを組むとして……うー頭が痛くなるけど、必要なことだもんね。

それに……公爵さまにはいろいろと教えてもらえたわ。

私は、いつものように眉間にシワを寄せて私の目の前に座っている公爵さまに、ちらっと視線を送っちゃう。

本当に、本ッ当ーーーに、私には領主になる以外の選択肢なんてないのね……。

それを思うと、もう頭が痛いどころの話じゃないんだけど。

そんなことを思っているうちに、私たちの乗った馬車は王宮前大広場から、南へと延びる中央大通りへ入っていく。

これもまた正直に頭の痛い案件なんだけどねえ。

だってこれまたホンットに、ゲルトルード商会ってなんなのよ？

私が頭取を務める商会って……公爵さまもエグムンドさんも、よくまあそんなことを考えて、よくまあ実際に設立までしてくれちゃったもんだわ。それも、たった一日で、よ？

たった一日で、エグムンドさんはすべての根回しを行い、商会用の店舗まで用意してたっていうんだから……有能にもほどがありすぎるでしょ！

で、私たちが乗った馬車は中央大通りを少し下ったところで右折し、南西大通りのほうへと進んでいく。そして、その横断路が中央大通りと南西大通りの間にある中通りと交差しているところで停まった。

エグムンドさんがたった一日で用意した商会用の物件は、南側が横断路に、西側が中通りに面した角地にあった。玄関は西側で、南側には窓が並んでいるという三階建てだ。

中央大通りから西へ一本中通りへと入った場所で、しかも角地。大通りには面していないけれど王宮前大広場からも近く、貴族街からも近い。貴族家御用達のお店が多いエリアらしい。

建物の前で私たちが馬車を降りると、ノッカーを鳴らす前に扉が開き、エグムンドさん、ヒューバルトさん、それにクラウスが並んで私たちを迎えてくれた。たぶん南側の窓から、私たちが乗った公爵家の馬車が見えてたんだろうね。

「なかなかよい物件ではないか」

玄関を入って室内を見回しながら公爵さまが言うと、エグムンドさんがさっと頭を下げる。

「そうおっしゃっていただけて、安心いたしました」

「うむ、場所もいいし、広さもこれなら十分だろう」

公爵さまは満足げにそう言ってくれちゃってるんだけど、私はあまりの広さにびっくりしちゃってた。いや、南側の横断路を通っていたときにここだと教えてもらって、この建物一軒まるまるそうなの？　って、すでに驚いてたんだけどね。

いやもう、どんだけ手広く商売するつもりなんだよ、エグムンドさんも公爵さまも。

「この一階に店舗と商談用の部屋を置く予定にしております」

エグムンドさんが説明してくれる。「二階は実務を行う部屋と、在庫を保管しておく部屋を用意し、三階は商会員の宿泊に使用するつもりです」

そう言って、エグムンドさんがヒューバルトさんとクラウスを示すと、ヒューバルトさんがにっこりと笑った。

「当面は私とクラウスが、ここの三階で寝起きさせていただく予定です」

「あ、そうよね、クラウスは商業ギルドの寮住まいだったから」

そうだよ、クラウスは宿無しになっちゃうとこだったんだよ、と私が思わず声をあげちゃうと、クラウスはちょっと微妙な顔でうなずいた。

「さようにございます、ゲルトルードお嬢さま。こちらに住まわせていただけることになり、大変助かります」

って言いながら、クラウスの視線がちらっとヒューバルトさんに流れる。

そりゃーまあ、一応貴族家のご令息だからね、一緒に暮らすとなるとクラウスとしては当然気を遣っちゃうよねえ。しかもこんな、うさんくささたっぷりの人だし。

「でもヒューバルトさんも、こちらに住み込みのような形でいいのでしょうか？」

私の問いかけに、ヒューバルトさんはやっぱりうさんくさい笑顔でうなずいた。

「もちろんです、ゲルトルードお嬢さま。私も王都での拠点ができますので、非常に助かります」

エグムンドさんがまた説明してくれる。

「今後、商会員が増えた場合にも住み込みで三階が使用できますし、地方に支店を置いた場合なども、支店員がこちらに出てきたときの宿泊場所としても使用できるでしょう」

おおう、地方にも支店を置くつもりですか、エグムンドさん。なんかもう、ばっちりやる気がみなぎっちゃってる感、満載だわ。

「そうだな、その間取りでよさそうだ」

公爵さまもうなずいてる。

そしてまた室内を見回して公爵さまは言った。

「ただ、一階に店舗と商談用の部屋を置くのであれば、出入り口はもう一か所、設けたほうがよさそうだな」

「私もそのように考えております」

エグムンドさんもすぐにうなずいた。

そして公爵さまはさらに考え込むように言う。

「店舗には、コード刺繍を施した衣裳の見本なども、何点か展示すべきだろうか？　注文自体は、ツェルニック商会が商談用の部屋で受けることになるだろうが……」

「その店舗についてなのですが」

なんかいきなり、エグムンドさんの眼鏡キラーンがきちゃったよ。

エグムンドさんはそのキラーンな状態で、公爵さまと私に言った。

「閣下、それにゲルトルードお嬢さま、こちらの店舗であの『ぷりん』を販売することは、可能でございましょうか？」

プリン！　ここでプリンを売るの？

そうか、特に何屋さんって決める必要がないのであれば、ここで食べものを売っちゃってもいいんだよね。

もしプリンを売るなら、ほかのおやつも売りたいかも！

フルーツサンドとか、ドーナツとかもいいんじゃない？　ポテチやフライドポテトはちょっと方向性が違うかな？　うーん、やっぱスイーツ系でまとめるべき？　あ、メレンゲクッキーもいいよね、それにマルゴに頼んであるアレもいけるんじゃないかな？

などと、私が一気にイメージをふくらませちゃってる横で、公爵さまがちょっと眉を上げちゃってた。

「あの『ぷりん』を？　ここで販売？　いや、しかしあのようにやわらかなおやつだと、持ち帰るのが難しくはないか？」

「それにつきましては、実は『ぷりん』は容器に入った状態で作るものらしいのです」

エグムンドさんが私に問いかけてきた。

「ゲルトルードお嬢さま、クラウスから『ぷりん』はなにやらカップに入れた状態で、蒸して作るのだと聞きました。そのカップから取り出さず、そのカップにあの手で形を整えられる布でふたをすれば、持ち帰りも可能ではないかと思うのですが、いかがでしょうか？」

「なんと、ゲルトルード嬢、それは本当なのか？」

公爵さまがめっちゃ食いついてきました。

「え、ええ、本当です。プリンは、カップに入れて蒸して作ります。昨日、公爵さまに召し上がっていただいたときは、カップから出してお皿に盛っていましたけれど」

「では、カップに入れたまま、あの布でふたをしておけばそのまま持ち帰れると？」

近いです、公爵さま。

そんなにめちゃめちゃ食いついてくれなくても、瓶入り（カップ入り？）プリンに蜜蝋布でふたしてお持ち帰りくらい、全然問題ないと思います。

「そうですね、プリンは日持ちしないので、すぐに食べていただく必要がありますが、それ以外は特に問題なくカップ入りで販売できると思います」

「すばらしい！」

公爵さま、めっちゃ喜んでます。それに、エグムンドさんもノリノリです。

「ええ、本当にすばらしいです！　閣下、ではまず、この一階にある厨房を拡張いたしましょう。あの奥の扉の向こうに、来客にお茶を出すための小さな厨房があるのですが」

「そうだな、まず厨房の拡張だな。そして料理人を確保しなければ」

「料理人に関しては、私に心当たりがございます」

なんとヒューバルトさんもノリノリで言い出した。「すぐに面接していただくことも可能です」

「では、プリン以外のおやつも、何か売りましょうか」

私が何気にそう言うと、公爵さまもエグムンドさんもヒューバルトさんも勢いよくバッと私に振り向いた。

「ゲルトルード嬢、ほかにも販売できそうなおやつがあるのだろうか？」

「そうですね、何点か」

「何点もあるのですか！」

エグムンドさんもめっちゃ食いついてきました。

そんでもって、公爵さまやっぱり近いです。

「どのようなおやつなのだ？」

「ええと、これから試作するものもありますが……」

私はちょっと腰を引きぎみに答えちゃった。「先日お出しした、果実とクリームを挟んだサンドイッチなどもいいかと思いますし」

「うむ、あれも実に美味であった」

「確かに、あれも少々やわらかくて崩れやすいですが、あの布に包んで販売すれば」

「私はまだその『さんどいっち』を、いただけていないのですよね」

ヒューバルトさんが悔しがってる。

で、三人がミョーに盛り上がってるところに、私は言ってみた。

「どうせなら、お持ち帰りだけでなくカフェ……えっと、ここでお茶と一緒にお出しして食べてもらうようなお店にしてしまうのはどうでしょうか?」

だってここ、こんなに広いんだし、南側に窓が並んでて室内も明るいし、女子が気軽にお茶するにはとってもいいお店になると思うのよね。

ついでにいうと、クラウスみたいなイケメンくんがウェイターしてくれたら、女子は絶対通う。うん、おやつの美味しさプラス目の保養だよねー。ヒューバルトさんも、いまみたいにフェロモンに栓をしてくれてたら大丈夫だと思うし。って、貴族のお坊ちゃん(っていうトシでもないけど)がウェイターって無理かな?

まあ、ウェイターはほかにも雇えばいいし、そんでお店の中にコード刺繍のレティキュールとか小物を置いて、おやつも気に入ったらレシピを買ってもらえるようにしておいて、雑貨カフェっぽくすればいいいんじゃない?

もちろんテイクアウトもアリで、瓶入りプリンだけでなく、メレンゲクッキーなんかもボンボニエールみたいなかわいい容器に入れて売ったら、めっちゃ受けると思うんだけど。

などと、私はすっかり具体的なイメージをふくらませちゃってるのに、公爵さまたちはなんか目を見開いたまま固まっちゃってる。

なんだろう、私、またなんか常識のないこと言っちゃった?

いやいや、だってカフェっていうか、お茶してスイーツが食べられるお店だよ? って、もしかしてそういう、カフェみたいなお店って……存在してない……の？

そう思い至って、私はえーっとばかりに目を見開いちゃったんだけど、どうやらそれが正解だったらしい。

まずヒューバルトさんが、あっけにとられたように言った。

「おやつを購入するだけでなく、その場で食べられるお店、ですか？　その、お茶も一緒にお出しして？　つまり、商談のお客さまに出すお茶とおやつではなく、有料で飲食してもらうということですか？」

「それは、なんというか、茶会をまるごと飲食店で、有料で提供するようなものだということだろうか？」

公爵さまも首をかしげてる。

エグムンドさんも眉間にシワ寄っちゃってるし。

「それでは昼間の、お茶やおやつの時間帯に営業をして……夜はどうするのでしょう？」

「え、あの、お昼の営業だけでいいのではないですか？」

私も首をかしげちゃう。「お茶とおやつだけでいいので……夜も営業するとなると、夕食用のお食事を出すのはさすがに難しいでしょう？」

「ということは、あくまでお茶とおやつが主眼で、酒や食事は出さない飲食店、ということでしょうか？」

おいおい、ヒューバルトさんまで眉間にシワ寄っちゃってますよ？

私もなんかちょっと眉間に力が入ってきちゃうよ。それって、そんなに珍しいことなの？

「あの、そういう……お茶とおやつの飲食店って、王都にはないのですか？」

「地方でも、聞いたこともありません」

ヒューバルトさん、即答だよ。

「ええと、では、こう、女性がお買い物のついでなどに気軽に集まって、ちょっとお茶を飲んだりおやつをつまんだりしながら女性同士で気軽におしゃべりしたいときって、飲食店を利用したりはしないのですか？」

「貴族女性は自宅以外では、招待された邸宅でしか飲食などしない」

公爵さまも即答してくれちゃった。「例外として、茶会に提供するおやつを街の店舗で購入するさいに、その場の席で試食を勧められることはあるが……それらはすべて顧客への無料提供だ」

えっと、じゃあ平民女性はどうなの？

とばかりに、私はナリッサに顔を向けた。でも、ナリッサもすぐに首を振った。

「ゲルトルードお嬢さま、平民も女性が利用する飲食店は、食事処くらいでございます。ただ、食事処は夕食の営業でお酒も供されますので、女性のみで利用することはまずございませんし、男性と同伴していましても女性が食事処を利用すること自体、それほど多くはございません」

マジっすか。

もしかして、レストランとか居酒屋っぽい飲食店はあっても、カフェとか喫茶店っぽい飲食店ってまったくないってこと？

なんかもう、ぽかんとしちゃった私に、ヒューバルトさんが言った。

「というか、酒も出さない昼間のみの飲食店なんて、おそらく国内にひとつもないと思いますよ。貴族向けであろうが、平民向けであろうが」

そしてヒューバルトさんは感心したように言う。「酒と食事を出す飲食店ではなく、お茶とおやつを出す飲食店ですか……それは考えたことがなかったな。ゲルトルードお嬢さまの発想は本当に斬新だ」

いや、斬新って。

ホントにホントに、カフェとか喫茶店とかってないの？ ファストフード店みたいなのはないだろうとは思ってたけど、ちょっとお茶するようなお店がないって……なんか寂しくない？

でも、うーん、そうか……女性が気軽に外食できるような、そういう雰囲気がそもそもないのかもしれない。この国、女性の地位って本当に低いもんねえ。貴族女性でも財産を自分で管理させてもらえないレベルだもん。

それに、私が暮らしていた時代の日本でだって、女性のおひとりさま外食を白い目で見てくるような人もいたもんね。主婦がお惣菜を買って帰るだけで非難してくるような人たちとかもいたし。そういう人たちはやっぱり、女は家で家族のために料理をして、家族と一緒に食べることだけが『正しい』在り方だと決めつけてたってことだわ。そう思えば、日本でも外食産業って、ひと昔前までは男のためのものだったってことか……。

女性が気軽に外食できるかどうかって、実はその社会における女性の地位を測るバロメーターになってるのかもしれない。

などと、私が考えこんじゃってる間に、なんかヒューバルトさんもいろいろ考えてくれちゃったらしい。ヒューバルトさんってば、ちょっとわくわくしたような顔つきで言い出しちゃった。

「いや、これはでも、おもしろいですよ。お茶会は開催するのも、それに招待を受けるのも、かなり面倒ですからね。それが、ちょっと街へ出てきて店に入るだけで気軽にお茶会気分を味わえる。しかも最新レシピのおやつ付きですよ。ゲルトルードお嬢さまがおっしゃったように、買い物帰りに気軽に立ち寄れるような価格帯に設定しておけば、特に下位貴族家の女性からおおいに支持される可能性が高いです」

「そうしますと、貴族女性向け店舗、ということになりますか？」

エグムンドさんが考え込んでる。「その場合、コード刺繍に関しては別の店舗を用意したほうがいいかもしれません。流行を広げるためには、平民にも気軽に手に取れる敷居の低さが必要ですから」

「うーん、お茶とおやつの飲食店なら、平民の中でも裕福なご婦人がたはおそらく利用したがると思いますが……貴族女性のほうで気にするかたはいそうですね……」

ヒューバルトさんもまた考えこんじゃったんだけど、私も二秒くらいしてから気がついた。

そうだよ、貴族と平民は同じテーブルでお茶をしないんだったわ。

うわー、カフェを開くっていうだけで、こんなにいろいろ面倒なんだ。

買い物帰りや下校途中で、気の置けない友だちとちょっとお茶しておしゃべりするって、貴族だろうが平民だろうが、女子にはかなり必要なことだと思うんだけど。

いや本当に、貴族家の腹の探り合いでマウントしまくりのお茶会とかじゃなくてね。美味しいお茶とおやつで一息つけるお店、そんでもって一息つきながら気楽なおしゃべりができるお店って、絶対必要だわよ。

って、そう言ってる私には、そんな気楽なおしゃべりができるようなお友だちなんて一人もいないけどね！　今後そんなお友だちができそうな気配すら、いまんとこ微塵《みじん》もないしね！

だけどそういうことは、思いっきり棚に上げといて。

「では、貴族家の方がた向けには、個室をご用意するのはどうでしょう？」

私はもうその場の思い付きで言ったんだけど、ヒューバルトさんもエグムンドさんも、それに公爵さままで、またがっつり食いついてきた。

「それは、非常によい考えだと思います！」

ヒューバルトさんの目が輝いてる。「貴族のお客さまは個室にご案内し、平民のお客さんには食事処のような席を用意しておく。そうすれば、お互いを気にせずお茶を楽しめますよね」

「なるほど、確かに個室であれば貴族女性も安心して利用できそうだな」

公爵さまがうなずき、エグムンドさんもうなずいている。

「個室で、さらに予約制にしておけば、こちらも対応しやすいと思います。事前にご希望のおやつをお伺いしておき、当商会の者に給仕させるのか、それともお連れの侍女に給仕していただくのかといったことも、予約のさいに確認しておけばいいですし」

「あと、完全に別室扱いになる個室のほかにも、衝立などで簡単に仕切って、そのときだけおとなりの席が見えなくなる形にできるようにしておくのも、いいかもしれませんね」

完全予約制の個室のほかにも、もうちょっと気軽に立ち寄れる雰囲気があればと思って、私はまた思い付きを口にした。

そしたらまた、ヒューバルトさんががっつりうなずいてくれる。

「それも非常によい案だと思います。そういう間仕切りができる部分があれば、給仕をされない侍女のみなさんにも、そちらでお茶を楽しんでもらえますし」

なるほど。確かにそれも必要よね。

ホントに不思議なんだけど、侍女は『侍女』っていう括りらしいのよ。平民のナリッサも私の専属侍女だということで、ほかのご令嬢の侍女が貴族家出身であっても、お茶会の待ち時間は侍女同士一緒にテーブルについていてOKなのよね。夜会でも侍女専用の控室があって、平民貴族関係なくお供の侍女はみんなそこで待っていて、軽い食事も出してもらえるんだって。

だから、お客さまがイケメンウェイターの給仕をご希望されたとき、その間待っている侍女さんたちも間仕切りの向こうでお茶してもらえるっていうのは、すごくいいと思う。

「うむ。では、ここは茶会などの飲食もできる店舗として利用する、その方向で改装を進めていくことにしよう」

公爵さまが大きくうなずいてくれちゃった。

と、いうわけで、私たちは我が家へと向かっております。

私たちの乗った公爵家の紋章入り馬車の後ろには、エグムンドさんとヒューバルトさんとクラウスの乗った馬車も続いております。

ええもう、こうなることはわかってたわよ。全員、我が家のおやつが目的です。

いや、一応お題目は、商会用物件の改装について話し合うためなんだけどね。

まだ家具もろくに置いていない建物の中で、立ったまま公爵さまや私に長時間お話ししていただくわけにはいきませんので、とかなんとか丸め込まれて、結局我が家に向かっております。

マルゴ、今日もたくさんおやつが必要だわ。頼りにしてるわよ。

そんなこんなで戻ってきた我が家なんだけど、なぜか門が開いてる。

なんだか嫌な予感がしたのは私だけじゃなかったようで、公爵さまも近侍さんもすぐに馬車の窓から顔を出して玄関のほうを確認してくれた。

そして窓から顔を戻した公爵さまは、思わず緊張を走らせてしまった私とナリッサの前で……あれ？　なんで頭を抱えちゃったんですか、公爵さま？

公爵さまの横では、近侍アーティバルトさんもちょっと頭を抱えてるし、私はナリッサと顔を見合わせてしまった。

公爵さまは何も言ってくれず、わけが分からないまま私たちの乗った馬車は玄関前の車寄せに到着した。

そこには、すでに馬車が二台停まっていた。どちらも、紋章入りの立派な箱馬車だ。

いったい誰が我が家に来てるの？

本当にわけがわからずどきどきしながら、私は公爵さまに手を取ってもらって馬車から降りた。

降りて、開いちゃってる玄関の扉に向かおうとして……お母さまの歓声が聞こえた。

突然のお客さま

か、歓声だよね？　悲鳴じゃないよね？

慌てて玄関の中へ駆け込んだ私が目にしたのは……お母さまが見知らぬ二人の女性と抱き合っている姿だった。

「リア！　貴女って本当にまったく変わってないのね！」

「何を言っているの、レオもメルもまったく変わってないわ！」

「ああもう、またこうしてわたくしたち、三人で会えるなんて！」

「本当にどれほどこの日を待ちわびていたことか！」

「それだけではないわ、わたくしもリアも、ようやく解放されたのよ！」

三人で抱き合ってきゃあきゃあと大騒ぎしているお母さま。

はい、わかりました。

ついにご登場です、レオポルディーネお姉さまです。

しかも、侯爵家夫人にして凄腕絵師だというメルグレーテさまもご一緒のようです。

なんというか、私はびっくりと安堵で脱力しちゃったんだけど。その私の後ろから入ってきた公爵さまは、一瞬遠い目をしてから、わざとらしく咳ばらいなんかしてくれちゃった。

「あーレオ姉上、感動の再会おめでとうございます。せっかくですから、ご当家の客間に招いていただきませんか？」

そう言われてパッと振り向いたのがレオポルディーネさまで間違いなし。

「あらヴォルフ、貴方どうしてご当家に……って、ゲルトルードちゃんね！　貴女がリアの自慢のお嬢さん、ゲルトルードちゃんなのね！」

いきなり、大迫力の美女が私に抱きついてこられました。

いやもうマジで、ゴージャスでグラマラスでファビュラスなご夫人です。背が高くてボンキュッボン！　なダイナマイトバディで、波打つ豊かな黒髪に真っ赤なドレスがめちゃくちゃ似合っておられます。

「ずるいわレオ！　リア、わたくしにも貴女の自慢のお嬢さんを紹介してちょうだい！」

そう言いながら駆け寄ってこられた、こちらは小柄で童顔で、まるでビスクドールのような愛らしいご夫人が、メルグレーテさまのようです。

私、ただいま、まったくタイプの違う美女お二人にもみくちゃにされております。

「待って待って、レオもメルも！　ルーディがつぶれてしまうわ！」

お母さまがなんだか泣き笑いのように言いながら、私とその美女お二人の間に割ってはいってく

れた。

「お帰りなさい、ルーディ」

私を抱きしめてくれたお母さまが、本当に嬉しそうに言う。

「わたくしのお友だちを紹介させてちょうだい。こちらがガルシュタット公爵家夫人のレオポルディーネさま、そしてこちらがホーフェンベルツ侯爵家夫人のメルグレーテさまよ」

「わたくしのことは、レオと呼んでちょうだい！」

「わたくしのこともメルで！」

二人そろってまた私を抱きしめようとしてくれちゃう。

「だからわたくしたちにも、貴女のことはルーディと呼ばせてちょうだいね！」

「も、もちろんでございます」

私はやっと声を出すことができた。

いやもう、なんなんでしょう、この嵐のようなご挨拶は。

公爵家夫人と侯爵家夫人を前に、はじめましてもナニもあったもんじゃないんですけど。なんというか、公爵さまがちょっと遠い目をしてらっしゃる、その気持ちがわかった気がするわ……。

その公爵さまは、軽く頭を抱えたまま視線をそっと外してらっしゃいます。近侍アーティバルトさんはいつも通りうさんくさい笑顔だけど。

それに、ナリッサが笑顔を貼り付けたまま固まっちゃってる。そのナリッサの両サイドに見たことのない侍女がいて、ナリッサの脇を左右からがっちり押さえてるんですけど？

そうか、コレはアレだ、さっきレオポルディーネさまが私に抱きついてこられたとき、とっさにナリッサが飛び出そうとして押さえられたに違いない。ナリッサを押さえてるのは、おそらくレオポルディーネさまとメルグレーテさまの侍女さんね。ううむ、このナリッサを押さえられるとは、なんとも恐るべし。

そして、玄関の向こうではエグムンドさんとヒューバルトさんが、特に動揺したようすもなく気配を消すようにして立ってる。

でも、クラウスの顔はちょっとひきつってるね？

わかるよクラウス、私も中身は小市民だから、こんな迫力満点美女、しかも最上位貴族家夫人にいきなり迫られちゃったら、どう反応していいかわかんないよ。私、別に落ち着いてたワケでもなんでもなくて、あまりのことに完全にフリーズしてただけだからね。

いやーさんざんウワサは聞いてたけど、さすがです、レオポルディーネお姉さま。

それに、プリティ系美女メルグレーテさまもおそらく一癖ありそうです。

とにかく私は気を取り直して言った。

「お母さま、せっかくですから、レオポルディーネさまと――」

「レオ、よ。ルーディちゃん？」

即行でレオさまからチェック入りました。

「はい、あの、レオさまと、メルさま、に、お茶を召し上がっていただきませんか？」

「そうね、お茶にしましょう！」

お母さまは嬉しそうに手を打っちゃう。「レオ、メル、我が家のおやつは本当に美味しいの！ぜひ貴女たちにも味わっていただきたいわ」

えっと、公爵さまに近侍さんにエグムンドさんにヒューバルトさんにクラウスに、さらにレオさまとメルさまね。お二人の侍女さんたちはどうしよう？　近侍アーティバルトさんは当然席についておやつ食べるもんね？　そうすると合計何人になっちゃう？

私はささっとその場に視線を走らせ、人数を確認する。

そして玄関ホールの隅にひそやかに立っていたヨーゼフに視線を送ると、ヨーゼフは確信をもってうなずいてくれた。

ええもう、我が家の優秀な使用人に任せるわ！　みんな、マジでお手当、はずむからね！

我が家の客間の主賓席に、悠然と腰を下ろした公爵さまが、いつものように優雅に足を組み替えておられます。

ええ、その動作がすでに、公爵さまがそわそわしてらっしゃることを如実に物語ってますね。

いやーなんかもう、レオさまメルさまいきなりご登場で、あらゆることが吹っ飛んじゃった気がしちゃうけどね、でもおやつは絶対欠かせない。そうですよね、公爵さま？

いまはまだ、エグムンドさんたちがレオさまメルさまの前に膝を突いて、ご挨拶をしているところですよー。

「ええっ、ゲルトルード商会ですって？　ヴォルフ、貴方ってば、なんておもしろそうなことをしているの！」

公爵さまからさっそく一通りの説明を受けたレオさまが、身を乗り出してそんなことを口走っておられます。いや、おもしろそうなことって。

そんでもって、公爵さまもさらりと答えちゃってます。

「レオ姉上も参加されますか？」

「もちろんよ！」

「では、エグムンド」

公爵さまはやっぱりさらりと指示を出した。「ガルシュタット公爵家夫人レオポルディーネ・クラムズウェルを、ゲルトルード商会の顧問に加えておいてくれ」

「かしこまりました」

って、あの、マジ？

なんかものすごーく簡単にさらっと流れてったけど、公爵家夫人が顧問に加わるって？

えっと、あの、ゲルトルード商会って、この国に四家しかない公爵家のうちふたつが、バックについちゃうってこと……に、なっちゃうの？

そしたらなんかもう、当然のようにメルさままで言い出した。

「あら、ではわたくしも参加させていただけるかしら？　ああでも、我が家の場合はわたくしではなく息子の名前のほうが、侯爵家として顧問になるにはいいのかしら？　未成年だけれど、陛下に仮当主として認めていただいたのだから」

「どちらでも結構です」

公爵さまが鷹揚にうなずく。

そこで、お母さまが口を開いた。

「もし顧問になってくださるなら、ご子息のお名前のほうがいいのではないかしら？　メルには別にお願いしたいことがあるのよ」

「あら、リアがわたくしに？」

メルさまのすみれ色の目が、嬉しそうに輝いてる。

お母さまも嬉しそうにうなずいた。

「ええ、メルには絵を描いてもらいたいの」

「そうきたわね？　わたくし、なんの絵を描けばいいのかしら？」

「お料理の絵よ」

「お料理？」

意外そうに目を見張っちゃったメルさまに、お母さまはさらに嬉しそうに言った。

「そうなの。ルーディが考えたお料理のレシピを、紙に印刷して販売する予定なのよ。もちろんゲルトルード商会の商品としてよ。そのレシピにぜひ、メルに絵を描いてもらいたいの」

「あら、まあ！」

メルさまが目を見張って片手で口元を押さえてる。「それは、なんとも楽しそうなお話ね！」

好奇心を刺激されちゃったのはメルさまだけではないようで、レオさまもちょっと目を見張って言い出してくれちゃった。

「レシピを紙に印刷して販売する、ですって？　本当におもしろいことを考えたものね」

「ええ、料理の絵とレシピの文章を組み合わせた絵巻物のような仕立てにして、購入者にはそれを綴《つづ》ってもらうようにと考えています」

公爵さまがそう説明してくれると、メルさまが身を乗り出してきちゃう。

「レシピを絵巻物に仕立てるなんて！　本当におもしろいわ。いったい誰が、そんなことを考えついたの？　ルーディちゃんが考えたのかしら？」

メルさまに顔を向けられ、私は慌てて答えた。

「ええと、あの、皆で話し合っているうちに、そういう案にまとまったような感じです」

「ゲルトルード嬢は、考案する料理自体も独創的ですが」

公爵さまがちょっと口角を上げて言った。「レシピの書き方に関しても、彼女は非常に独創的でしてね」

いやいや、箇条書きレシピを独創的と言われても。

そりゃ確かに、ただずらずらと段落分けもほとんどないような文章だけで書かれたレシピしか見たことがない人にとっては、かなり独創的なのかもしれないけど。

そして公爵さまは、しれっと私に言った。

「ではゲルトルード嬢、今日もそろそろ、きみが考案した独創的なおやつを味わわせてもらえるだろうか？」

はいはい、わかりましたとも。とにかくいますぐ食べたいんですね？

「そうですね、ではお茶の準備を」

とりあえず私は笑顔を貼り付けてヨーゼフを呼んだ。

すっと音もなく私の傍へ来たヨーゼフが、小声で告げてくれる。私はうなずいて、公爵さまに言った。

「本日は少々お時間も遅くなっていることですし、まず軽くお召し上がりいただけるサンドイッチからご用意いたします」

公爵さまはちらっと眉を上げてうなずいた。

「そうか。もちろん喜んでいただこう」

ふふふ、サンドイッチはすでに食べたからなー、とか思っちゃいましたね、公爵さま？　本日のサンドイッチは一味違いますのよ？

まだサンドイッチを食べたことのないヒューバルトさんが、かなり嬉しそう。

そんでもって、レオさまメルさまの『さんどいっちって何？』っていう問いかけに、お母さまがいたずらっぽく答えてる。『とっても美味しいわよ』って。

我が家の優秀な使用人たちが、素早くお茶の準備を整えていく。

ヨーゼフとシエラが押してきたワゴンには、サンドイッチが盛られたお皿がぎっしり積み込まれている。

うわーいマルゴ、今日はベーコンレタスサンドと卵サンドを作ってくれちゃったんだ！

卵サンドは、私がちらっと話したタルタルソースのことをちゃんと覚えてたらしく、粗くつぶしたゆで卵と刻んだ野菜をマヨネーズで和えてパンに挟んである。

当然、切り口も本当に彩《いろどり》がよくきれいで、見るからに美味しそう。さすがマルゴ。

でも今日のポイントは、なんてったってマヨネーズよ。新鮮なマヨネーズのやわらかな酸味を含んだ香りが、お皿を手に取る前から漂ってきちゃってる。

近侍のアーティバルトさん、それにレオさまとメルさまの侍女さんたちも手際よく給仕をしてくれて、全員にお茶とサンドイッチが行き渡った。そしてアーティバルトさんだけでなく、侍女さんたちにもお席についていてもらった。

さあ、私とお母さまが最初に口をつけて、とお茶のカップを持ち上げたところで気がついた。

メルさま、目が超マジです！

「おもしろいわ、薄く切ったパンに具をはさんでるのね？　ベーコンとレタスの色合いがとってもきれい。それにパンに塗ってあるクリームソース？　ほんのり黄色くて……このソースって、こちらの卵のほうにも使ってあるわよね？　こちらも卵の黄色と白に……」

なんかぶつぶつ言いながら、メルさまはお皿を持ち上げいろんな角度からサンドイッチを観察していらっしゃいます。

あー、この人、本当に『描く』人だわ。

私はむしろ感心したというか、安心した。プロだわ、この人。

だって、完全にそういう目で対象物を見てるもの。メルさまはもう、このサンドイッチを『絵』

にすることを前提にして見てるのよね。色合いや質感、そういうものを頭の中で平面に変換し、どの角度でどう描くのがいちばんいいだろうって考えながら見てるんだと思う。

レオさまがくすくす笑って、メルさまの肩をぽんとたたいた。

「メル、すっかりその気になっているのね。でも、まずは味わってみましょうよ」

「え、あ、そうね。いやだわ、わたくしったら。失礼いたしました」

ちょっと肩をすくめて上目遣いしちゃうメルさま、童顔なだけにあざといです。

でもお母さまは嬉しそうに笑ってます。

「メル、相変わらずね。貴女も本当に変わってないのね」

そしてお母さまは手にしていたカップからお茶を一口飲み、私と視線を合わせてから卵サンドを口に入れた。もちろん、私も一緒にベーコンレタスサンドを口にする。

おお、おいっしいーーー！

がっつりベーコンにしゃきしゃきレタスが、マヨネーズのなめらかな酸味にマッチしまくり！

「さあ、皆さまもお召し上がりくださいませ」

お母さまも私も、本気の笑顔で言っちゃったわよ。

私たちの言葉にまずレオさまが、ためらいもなくベーコンレタスサンドに口をつけた。

「なにこれ！　とっても美味しいわ！」

レオさまのとなりで卵サンドを口にしたメルさまも目を見張っちゃってる。

「これ、ゆで卵よね？　どうやったらこんなに美味しいお味になるの？　この黄色いソースっていったい何？」

美女お二人の反応に、公爵さまや近侍アーティバルトさんもサンドイッチを口にした。そんでもって、そろって目を見張っちゃった。

「これは……前回とは違うソースを使用しているのか？」

「いや、びっくりするほど美味しいですね」

ヒューバルトさんも、ものすごく嬉しそうにサンドイッチを頬張ってる。

「本当に美味しいですね！　いままでに食べたことのない味です」

ふふふふふ、みんなマヨネーズの美味しさを堪能するがいいわ！


「このレシピ、購入させていただくわ」

サンドイッチをがっつりお召し上がりになったレオさまが、優雅に口元をナプキンで拭いながら言い出した。

「この『さんどいっち』とソースは別々のレシピになるのかしら？　その場合はもちろん両方購入させていただくわよ」

「わたくしもお願いしますわ」

メルさまもにこやかに言う。「もちろん、わたくしも両方で。わたくしの息子は少々食が細いのだけれど、これなら喜んで食べてくれそうですもの」

「レオ姉上、それにメルグレーテどの」

公爵さまが澄ました顔で答えちゃった。「これらのレシピの販売は年明けを予定しております。現在はご予約という形になりますが、よろしいでしょうか？」

「年明けですって？」

レオさまの眉間にシワが寄る。

なんか、その表情が公爵さまとすごくよく似てる。ホントに姉弟なんだわ、このお二人。目の色は全然違うんだけど。

「もう少し早く、口頭で伝えてもらうことはできないのかしら？　もちろん、絵巻物に仕立てるというレシピも個別に購入するわ」

公爵さまの視線が、私に向いた。

「と、ご希望のようだがどうする、ゲルトルード嬢？」

えー私に投げるんですかあ？

私は思わず目をすがめちゃいそうになったけど我慢した。だって、レオさまもメルさまも期待いっぱいのまなざしで私を見てるんだもん。

ここはもう、にこやか～に言っておくべきよね？

「レオさまもメルさまも商会の顧問になってくださるのですし、もちろん先に口頭でお伝えいたします」

「ありがとう、ルーディちゃん！」

「ええ、嬉しいわ！　すぐに我が家の料理人をこちらへ寄こしますね！」

レオさまもメルさまも、また私に抱きついてくれちゃいそうな勢いです。

一方、公爵さまは明らかに不服そう。なんですか、その眉間のシワとへの字口は。公爵さまには昨日、プリンのレシピだってあげたでしょ？　私がその場で書いた、箇条書きのレシピを。

なんかもう、面倒くさいなと思いつつ、私はフォローを入れちゃった。

「メルさまにはお料理の絵を描いていただくために、必然的にレシピはお伝えすることになりますしね」

「ええ、もちろんそうね」

メルさまがうなずいてくれる。「でも、実際に我が家でそのお料理を作っていいかは、また別のお話でしょう？　料理人に伝えてもらえるということは、実際に作って食べてもいいということになりますものね」

なるほど、そういうものなのですか。

「もちろん実際に作っていただいて、召し上がっていただいて結構です」

私はにこやかにうなずいておいた。

「では、明日にでも我が家の料理人をこちらへ伺わせてもいいかしら？」

レオさまがノリノリです。もちろんメルさまも。

「そうね、もしよければ、我が家の料理人も。そうすれば、一度で済みますものね」

なんで皆さん、そんなに仕事が早いんでしょう。

明日の予定ってどうなってたっけ、と思いつつ私は答えた。

「では、念のため、我が家の料理人に確認を取らせていただきますね」

そんでもって、まだちょっとむくれてるっぽい公爵さまにも声をかける。

「公爵さまはどうなさいますか？　もし、公爵家の料理人さんもご一緒していただけるのであればとても助かります」

「我が家の料理人も？」

公爵さまが眉を上げちゃった。

やだわ、この人、忘れてるのかしらね。

「もちろんです。公爵家から『新年の夜会』のご祝儀として、このサンドイッチもお届けになるのでしたら、早めにレシピはお伝えしておいたほうがよろしいかと思いますので」

「ああ、そうであったな」

公爵さま、嬉しそうなのが隠しきれてません。そしてなんだか、ちょっと勝ち誇ったように言い出しちゃったよ。

「では『ぷりん』の作り方について、ご当家の料理人に質問させてほしいと我が家の料理人が言っているので、申し訳ないがそちらも頼めるだろうか？」

「あら、『ぷりん』って何かしら？　ほかのお料理なの、ルーディちゃん？　それに、『新年の夜会』のご祝儀って？」

当然のごとくレオさまが食いついてこられました。

でもって、私が答える前に公爵さまはやっぱり勝ち誇ったように答えちゃってます。

「『ぷりん』もゲルトルード嬢が考案した新しいおやつです、レオ姉上。それはもう不思議な食感で、すばらしく美味しいおやつですよ」

「新しいおやつなの？　不思議な食感って？　ルーディちゃん、わたくしたちにもその『ぷりん』とやらを、味わわせていただくことはできるかしら？」

公爵さま、お姉さまを煽らないでください。

さすがに今日はもう、マルゴもプリン作ってないよ。どうすんのよ、コレ？

私が頭を抱えそうになってるのに、公爵さまはさらに言っちゃうし。

「そもそも、ゲルトルード嬢が考案した『さんどいっち』は、これだけではありませんよ、レオ姉上。細長いパンを使った『さんどいっち』もありますし、具材にクリームと果実を使用したものも大変美味です」

「ええっ、そんなにいろいろ種類があるの？　どうしましょう、それらすべて、レシピの正式な販売前に購入させていただけるかしら？」

「さすがに種類が多いので、すべて口頭ではご当家の料理人の負担が大きいでしょう。レオ姉上はいくつか種類を絞られては？　ああ、もちろん我が家は」

公爵さま、思いっきりどや顔で言っちゃった。「『新年の夜会』のご祝儀用に、すべてのレシピを伝えてもらう予定にしておりますが」

って、さっきまでソレ、忘れてなかったですか、公爵さま？

そんでもってアナタたちご姉弟、いいトシしてなんでそんなに仲がいいんですか？

弟公爵さまの煽りに、姉レオさまは完全に色めきたっちゃってます。

「すべてのレシピですって？　その『新年の夜会』のご祝儀というのは……もしかして、この『さんどいっち』を『新年の夜会』の軽食に出すつもりなの？　えっ、ちょっと待って、我が家からもご祝儀として出していいかしら？」

「おや、レオ姉上のところには、いま在学しているお子はおられませんでしょう」

「何言ってるのヴォルフ、それこそ貴方だって」

「私はこのたび、ゲルトルード嬢の後見人となりましたので」

公爵さま、最高にどや顔です。

だからなんで、そんなに楽しそうに張り合いまくっちゃってるんですか。仲良し姉弟にもほどがありますよ、もう。

「ではルーディちゃん、わたくしにはとりあえず、本日の『さんどいっち』と、このソースのレシピだけ、先に教えてもらえるかしら？」

メルさまが、何事もなかったかのように、さくっと笑顔で言い出されました。やんごとなきご姉弟の張り合いは完無視です。メルさまムテキ、いえステキすぎます。

「先ほども言いましたけれど、わたくしの息子は食が細くて……体も弱かったの。最近になってようやく丈夫になってくれたのだけれど、わたくしとしてはもっと食べてもらいたいのよ。このソースならきっとあの子も、喜んで食べてくれると思うのよね」

「ええ、メル。このソースなら貴女のご子息も絶対気に入ってくれると思うわ」

お母さまも何事もなかったように会話しちゃいます。「我が家のアデルリーナも食が細いのだけれど、このソースを使ったお料理は本当によく食べてくれるの」

ね？　と、お母さまに笑顔を向けられ、私は大きくうなずいてしまった。

「そうなのです、我が家のアデルリーナもこのソースを使ったお料理、特にお芋のサラダは本当にお気に入りで。苦手だった人参が入っていても、まったく気にせずにたくさん食べてくれるようになりました」

「まあ、それはよかったこと」

メルさまは嬉しそうに言い出してくれちゃった。「ねえリア、もしよければ、アデルリーナちゃんもわたくしたちに紹介してくれないかしら？　まだ魔力が発現していないといっても、わたくしたちとお話ししたりおやつを食べたりすることに、なんのさわりもないでしょう？」

「そうよ、お願いするわ、リア」

なんかレオさまも何事もなかったように言い出されました。「わたくしの娘も十歳なのよ。魔力の発現はまだなのだけれど、すぐにでも紹介するわ。貴女のアデルリーナちゃんが、わたくしのジオラディーネのお友だちになってくれたら本当に嬉しいわ」

おおおお、レオさまのお嬢さま、アデルリーナと同い年ですか！

それはもうぜひぜひ、ご紹介くださいませ！

と、いうわけで、アデルリーナが客間にやってきた。

シエラに連れてこられたアデルリーナは、お客さまの多さに目を丸くしてる。その表情がまたとってもかわいらしくてかわいくてかわいく（以下略）。

「リーナ、こちらへいらっしゃい」

お母さまが立ち上がってアデルリーナを招く。「わたくしのお友だちを紹介するわ」

私も立ち上がって妹を招いた。

「リーナ、こっちよ。公爵さまにはもうご挨拶してあるから大丈夫よね？」

公爵さまが鷹揚にうなずいてくれて、アデルリーナもちょっとホッとしたようすだ。

「さあリーナ。こちらのかたはガルシュタット公爵家夫人のレオポルディーネさま、そしてこちらのかたはホーフェンベルツ侯爵家夫人のメルグレーテさまよ」

お母さまに促され、アデルリーナはスカートをつまんで軽く膝を折る。

「初めまして。クルゼライヒ伯爵家次女のアデルリーナです。よろしくお願いします」

「まあ！　しっかりご挨拶できたわね！」

「本当、カーテシーもとってもお上手よ！」

レオさまもメルさまも大絶賛である。

ふふふふふ、当然よ、我が家のアデルリーナはそりゃあもう賢くてかわいくて賢くてかわいくてかわいくてかわい（以下略）。

って、レオさまってば、ちゃっかりリーナを抱っこして自分のお膝にのせちゃってるし、メルさまもリーナのぷにぷにほっぺをなでなでしちゃってるし。

「わたくしのことはレオと呼んでね」

「わたくしのこともメルと呼んでちょうだい」

「はい、あの、レオさま、メルさま？」

小首をかしげて、語尾がちょっと上がっちゃってるアデルリーナときたら！　もうかわいくてかわいくて本当にかわいくてかわいい（以下略）。

「わたくしたちも、貴女のことはリーナちゃんと呼ばせてちょうだいね」

「もちろんです」

「本当にお利口さんね。リーナちゃん、貴女のお母さまがルーディちゃんも貴女のこともとっても自慢しているの、すごくよくわかるわ」

そんなことを言われちゃって、アデルリーナがなんだか恥ずかしそうにもじもじしてるんですけど！　ああもう、そういう表情のすべてがとにかくかわいらしくてかわいくてかわいいのよ、私の妹は！

「リーナちゃん、わたくしの娘も貴女と同じ十歳なの。今度紹介させてちょうだいね」

レオさまの言葉にリーナの目がまた丸くなり、私とお母さまのほうに向いちゃう。

お母さまが嬉しそうに言った。

「リーナ、レオのお嬢さまと仲良くできるといいわね。学院でも同級生になるのだし、きっとすごく楽しいわよ」

「お友だちになって、いいのですか？」

「もちろんよ！」

びっくりしたように問いかけたリーナを、レオさまがぎゅっと抱きしめる。

「貴女のお母さまとわたくしは、学院時代からずっと仲良しのお友だちなのよ。貴女と、我が家のジオラディーネがお友だちになってくれたら、こんなに嬉しいことはないわ」

ああ、本当によかった。

これでアデルリーナは、学院に入学する前にちゃんと子どもの社交を経験できる。いまから経験しておけば、学院に入学してからもご令嬢同士のお付き合いに戸惑うことはないはず。

まあ、最初のお付き合いが公爵家のご令嬢なんて、ちょっとご身分が高すぎないかって心配もなきにしもあらずだけど、それでもこの天使のような素直でかわいいかわいいかわいいアデルリーナと仲良くなれないご令嬢なんていないに決まってるわ（断言）。

そこで私は、この際だからもうひとつの懸案を言い出してみることにした。

「あの、レオさま、メルさま、お二人にお願いがあるのですけれど」

「あら何かしら、ルーディちゃん？」

「ルーディちゃんにお願いごとをしてもらえるなんて嬉しいわ」

パッと二人の顔が私に向いちゃう。

「あの、よろしければ、本当によろしければ、なのですが、アデルリーナに家庭教師をご紹介いただけないでしょうか？」

レオさまメルさま、そろって納得顔でうなずいてくれた。

一応ね、アデルリーナのお勉強は私がみるつもりだったの。そのつもりで、お母さまとも話し合ってはいたの。

でも、私はこれから本気で領主教育を受けなきゃいけないわけだし、まず自分が勉強しなきゃいけないことが山のようにあると思うのよ。それに、商会の頭取まですることになっちゃって、とてもじゃないいけど時間が足りない。

それに、私が教えてあげられることにも限界がある。

やっぱりね、ご令嬢としてのお作法とかダンスとかダンスとかダンスとか、私には無理なのよ、教えられないのよー！

「そうね、リーナちゃんもそろそろ家庭教師が必要な頃よね」

レオさまがうなずいてくれた。

メルさまもすぐに言い出してくれる。

「わたくしのところは息子だけなので、お嬢さんの教育ならレオのほうに当てがありそうね」

「ええ、リーナちゃんとの相性もあるでしょうから、何人かご紹介するわ。面接していただいて、それで決めてもらえばいいと思うわ」

「ありがとうございます、レオさま！」

「わたくしからもお礼を言うわ、レオ。よろしくお願いします」

お母さまは少し眉を下げて言った。「わたくし、本当に駄目ね。こういうことはルーディではなく、母親のわたくしが申し出なければならないことなのに」

「お母さま、違います、わたくしが差し出がましいことを言っただけで！」

私は慌てて言った。

ああもう、ちゃんとお母さまとも事前に話しておけばよかった。この際だからとつい言っちゃったけど、本当にうかつだったわ。

「ごめんなさい、お母さま。わたくし、ちゃんとお母さまと相談しておくべきでした。勝手なことをして本当にごめんなさい、お母さま」

「ルーディ、わかっているわ」

お母さまは私の頭をなでてくれる。「わたくしも、リーナに家庭教師は必要でしょうと考えてはいたの。最初に話し合ったときとは、貴女の状況が一変してしまったものね。だからリーナのために、貴女も同じことを考えてくれていたのよね」

「お母さま……」

「駄目よ、ルーディちゃん」

なんかもう私が泣きそうになっちゃってるのに、メルさまがにっこりと駄目だししてきた。

「家庭教師のことは、貴女から言い出して正解なのよ、ルーディちゃん」

メルさまは、にっこりと、でもなんだか背筋がビシッとのびちゃうような凄みのある笑顔で、私に言った。

「貴女は女子で未成年だけれど、それでも現在のクルゼライヒ伯爵家の当主はルーディちゃん、貴女なの。貴女が、このお家におけるすべての主導権を握っていなければ駄目なのよ。事前の話し合いが足りなかったというのであれば、それは貴女ではなくリアの責任。母親であろうとリアのほうから話を持ちかけ、当主であるルーディちゃんが決めなければいけないの。たとえそれが、形の上だけのことであっても、よ。当主は、軽々しく謝ったりしては駄目よ」

ハッとばかりに見返してしまった私から、メルさまはすっとお母さまに視線を移した。

「リア、貴女は地方男爵家の出身だから、おそらくこういうことがわかっていないのだと思うわ。でもね、ルーディちゃんは貴女の娘である以上に、クルゼライヒ伯爵家の当主でなければならないの。中央貴族の爵位持ち娘というのは、そういう存在なのよ」

お母さまもハッとした表情でメルさまを見返した。

「ありがとう、メル」

ぎゅっと、お母さまは両手を握りしめる。「そうね、わたくし、そういうことがまったくわかっていないと思うわ。教えてくれて本当にありがとう。わたくし、せめてルーディの足を引っ張るようなことだけは、しないようにしなければ」

そんなお母さまに、メルさまはやさしい笑みを浮かべて言ってくれた。

「でも、貴女たち母娘は本当に仲良しなのね。お互いが相手を心から思い遣っていることが、とてもよくわかるわ。私は息子しかいないから、ちょっとうらやましくなっちゃう」

メルさま、その笑顔で肩をすくめちゃうのはあざといです。でも、メルさまってば本当にムテキでステキです。

そうよね、メルさまって侯爵家の爵位持ち娘だったんだもん、これからいろいろ相談させていただこう。お母さまにも遠慮する必要がない人だし、こうして率直に言ってもらえるのは本当にありがたいわ。

でも、領主で当主か……本当に、まじで、冗談抜きで、責任重大だわ。はあ……。

雲の上に連れてかれちゃう

「大人の話はちょっと難しかったかしらね」

レオさまがそう言いながら、膝の上に抱っこしているアデルリーナの髪をなでてくれている。

アデルリーナは、少し不安そうな表情でレオさまを見て、それから私とお母さまを見た。

私は思わず言った。

「リーナ、わたくしたちの暮らしは、大きく変わったの。そのほとんどが、良い方向へと変わったのよ。でも、その変わったことに慣れるのに、わたくしもお母さまもまだちょっと時間がかかりそうなの。いまは、そういうお話をしていたのよ」

こくん、とアデルリーナがうなずく。

うなずきながら、アデルリーナが一生懸命考えているのがわかる。自分なりに、いろいろなことを理解して受け止めようとしてるんだと思う。本当に、本当に私の妹は賢くてかわいくて賢くてかわいくてかわいくてかわ（以下略）。

そんなアデルリーナに、メルさまがやさしく声をかけてくれた。

「リーナちゃんは、ルーディお姉さまが大好きなのよね」

「はい！」

私を含め、みんなちょっとびっくりしちゃうくらいの勢いで、リーナが返事をしてくれた。

「まあ！　本当にいい子ね、リーナちゃん。ルーディお姉さまもお母さまも大好きなのね」

「はい、大好きです！」

レオさまの問いかけにも、リーナは即答だ。

はわわわ、どうしよう、頬が緩んじゃう。もうこの状況で、デレデレにならずにいられようか！

「ああ、リアが自慢するの、とってもよくわかるわ。二人とも、本当にすてきなお嬢さんね」

メルさまはそう言いながら、リーナの髪をなでてる。

レオさまもリーナをぎゅっと抱きしめて頬ずりなんかしちゃってるし。

「きょうだいで仲良しなのは、とってもいいことよ。わたくしも、自分の姉が大好きなの。本当にすてきなお姉さまで、いまもずっと仲良しなのよ」

「レオさまにも、お姉さまがいらっしゃるのですか？」

リーナの問いかけに、レオさまは笑顔で答えてる。

「ええ、とってもすてきなお姉さまよ。そのうち、リーナちゃんにもご紹介したいわ」

って、レオさま！

さ、気軽にご紹介とかおっしゃってますけど、レオさまのお姉さまって……ベルゼルディーネ王妃殿下ですよね！

私が内心、震えあがっちゃってるのに、レオさまは平然と言ってる。

「わたくしのお姉さまにも娘がいるの。いま十二歳だから、リーナちゃんより二つ年上ね。その子もそのうちリーナちゃんにご紹介するわ。仲良くしてくれると嬉しいのだけれど」

「はい。わたくしも仲良しになりたいです！」

リリリリーナ！　簡単に言っちゃダメ！

だって、だって、その十二歳の女の子って……レイアディーネ王女殿下なのよぉーーー！

「いいわねえ、女の子同士は」

メルさまがちょっとむくれたように言い出した。「わたくし、自分の息子にはなんの不満もないのだけれど、こういうときは娘が欲しかったって思っちゃうわ」

「そうね、男の子同士はねえ……」

レオさまがちょっと視線を泳がせた。「でも、ベルお姉さまのところの一番上がいま学院の二年生だから、メルのユベールくんが入学したら一年は一緒に通えるじゃない？」

「もう、ベルお姉さまの一番上なんて、気軽に言わないで」

メルさまが口をとがらせる。「王太子殿下にご学友扱いしてもらうなんて、側近として取り立ててもらわない限り無理じゃないの」

「まあ、それはそうね。でも、ユベールくんはすでにホーフェンベルツ侯爵家当主なのだから、大丈夫じゃない？」

「じゃあ、本人にその気があるか、訊いておくわ」

なななな、なんか、ちょっと、雲の上のほうのお話が展開されているような……。

お、王太子殿下の側近とか……そうよね、なんかもう結構忘れちゃってるけど、レオさまは公爵家夫人でメルさまは侯爵家夫人なのよね？

そんでもって、ちょっと食が細くてメルさまが心配されているご子息は、すでに侯爵家のご当主なのよね？　それだったら、王太子殿下の側近でもまったく問題ないわけで……。

メルさまも、王妃殿下のことをベルお姉さまなんて呼んじゃっていらっしゃるし、そういう、雲の上の世界の方がたなのよね……？

「そういえばルーディちゃん」

レオさまの顔が私に向いた。「そもそも貴女は在学中なのだから、わたくしたちの甥のヴォルデマールとも会っているのではなくて？」

私はぶんぶんと首を振ってしまった。

「あの、遠くからお見かけしたことがあるくらいです」

だから、レオさまと公爵さまにとっては甥っこのヴォルデマールくんでも、私にとってはヴォルデマール王太子殿下なんだってば！

なのに、レオさまはやっぱり平然としてる。

「そうなの？　じゃあ今度ご紹介するわ。まあ、確かに男の子だし、あんまり愛想のいい子じゃないし、おしゃべりしてても楽しくはないけれどねえ」

だから、楽しいとか楽しくないとか、そういうレベルのお話じゃないんですー！

「あら、でもそれなら、我が家の息子もルーディちゃんに紹介しておかなきゃ」

メルさまも言い出した。「我が家の息子はユベールハイスっていうの。ずっと領地で育っていて同じ年ごろのお友だちが全然いないのよ。ルーディちゃんより一つ年下だけれど、仲良くしてくれると嬉しいわ。ユベールは男の子だといっても結構おしゃべりだし、楽しいと思うわよ」

だから楽しいとか楽しくないとか（以下略）。

だけど私に拒否権なんかあるわけがないし。相手は王太子殿下と、それに年下とはいえ侯爵さまなのよ？

レオさまメルさまにお返事しようと、私がなんとか顔を引きつらせないで笑顔を浮かべようとしていると、公爵さまがさくっと言い出した。

「レオ姉上、それならばリドも、ゲルトルード嬢に紹介すべきでしょう」

公爵さまってば、姉弟の仲良し張り合いっこ以降は会話から離れてたんだけど。

「リドの所有するヴェントリー領は、ゲルトルード嬢のクルゼライヒ領と少しだけですが接しています。ゲルトルード嬢はこれから、近隣の領主と顔を合わせておく必要がありますので」

「あら、そうだったわ、ヴェントリー領ってクルゼライヒ領のおとなりだったわね」

うなずいたレオさまに、公爵さまがうなずき返す。

「街道が通っているような領境ではないですが、魔物討伐など協力は必要ですから」

ま、魔物討伐？

えっと、あの、領境に、魔物とか出ちゃったりする、んですか……？

なんかぎょっとしちゃった私をよそに、レオさまはさくっと教えてくれた。

「ルーディちゃん、リドっていうのは、わたくしの義理の息子よ。現在、伯爵位を継いでヴェントリー領の領主をしているの」

は、い？

レオさまの義理の息子さん？　伯爵位を継いでって、あの、レオさまんチは公爵家ですよね？　なんで伯爵位？　ガルシュタット領じゃなくて、ヴェントリー領？

思いっきりクエスチョンマークを頭の上に跳び散らかしちゃった私に、レオさまはさらに説明をしてくれた。

「わたくし、ガルシュタット公爵家の後妻なのよ。夫は十四歳年上で、結婚と同時に八歳の息子ができちゃったの」

レオさまはけらけら笑いながら言ってるんだけど、なんかこっちはちょっと本気でびっくりなんですけど。レオさま、後妻さんだったんですか。

「その、当時八歳だった先妻の息子がリド、リドフリートよ。いまは二十二歳になってるわ。もちろん夫の、ガルシュタット公の嫡男なのだけれど、ちょっと事情があって、公爵家は継がないって言い張ってるの。それで、夫は予備爵の伯爵位を与えて、ガルシュタット領からは飛び地領になっていたヴェントリー領も与えて、領主にしちゃったのよね」

ちょっと待ってください、情報量が多すぎます。

ええと、リドフリートさん？　二十二歳で、おとなりヴェントリー領のご領主で伯爵？　でも、ガルシュタット公爵家の嫡男なのよね？

いや、なんかもう、公爵家とか侯爵家とか、王家とか！

いきなりふつうに雲の上へ、私を連れて行かないでほしいですー！

いやもう、雲の上のたっぷり情報量に私があっぷあっぷしてると、すっとヨーゼフが近づいて耳打ちしてくれた。

「ゲルトルードお嬢さま、そろそろ次のおやつはいかがでしょうか？」

うわーん、ありがとうヨーゼフ、ホンットにこういうときこそ美味しいおやつよね。

私は笑顔で言った。

「そうですね、みなさまにお会いできる日を楽しみにお待ちしていますね」

そんでもってさらに笑顔を盛っちゃう。「では、そろそろお茶のお代わりはいかがでしょうか？　サンドイッチを召し上がっていただいた後ですので、少し軽めのおやつをご用意しております」

「あら、まだほかのおやつもあるのね？　ぜひお願いするわ」

「そうだな、ぜひお願いしよう」

食いしん坊姉弟がさっそく反応されています。

もちろんメルさまも嬉しそうです。

「次はどんなおやつをいただけるのかしら？　またルーディちゃんが考えたおやつなのかしら？」

「はい。ちょっと変わったおやつです。本当に、ちょっとつまんで食べる程度のものなのですが」

我が家の優秀な使用人たちがすみやかにお茶のお代わりを用意してくれる。

今度はアデルリーナも一緒に、お母さまのとなりに席を用意した。リーナも一緒にお茶できるということで、とってもとっても嬉しそうだ。私もめちゃめちゃ癒される。本当に、私の妹はどうしてこんなにかわいくてかわいくてかわいい（以下略）。

新しいお茶が配られ、そして各テーブルにかわいらしいボンボニエールが置かれていく。全員に行き渡ったところで、私はボンボニエールのふたを開けた。

中身はもちろん、メレンゲクッキー。ぎっしり詰まった白い小さなクッキーに、お母さまもアデルリーナも頬が緩んじゃってる。

私はお母さまと一緒にお茶を一口飲み、そしてメレンゲクッキーをひとつつまみ出して、口に入れた。

うーん、サクッシュワーだ。

「では皆さまも、お召し上がりください」

やっぱり最初に口にしちゃうのはレオさまだ。ホンットに食べることにためらいがないんだね。

「えっ、なにこれ！　お口の中で消えちゃったわ！」

はちみつ色の目を丸くして、レオさまが口元を手で押さえちゃってる。

メルさまのすみれ色の目も真ん丸になってるし。

「本当に噛んだとたん、お口の中で消えちゃうわ。なんて不思議なおやつなの」

「美味しいでしょう、甘酸っぱくて」

お母さまも嬉しそうにメレンゲクッキーをつまんでる。「なんだか、手が止まらなくなってしまうのよね。とっても軽い食感だから、次々食べてしまって」

「わかるわ。本当に止まらなくなってしまうわ」

レオさまが妙に納得顔で、またメレンゲクッキーをつまんでお口に入れた。

男性陣はどうかとようすをうかがうと、公爵さまもあの不思議な藍色の目を丸くしてる。そんでもって、確認するようにまたひとつつまんで口に入れた。で、やっぱり止まらなくなったようで、次々口に入れちゃってる。

近侍アーティバルトさんも全然遠慮してなくて、公爵さまと競うようにボンボニエールに手を入れてるのが笑える。

それに、嵐のように登場したレオさまメルさまにすっかり押されて、ただひたすら静かに席についてるエグムンドさんたちも黙々と食べてる。てか、エグムンドさんの眼鏡がまたキラーンしちゃってるような……まあ間違いなく、このメレンゲクッキーも商会のお店で売ろうって算段してるんだろうな。

そう言えば、ヒューバルトさんは貴族だけど、エグムンドさんとクラウスと一緒の席についてるんだよね。商会員っていう括りだといいのかな？　侍女は侍女っていう括りだと同じテーブルでもいいっていうのと同じ扱い？　なんかもう、その辺のルールが私にはいまだによくわからない。

「ゲルトルード嬢」

なんかもう勢いよく食べきっちゃった公爵さまが言い出した。「こちらのおやつも、商会の店舗で販売できるのではないだろうか？」

うん、エグムンドさんだけじゃなく、公爵さまもそう算段してるだろうとは思ってたわ。

「そうですね、プリンと同じようにカップか何か、容器に入れて布でふたをすれば販売できると思います」

「店舗で販売って、レシピではなく？　このおやつをそのまま、ルーディちゃんの商会で売るつもりなのかしら？」

私が答えたとたん、レオさまが秒で反応してくれちゃう。

そんでもってやっぱりどや顔で、公爵さまが答えてくれちゃってます。

「その予定です、レオ姉上。ゲルトルード商会の店舗を、王宮前大広場から少し下ったところに予定しておりますので」

「開店はいつのご予定かしら？　ぜひ購入させていただくわ」

「ええ、その噂の『ぷりん』というおやつも、ぜひ。ルーディちゃんが考えたおやつなら、もう間違いなく美味しいでしょうから」

なんかもう、レオさまもメルさまも目がマジです。決してお愛想で言ってるのではなく、本気で買い占めにやってきてくれてしまいそうな勢いです。

「開店はまだ少し先になると思います。なにしろ、これから建物の改装について話し合うような状況ですので」

公爵さまがそう答えると、レオさまはまた即行で言い出しちゃった。

「改装の何に手間取っているのかしら？　業者の選定？　人手？　ヴォルフがついているのなら資金の心配はないと思うけれど、必要な援助はなんでもするわ」

レオさま、鼻息荒いです。

いや、しかし、何に手間取っているのかというより、今日その改装の話し合いをするために我が家にメンバーが集まったのに、レオさまメルさまのご登場で、いまんとこ全部吹っ飛んじゃってるっていうのがいちばんの問題かもしれません。

「店舗の改装についてですが」

公爵さまがおもむろに言い出した。「少し変わった趣向を考えております」

そう言って、公爵さまの視線が私に向く。

わかりました、私が自分で説明いたしますとも。

「変わった趣向ですって？」

問いかけるレオさまに、私は言った。

「はい。店頭でおやつを販売するだけでなく、店内でお茶と一緒におやつも召し上がっていただける飲食店にしようと考えています」

えっ？　という感じで、レオさまとメルさまの眉が上がった。

どうやらやっぱり、お茶とおやつの飲食店というのは珍しすぎるらしい。

「それは……自宅でお茶会を開くのではなく、お店でお茶会を開くような感じなのかしら？」

「いえ、もっと気軽に楽しんでいただけるような雰囲気にしたいと考えています」

レオさまの問いかけに私は答える。「お買い物の途中に寄っていただいたり、学院の生徒に下校途中に寄っていただいたり、気軽にちょっとお茶とおやつを楽しんでいただけるような、そんなお店を考えているのですが」

「それは、貴族専門の飲食店ということかしら？」

今度はメルさまからの問いかけだ。

「いえ、平民の人たちにも利用してもらいたいと考えています。貴族のかた向けには個室をご用意する予定にしております」

「個室はいいわね。女性だけでも気兼ねなく利用できそうですもの」

すぐにレオさまがうなずいてくれた。

メルさまもうなずいてくれる。

「ええ、とてもいいと思うわ。自宅でお茶会を開催するのって、いろいろと面倒ですものね。招待された場合も、やはり気を遣いますし。気の置けないお友だち同士で気軽にお茶とおやつを楽しみたいのであれば、お店を利用するという選択肢もあっていいわよね」

そこでレオさまが、自分の侍女に顔を向けて言い出した。

「ザビーネ、もしそういうお店があれば、わたくしたちよりも貴女たちのほうが使い勝手がよいのではなくて？」

声をかけられた侍女さんがうなずく。

「発言をお許しくださいませ、ゲルトルードお嬢さま。わたくし、レオポルディーネさまの侍女を務めさせていただいております、ザビーネ・フェルシャーと申します」

「フェルシャーさん、そのようなお店に関してご意見がお有りでしたら、ぜひお願いします」

私がそう言って促すと、ザビーネさんはにっこりと笑った。

「はい。わたくしのような、爵位も領地もない貴族にとっては、そのような気軽にお茶とおやつを楽しめるお店があるのでしたら大変ありがたく、ぜひ利用させていただきたく存じます」

うおう、好感触じゃないですかっ。

侍女のザビーネさんは、レオさまより少し年上だろうか。すらりとした体形で落ち着いた雰囲気の女性だ。

「わたくしたちのような貴族は、王都に住まいを構えておりましても、正式なお茶会を開催できるほどの部屋を自宅に用意するのはなかなか難しいのでございます。本当に仲のよい友人であれば一人二人自宅に招くこともございますが、その場合は家人に気を遣うことも多々ございまして」

ザビーネさんは頬に片手を当て嬉しそうに言った。「けれど、街の中にそういった気軽にお茶とおやつを楽しめる、それも貴族女性が女性だけで気兼ねなく訪れることができるようなお店がもしあれば、それはもうわたくしたちのような下位貴族の女性は、こぞって利用させていただくと思います」

こぞって！

こぞって利用してくださいますか！

メルさまも自分の侍女に話しかけた。

「ディアーナ、貴女はどう？　お休みの日に、美味しいお茶とおやつを楽しめるお出かけ先があるということよ？」

「まあ、メルさま。わたくし、王都は不案内でございますが、そのようなお店があるのであれば、ぜひお伺いしとうございますわ。本日いただきましたおやつも本当に美味しゅうございましたし」

こちらの侍女さんは、メルさまよりだいぶ年上だと思う。にこにこしていて、ふっくらとしたやさしそうな雰囲気の侍女さんだ。

「ですってよ、ルーディちゃん」

メルさま、そのウィンクはあざといです。

でも、侍女さんがお休みの日に美味しいおやつを食べに来てくれるのは大歓迎です。

「そうよね、いつもお給仕してくれる侍女たちも、そのお店に行けば座っているだけでお給仕してもらえるのよね。それは、わたくしたちとしてもありがたいわ。侍女にも美味しくて楽しい時間を過ごしてもらいたいもの」

レオさまは侍女さんたちの福利厚生を考えてくださってるようです。ガルシュタット公爵家はブラックな職場じゃなさそうね。

でもこれだとやっぱり、当面はクラウスにもお給仕に出てもらうべきよね？

だってクラウスみたいなさわやかイケメンくんがお給仕してくれたら、毎日頑張ってくれてる侍女さんたちの癒しになると思うのよ。

うーん、お給仕はお給仕で専門職を雇うべきだと思うんだけど、クラウスにはしばらくちょっと頑張ってもらおう。それにそうやって経験してもらっておけば、後々雇ったお給仕係の指導役もしてもらえるだろうし。もちろん、お給金ははずむわよ！

それに、ヒューバルトさんにも当面お店に出てもらいたいよね。せっかく人目を引くイケメンがいるんだから、客寄せしてもらわなきゃ。当然、フェロモンには栓をしておいてもらわないとダメだけど。

などと、私がちょっとよこしまなことを考えていると、近侍アーティバルトさんが公爵さまに耳打ちしているのが見えた。

うなずいた公爵さまが口を開く。

「では、ゲルトルード商会店舗の改装については、もう少しこちらで話を詰めてから、再度レオ姉上やメルグレーテどののご意見もうかがうようにします」

「そうね、協力や援助など、できることがあれば、わたくしたちもぜひ参加させていただくわ」

レオさまとメルさまがうなずきあった。

公爵さまもうなずき返し、さらに言った。

「それから、先ほどの話にありました、ユベールハイスどのやリドフリートをゲルトルード嬢に紹介する機会についてですが、実はいまご当家で、王宮西の森での栗拾いを計画しておりまして」

「あら、それはすてき！　栗拾いなら家族で参加できそうね！」

「ぜひ我が家も参加させていただきたいわ」

レオさまメルさまが目を輝かせて言い出しちゃった。

ええ、はい、もともとは我が家の親子水入らずピクニック計画でしたが、このさいだからもうしかたありません。

てか、近侍アーティバルトさん、公爵さまに入れ知恵してんぢゃねーよ。

「ねえリア、いつ栗拾いに行く計画を立てているの？」

「まだ具体的には決めていないのよ」

「栗拾いなら、早く行かないと時季を逃してしまうわ」

「もちろんリーナちゃんも行くのでしょう？　では、我が家もリドとジオ、それにハルトも連れて行って大丈夫かしら？」

もうすっかりその気のレオさまメルさまは、お母さまと話し始めちゃうし。

で、ハルトさんって誰ですか、レオさま？

私の疑問なんかまったく関係なく、明日はメルさまがダメだとか、明後日はレオさまがダメだとか、なんだかんだとお母さまたち三人で話が進んでいってます。

「じゃあ、四日後でどうかしら、ルーディ？」

にこやかにお母さまに問われ、私は貼り付けた笑顔を公爵さまに向けた。だって、四日後もナニも、もう明日どうするのかの予定もわかんないよ、私。今日だってすでにグダグダじゃんね。

公爵さまは鷹揚にうなずいてくれちゃう。

「そうだな、四日後であれば私も大丈夫だ」

私はうなずいてお母さまたちに顔を戻す。

「公爵さまもご了承くださいましたので、四日後にいたしましょう」

「よかったわ」

お母さまは本当に嬉しそうだ。「マルゴにたくさんお弁当を作ってもらいましょうね」

「はい、すぐにメニューの相談をしましょう」

私もうなずく。

まあ、サンドイッチとホットドッグになるだろうけどね。フルーツサンドも投入するか。あと、おやつは何にするかな。

「あら、もしかしてわたくしたちも、ご当家のお弁当にご相伴させていただいていいのかしら？」

レオさまがそう問いかけてこられたけど、うん、まあ、すでに我が家のお弁当を食べる気満々ですよね？

とりあえず、私は笑顔で答えておく。

「もちろんです。多めに持っていこうと思っていますので、ぜひレオさま、メルさまも、皆さん召し上がってくださいませ」

「嬉しいわ、ルーディちゃんの考えたメニューをいただけるなんて」

ええもちろん、メルさまも食べる気満々ですね。

「では、我が家の収納魔道具をお貸ししよう」

公爵さまが言い出した。「時を止めるほうの収納魔道具を使えば、大量の料理でも、できたての状態でそのまま運ぶことができる」

公爵さま、ガチです。

ガチで我が家のお弁当を食べまくる気満々です。

てかもう、当日のお弁当は丸ごと全員分、我が家持ちで、ってことですよね？

そして食いしん坊お姉さまもめっちゃ嬉しそうです。

「いいわね、ヴォルフ。本当にこういうときにこそ、あの収納魔道具を使わなければ、よね」

いったい何人分、お弁当を用意すればいいんでしょう。

マルゴ、頼んだわよ。もちろんお手当は、めっちゃはずむからね。

そうして、四日後にまた会える、それもお弁当付き栗拾いピクニックが決定したということに満足されたのか、レオさまとメルさまが席を立った。

「今日はもう王都に着くなり、すぐにこちらへやって来たのよ」

「ええ、王都に入る前にレオの馬車と合流して」

「荷物は全部リドにまかせてきたわ」

「わたくしも、帰宅したらユベールに文句を言われそう」

私も玄関までお送りしようとしたんだけど、レオさまメルさまは、いいからいいからって言ってお母さまとヨーゼフだけ連れて客間を出ていった。

なんかもう本当に、嵐のようにやってきて嵐のように去っていくお二人、って感じだわ。

リーナもシエラに連れられて客間から退出していった。

私は、思わず大きな息を吐きだしそうになっちゃった。でも、いやさすがにそれはマズイと思いとどまったんだけど、私の代わりに公爵さまが思いっきり息を吐きだしてくれちゃった。

「まったく、相変わらずだな、レオ姉上たちは」

はい、公爵さまが遠い目をしちゃう、その気持ちに共感しかございません。

いやー、本当にすてきでカッコよくて頼りになりそうなお二人なんだけどね、あのとんでもないパワーにはちょっと圧倒されちゃうよねえー。

本日具体的に決まったこと

大きな息を吐きだして、少しばかり姿勢を崩していた公爵さまが、よっこらしょとばかりに姿勢を戻した。ちょっとおっさんくさい、げふんげふん、さすがにいろいろお疲れのようです。

「それではエグムンド、先ほど言ったように、ガルシュタット公爵家夫人レオポルディーネ・クラムズウェルと、ホーフェンベルツ侯爵家当主ユベールハイス・ワーズブレナーの二名を、ゲルトルード商会顧問に加えておいてくれ」

「かしこまりました」

なんかさすがのエグムンドさんも、ちょっとホッとしたように答えてる。

いや、クラウスなんかもう本気でホッとしてるわ。そりゃあもう、公爵家夫人と侯爵家夫人が目の前に並んでたんだもんね、緊張するなっていうほうが無理だよね。

そんでもって、公爵さまはまたひとつ息を吐きだした。

「店舗の改装についてまったく話を進められなかったが、それでもまあ、上位貴族の顧問が二名増えたのは喜ばしいことだろう」

「さようにございます」

エグムンドさんもうなずいている。「それに、飲食店を開店するにあたり、複数の貴族女性のご意見を直接お伺いできたことも、非常によかったと存じます」

あ、それは私も、とってもよかったと思います。

特に侍女のザビーネさん、本気で嬉しそうだったし、あのようすなら、お店ができたら本当に積極的に利用してくれそうだったもん。

ヒューバルトさんが言ってた通りだよね、特に下位貴族の女性から支持されるんじゃないかって言ってたもんね。

公爵さまもそう思ったようで、すぐに言い出した。

「ヒューバルトが指摘した通りのようだな。下位貴族女性の利用がかなり見込めそうだ」

「はい、閣下。店舗の改装につきましても、また価格の設定につきましても、下位貴族女性を顧客の基準として考え進めていくのがよろしいかと」

ヒューバルトさんもにんまりしてる。

でも、すぐににんまり顔をひっこめたヒューバルトさんは続けて言った。

「ただ当面はやはり、多くの客をさばくのは難しいと思います。商会側としてもまったく初めての試みですし、一日にどの程度の売上げが見込めるかもまだわかりません。それであればむしろ、一日の販売数や予約数を最初から限定しておくのも手ではないでしょうか」

「ふむ」

公爵さまがあごに手をやって考えてる。「そうだな、確かに最初からすべてを準備して販売を始めることは難しいだろう。しかし、販売数や予約数を限定するとなると、ゲルトルード嬢のいう、気軽に立ち寄れる飲食店という形にはなりにくそうだな」

視線を向けられ、私も公爵さまに顔を向ける。

「そうですね。でも……ヒューバルトさんの言われることは、よくわかります。とりあえず最初は販売数や予約数を限定しておいて、特別感を演出したほうが話題になっていいかもしれません」

「ええ、その特別感は大事だと思います」

ヒューバルトさんが嬉しそうに言った。「さすが、ゲルトルードお嬢さまはわかっておられる。初めて立ち上げる商売は、手探りの期間が必ずあります。その手探りの期間をどのように対処するかが、その後の商売の発展に大きくかかわります。数が足りないのではなく、数の少ない特別な品だと客に思わせるのは、非常に有効な方法です」

「なるほど。そして一定の客が見込める状態になってから、流通量を増やしていくというわけか」

公爵さまもうなずいてくれた。

「ではその方向で、具体的な店舗の計画を立ててみましょう」

エグムンドさんが、あの建物の見取り図を広げてくれた。

ヒューバルトさんはその図面を示しながら、慣れた感じで話し始める。

「まず、店内の席数を決めましょう。それによって、必要な厨房の大きさも決まってきます。個室はいくつ設置しますか？　その個室に入れる人数は、四～五人程度でよろしいでしょうか？」

「ええと、六人用の大きめの個室が一つと、四人用の個室が一つか二つくらいでどうでしょう」

私は自分なりに、店内のようすをイメージしてみた。

「では、ここに六人用個室、こちらに四人用の個室で」

ヒューバルトさんが示してくれたスペースに、私は異議を唱える。

「いいえ、ここだと壁で囲ってしまうとかなり圧迫感があると思います。できれば個室は窓際の明るいところがいいと思います」

「しかし窓際に個室を用意して壁で仕切ってしまうと、その個室以外の場所が暗くなってしまうのではないか？」

公爵さまの意見にも、私は自分の考えを伝えた。

「壁は、天井まで完全に仕切る必要はないと思います。壁というよりは、本当に間仕切りのような感じがいいかもしれません」

だって、ワンフロアにがっつり個室を並べちゃうと、カラオケボックスか漫画喫茶かになっちゃうじゃんね。

そうやってなんだかんだ話し合っていると、お母さまとヨーゼフが戻って来た。

そういえば、玄関へのお見送りだけだったはずなのにずいぶん時間かかってるな、また玄関ホールで、三人で立ち話でもされてるのかしらと思ってたんだけど、お母さまは笑顔で客間に入ってくるなり言った。

「ルーディ、ヨアンナからお返事が来たわ！」

「えっ、ヨアンナから？」

私とお母さまは、公爵さまに断りを入れて、その場でヨアンナからの手紙を開封した。

手紙には、家族で迎えてもらえるなら、ぜひ我が家に戻りたいと書いてあった。

「ああよかった、ヨアンナが我が家に戻ってきてくれるわ！」

「ええ、本当によかったです！　お母さま、すぐに貸馬車を手配して迎えを送りましょう」

クラウスに貸馬車の手配を、と言いそうになって、私ははたと気がついた。クラウス、商業ギルドを辞めちゃったんだった。

ええと、それでもクラウスに頼めば貸馬車の手配をしてくれるのかな、と迷っていると、公爵さまが私に問いかけてきた。

「ヨアンナとは誰のことだろうか？　それに貸馬車の手配とは？」

「はい、あの、ヨアンナは以前我が家に勤めていた侍女です。現在、レットローク伯爵家の領主館に勤めているのですが、庭師の夫とともに我が家へ戻ってくれると連絡がきまして、迎えの馬車を送るつもりなのです」

「レットローク伯爵家の？」

公爵さまの眉が上がる。「では、きみが言っていた、侍女と庭師の夫婦者というのは……」

「そうです、新居の確認をしていただいていたとき、お話しした者たちです」

「それならば、我が家から馬車を出そう」

「はい？」

私は思わず間抜けな声を出しちゃったけど、でもそういう反応になるよね？

だって、我が家の使用人を迎えにいくために公爵さまが馬車を出してくれるって……後見人ってそこまでしてくれちゃうもんなの？

だけど公爵さまはいたって真面目な顔で言ってくれた。

「我が家の侍女頭が、レットローク伯爵家の出身なのだ」

「えーっ！」

さすがにその発言には、私もお母さまもびっくりして声をあげちゃったわよ。

「えっ、あの、公爵家の侍女頭さんが？」

「そうだ。我が家の侍女頭は、先年亡くなられたレットローク伯爵家の先代未亡人の妹にあたる。彼女は何度も領地へ帰って姉君とも会っていたので、そのヨアンナという侍女のことも知っているのではないかと思う」

「あの、ヨアンナは先代未亡人付きだったようです。大奥さまにかわいがっていただいていたと」

お母さまもびっくりしながら言って、公爵さまはうなずいてくれた。

「ならばやはり、我が家の侍女頭と面識がある可能性が高い。我が家の馬車で迎えを送っても問題ないだろう」

いや、なんかマジでびっくり。

そんなご縁があったとは。

私はお母さまと顔を見合わせ、うなずきあった。

「それでは公爵さま、まことに恐縮ではございますが、お願いできますでしょうか？　あの、侍女のヨアンナと庭師の夫、それに四歳の息子もいるそうです」

「うむ、了解した。本日帰宅後にすぐ手配しよう」

「ありがとうございます。よろしくお願いいたします」

なんか、懸案がひとつパッと片付いちゃったような感じだ。

これで数日のうちに、ヨアンナが我が家に戻ってきてくれる。人手が足りないこの状況で、お母さまによく尽くしてくれていたヨアンナが戻ってきてくれるというのは、本当に心強いわ。

でもヨアンナ、公爵家の紋章入り馬車がお迎えに来たら、めちゃくちゃびっくりするだろうな。

だけど、公爵家って、伯爵家のご令嬢が侍女をしているような環境なんだって、私はそっちもかなり驚いたわよ。

そしたらなんとその侍女頭さん、公爵さまの姉君お二人、つまり王妃さまとレオさまの養育係だったんだって！　いわゆる、ナニーってヤツね。

そりゃあもう、王妃さまになられるような公爵家のご令嬢の養育係なら、上位貴族のかたが務めていても全然おかしくないわ。

王妃さまもレオさまも、ご結婚のさいにその侍女頭さんを嫁ぎ先へ連れていきたがったそうなんだけど、お二人のうちどちらを選んでも角が立ちそうだからって、公爵さまのところに残られたんだって。

はー、なんかやっぱいろいろすごいわ、公爵家って。

「そのヨアンナという者がご当家に戻れば、侍女が一人増えるわけだな」

公爵さまが言い出した。「しかし、ご当家にはさらに数名、侍女が必要ではないのか？　通常、上位貴族家であれば夫人や令嬢には最低でも二人ずつくらいは侍女が付くものだ」

いや、確かにそうなんでしょうけどね。

私は思わず言ってしまった。

「侍女よりもまず、厨房で働いてくれる人を、早急に探さなければならないと思います」

だって、いったい何人分のお弁当を作ればいいっていうのよ。

だいたい、公爵さまが毎日毎日毎日我が家をご訪問くださるおかげで、おやつ作りだって大変なんだから！　さらにレシピの開発や試作だってあるわけだし、マルゴの負担があまりにも大きくなりすぎちゃうでしょ。

公爵さまもそれはわかっているようで、眉間にシワを寄せちゃった。

「ううむ、確かにそちらも早急に必要だな」

ええ、我が家の料理人になんぞ支障があったら、公爵さまのおやつも試食も全部パーになっちゃいますもんね。

「我が家の料理人はほかの貴族家でも働いていたことがあるそうなので、そのつながりで我が家に入ってくれる人がいないか、料理人本人に尋ねてみようと思っています」

「そうだな。料理人にとっても気心が知れている者のほうが、都合がいいだろう」

マルゴの知り合いの料理人でもいいし、下ごしらえをしてくれる下働きでもいい。ホンット、たとえお皿洗いだけであっても、マルゴの負担が減るからね。

そこで、ヒューバルトさんが口を開いた。

「閣下、ゲルトルードお嬢さま、ひとつ提案がございます」

「何だ?」

「これから商会店舗にて調理を行う者が必要になります。私に二、三、心当たりがあるのですが、その者を見習としてご当家の厨房に入れていただくことはできませんでしょうか」

あっ、とばかりに、私はヒューバルトさんを見ちゃった。

ヒューバルトさんがうなずく。

「もちろん、その者らの身元は保証いたします。ご当家の厨房にて、今後飲食店で提供する料理の調理方法を、直接料理人から指導してもらえるのであれば、これほど確実なことはございません。指導を受けている間は当然、ご当家のお食事を作る手伝いもさせますが、給金は商会で支払うようにいたしましょう」

「なるほど。それも一計であるな」

公爵さまがうなずき、私もうなずいちゃった。

「ヒューバルトさん、その見習の人はすぐにでもお願いできるのですか？」

「一名、明日からでもお伺いできる者がおります」

「ではお願いします」

私はちょっとホッとしながら言った。「ただ、その人も見習い期間が終われば商会店舗で働いてもらうことになりますよね。その人とは別に、厨房の下働きができる人に当てがないか、我が家の料理人に訊いておきます」

「はい、それがよろしいかと」

ヒューバルトさんも笑顔でうなずいてくれた。

でもって私は、ひとつだけ確認することを忘れなかった。

「ヒューバルトさん、もしその見習さんが我が家の料理人とそりが合わないようでしたら、そのときはお断りさせてもらいます。それでもいいですよね？」

「もちろんでございます」

やっぱり笑顔でヒューバルトさんはうなずいてくれた。「その場合はまたほかの者を連れてまいりますので、ご当家の料理人と相性のよい者を選んでいただいて結構です」

私は、というか我が家は全員マルゴが大好きだけど、マルゴも結構アクが強いトコあるからね。マルゴにストレスがかかるような人には、我が家の厨房には入ってもらいたくない。ホンット、我が家の健全な食生活のためだけでなく、今後のレシピ販売にも、マルゴは絶対必要な人材なんだから。

「いま私が予定をしております料理人見習の候補は、とある商家の長男です。本人は料理人になることを希望しております。両親は長男であるだけに商家を継がせたいようなのですが、本人が自覚している通り、あまり客商売向きの性格だとは思えないのですよね」

ヒューバルトさんはちょっと苦笑しながら説明してくれた。「口数が少なく生真面目な性格ですから、黙々と作業できる料理人のほうが、彼には合っていると私も思っています」

ほうほう。

聞く限りでは職人さんっぽい性格の人みたいね。

マルゴとうまくいってくれることを祈るばかりだわ。

料理人と厨房の話が出たことだし、私はこの機会にと、ずっと欲しいと思っているモノについて相談してみることにした。

そのモノについて私が説明すると、公爵さまはじめ、みんな不思議そうな顔をした。

「そのようなものが、本当に必要なのか？」

「必要です。この道具があるとないとでは、おやつの見映えがまったく違ってきますので」

公爵さまの問いかけに私は力説した。「飲食店を経営するなら、絶対欲しいのです。本当に、見映えがまったく違います。おやつがよりいっそう、美味しそうに見えるのです」

だってだってアレがあれば、プリン・ア・ラ・モードに添えるホイップクリームもメレンゲクッキーも、一気に華やかな仕上がりにできちゃうのよ。

私はヨーゼフが差し出してくれた用紙に、簡単な図を描いてみせる。

やっぱりみんな不思議そうな顔をしていたけれど、ヒューバルトさんがなんとかしてみますと請け負ってくれた。

頼むよ、ヒューバルトさん！

それからさらに少し、店舗の改装について話し合って、ようやく本日はお開きになった。

はー、ホンットに連日クタクタだわ。

それでも、お母さまは旧友のレオさまメルさまと再会できて、もう本当に嬉しそうで楽しそうでずっとにこにこしてて、そのようすを見ているだけで私は癒されちゃうんだけどね。

そのお母さまと一緒に厨房へ行くと、マルゴが帰宅せずに待っていてくれた。

私はとりあえず、明日から料理人の見習さんが来ることをマルゴに説明し、それから誰か我が家の厨房で下働きをしてくれる人に心当たりがないかを訊いてみた。

「それでしたら、知り合いの娘に、ちょうどよい者がおりますです」

マルゴはすぐに答えてくれた。「どこぞの貴族家の厨房で下働きをしていたのですが、そこの従僕だかにちょっかいをかけられそうになり、辞めるしかなかったようで。次の勤め先を探していると言っておりました。歳は十七、気立てのよい娘でございます」

「マルゴがいいと思う人なら、構わないわ。できるだけ早く我が家に来てもらいたいのだけれど」

「では明日、連れてまいります」

そんでもって、明日はさらに、メルさまんチの料理人さんがサンドイッチとマヨネーズのレシピを教えてもらいにやってくる。

お母さまが客間に戻ってくるのが遅かったのは、メルさまが帰宅される前にヨーゼフを通じてマルゴの都合を確認してくれていたせいもあるらしい。

マルゴは快く引き受けてくれていて、明日はなんだかもう厨房が大忙しになりそうだ。

それでも、レオさまがどのレシピにするか決めかねて購入はいったん保留、公爵さまはレシピ数が多いので後日まとめて、にしてくださった。おかげで明日は両公爵家の料理人さんの来訪がなくなったので、そのぶんマルゴの負担も少しは減ったと思う。

だけどやっぱり、大変であることに違いはない。ホントにホンットに、お手当めっちゃはずむからね、マルゴ！

厨房の人口密度が高いです

なんか、目を閉じて次に目を開けたらもう朝になってました、って感じ。

こういうのって、熟睡っていうんじゃなくて、気絶っていうのよね……。

などと私は前世のブラックな記憶を思い出しながら、ベッドの上に体を起こした。

「おはようございます、ゲルトルードお嬢さま」

すぐにナリッサが洗面器と水差しを運んできてくれる。しかし私がこのていたらくなのに、ナリッサってばいったいいつ寝てるのよ？

同じ部屋にベッドがあるアデルリーナは、まだ眠っているようだ。

私はそっとナリッサに訊く。

「お母さまは？」

「まだお休みになっておられます」

ナリッサもそっと答えてくれた。「その、奥さまは昨夜、ずいぶん遅くまで起きておられたようです」

「お母さまが遅くまで？」

ちょっとびっくりして問い返すと、ナリッサがうなずいた。

「はい。どうやら、書きものなどをされていたようです」

書きもの？

お母さまが？

なんだろう、昨日の感動の再会のあまり、お母さまってば日記でも大量に書いちゃったりしてたんだろうか？

でも、お母さまが書きものって……本はよく読まれていたけれど、お母さまが熱心に書きものをされていたっていう記憶が、私にはない。

なんだかよくわからないけど、私はナリッサにまたそっと言った。

「じゃあ、お疲れでしょうからゆっくりお休みさせてあげてちょうだい。あ、もちろんリーナも起こさなくていいわ」

「かしこまりました」

ナリッサが、お母さまの寝室の控室にいるシエラにそのことを伝えに行く。

アデルリーナも、なんだかんだ毎日お客さまが多くて、ずっと気を張っているんだと思う。できるだけ、ゆっくり眠らせてあげたい。

私はナリッサに手伝ってもらって手早く着替え、寝室を出た。

廊下に出たところで、ナリッサがひゅっと冷えた声で言ってきた。

「昨日ヒューバルトさまからお話がありました、料理人見習がすでに到着しております。ヒューバルトさまと、クラウスも同行しております」

早っ！

ナニソレ、見習さんってば、やる気満々なの？　いや、でも、紹介してくれるヒューバルトさんだけじゃなく、クラウスまで来てるって？

ナリッサによると、マルゴもすでに来ていて、しかも昨日話した下働きの女の子も連れてきてくれているらしい。

なんかもう、みんなして仕事が早いです。

厨房へ下りていき、ナリッサに扉を開けてもらって私が中に入ったとたん、いっせいに挨拶が飛んできた。

「おはようございます、ゲルトルードお嬢さま！」

「おはようございます」

厨房の中にはマルゴとカールのほか、ヒューバルトさんとクラウス、さらに大柄でがっしりした体形の若い男性と、丸顔でおさげ髪という女の子がいた。うーん、めっちゃ人口密度高いよ。てか、ヒューバルトさんまで我が家の厨房に入ってきちゃうとは……なんか今後、試食とかねだられそうな気が、めっちゃするんですけど。

私はそんなことを考えちゃったんだけど、ヒューバルトさんはいつもと違ってあんまりうさんくさくない笑顔で言った。

「ゲルトルードお嬢さま、この男が昨日お話ししました、料理人見習のモリスです」

「モリス・ゴルドーと申します。よろしくお願い申し上げます」

二十代前半だと思うけど、身なりもこざっぱりとしているし、物腰も落ち着いている。

「ええ、よろしくお願いしますね、モリス」

私は笑顔で答えた。

次はマルゴだ。

「ゲルトルードお嬢さま、この娘が下働き希望のロッタでございます」

「ロッタ・ドルツェと申します！　よろしくお願い申し上げます、ゲルトルードお嬢さま！」

ぴょこん、と頭を下げたとたん、ロッタのおさげ髪が跳ねる。十七歳だって聞いたけど、なんかホントに女の子って感じでかわいらしい。

「ええ、よろしくお願いしますね、ロッタ。マルゴを手伝ってあげてちょうだい」

「はい！　頑張ります！」

私が声をかけると、ロッタは顔を上気させて嬉しそうに答えてくれた。

挨拶が済んだところでヒューバルトさんが言い出した。

「ゲルトルードお嬢さま、恐縮ではございますが、本日はしばらく私とクラウスも、こちらの厨房で見学させていただいてよろしいでしょうか？　モリスがご当家でやっていけそうなのか、見極める必要もございますし」

あー、ヒューバルトさんの笑顔がうさんくさくなったよ。

ええそうですか、わかりました、もう今日から試食する気満々なのね？

なんかもう、クラウスは申し訳なさそうに視線を泳がせちゃってる。

そうよね、ヒューバルトさん一人なら私は断るかもしれないけど、クラウスがいたら断らないだろうってことで連れてこられたのね？

そりゃそうよ、クラウスなら我が家の厨房でご飯を食べさせてあげるくらい、全然かまわないもの。むしろ、カールと一緒に食べていきなさいね、って感じだもん。

だからナリッサ、ヒューバルトさんに絶対零度の笑顔を向けるのはいいけど、自分の弟にはあんまり圧をかけないでやって。クラウスはダシにされただけみたいだから。

それにだいたい、私が朝食を摂ってる横で、こんなデカい連中がずらーっと並んでたらうっとうしいじゃない。とりあえず座らせて、何か食べさせといたほうがまだマシよ。いや、私がちゃんと朝食室へ行って食べればいいという点には誰も触れさせないわよ？

と、いうことで、私は今日も厨房のテーブルに朝食をセッティングしてもらい、ヒューバルトさんもクラウスも、それに恐縮しまくってるモリスとロッタも座らせた。

あ、でも、これって、貴族と同じテーブルに着いちゃうってことか？

ううう、もうぶっちゃけ面倒くさいし、我が家のローカルルールでいいことにする！

そんでもって、とりあえず彼らには、マルゴがたくさん作ってくれていたポテトサラダをあてがうことにした。

「これは、昨日お出ししたサンドイッチにも使っていたソースで味付けしたサラダです」

私はヒューバルトさんとクラウスにそう説明し、モリスとロッタにも説明をしてあげる。

「このソースのレシピは今後、わたくしの商会で販売する予定です。本日はホーフェンベルツ侯爵家の料理人さんがそのレシピを習いに来られますから、モリスとロッタも味を覚えておいてちょうだいね」

それぞれの前に、ポテトサラダが配られる。

ヒューバルトさんが最初にフォークを口に運んだ。

「これはまた！　なるほど、こういう食べ方もできるのですね。実に美味しい」

なんだかもうウキウキと楽しそうにポテトサラダを食べちゃってるヒューバルトさんに、クラウスやモリス、ロッタもちょっとホッとしたような表情でフォークを手にした。

「えっ、なにこれ！　ものすごく美味しい！」

ロッタははしばみ色の目を真ん丸にして言うと、せわしなく次のひとすくいを口へ運ぶ。

いっぽう、モリスは見開いた灰色の目をすぐに細め、ポテトサラダを含んだ口をゆっくりと動かしている。

ふんふん、モリスくん、マヨネーズに何が使われているか確かめようとしてるのね？　お皿に残ってるポテトサラダを、すごい真剣な顔で見つめてるし。これはもしかして、研究熱心な料理人に当たったかな？

モリスのそのようすを見てるマルゴも、なんだか満足げだわ。

私はマルゴに言った。

「マルゴ、このパンに縦に切り目を入れてくれる？　そこに、このお芋のサラダをはさんで食べたいの」

「おやまあ、それはまた美味しそうでございますね！」

マルゴはすぐに私の意図を理解してくれた。

パン切り包丁を手にしたマルゴが、目の前のかごに盛ってある丸っこいロールパンをひとつ取り出し、すっと縦に切り目を入れてくれる。マルゴはその切り目にちぎったレタスを敷いて、ポテトサラダを詰めてくれた。

うふふふーん、ポテサラサンドの完成であーる。ゆで卵入りのポテサラだから、贅沢バージョンよん。

ヒューバルトさんが笑い出した。

「いや、本当にゲルトルードお嬢さまの発想はすごいです。そうやって、何でもさらに美味しく食べる方法を、簡単に思いついてしまわれるのですから」

笑いながらヒューバルトさんがモリスに言う。「モリス、ここは本当にいい職場だろう？　しっかり学べば、きみはとびきりの料理人になれるよ」

言われたモリスは、ぐっとあごを引いてうなずいてる。

うん、頑張ってくれ、モリスくん！


そうこうしているうちに、お母さまとアデルリーナも起き出してきて厨房へ下りてきた。そんでもってやっぱり、なし崩し的に厨房で朝ごはんである。

いやもう、厨房の人口密度が高すぎるわ。

今日はさらに、メルさまの料理人が来られるのよね。

ホンットに、この上に両公爵家の料理人が追加の追加だったら、冗談抜きで収拾がつかなくなっていたんじゃないかと思う。あーよかった、レオさまも公爵さまも、今日の料理人派遣はナシにしてくれて。

それにしてもお母さま、確かに目がちょっと赤い。睡眠不足なんだろうな。でも、すごくイキイキとした感じで、元気は元気なのよね。仲良しのレオさまメルさまと再会できたことで、テンションが上がっちゃったままになってるのかな？

うーん、あんまりハイテンションが続いちゃうと、急にばったり倒れたりすることもありそうだし……ナリッサやシエラにもお母さまのようすに気を付けてくれるよう、こっそり言っておいたほうがいいかも。

お母さまとアデルリーナにも、モリスとロッタが紹介された。

うんうん、我が家のすばらしく美人でとびきりかわいいお母さまと妹を初めて目にした人は、たいていそういう顔になるよ。キミたち、たいへん素直でよろしい。

そしてお母さまもアデルリーナも、マルゴにポテサラサンドを作ってもらってご満悦だ。

特にリーナは、本当に美味しそうに食べてくれてる。ポテサラ大好きだもんね。ああもう、私の妹は本当に本当にどうしてこんなにもかわいくてかわいくてかわい（以下略）。

まあ、確かにここんとこ毎日サンドイッチばっかりな食事にはなってるけど、マルゴがいろんなバリエーションを作ってくれるおかげで、飽きずに食べられてるわ。

そもそも我が家の食事って、マルゴが来てくれる前はパンにスープにお肉料理にサラダが付きますの繰り返しだったしね。スープやお肉料理にもバリエーションはほとんどないし、しかも大して美味しくないっていう食事だったんだもの。サンドイッチ続きであろうが、とにかくどれを食べても美味しいっていうだけで私は大満足よ。

私たちが三人そろったところで、ナリッサが予定について話してくれた。

「本日はお昼前に、ホーフェンベルツ侯爵家の料理人さまが来訪されます。お二人来訪されるとのことで、『さんどいっち』と『まよねーず』のレシピをご希望です」

「メルのご子息もきっと気に入ってくれるわよね。『まよねーず』は本当に美味しいのですもの」

お母さまの言葉に、リーナもにこにこだ。

「はい！　本当に美味しいです」

ああもう、お母さまとリーナがご機嫌でいてくれるだけで、私は本当に癒される。

「それからツェルニック商会から、本日お昼にゲルトルードお嬢さまのお衣裳を届けに来たいと連絡がございました」

「ああ、それは助かるわ」

私は思わず正直に言ってしまった。だって、ホンットーーーに着回しに苦労してるんだもの。とりあえず、栗拾いピクニックに着て行ける新着ドレスが欲しい！　仕事が早くて本当に助かるよ、ツェルニック商会！

ナリッサはカールに、ツェルニック商会へ訪問の了承を伝えにいくよう指示してる。

そしてさらにナリッサは言った。

「ガルシュタット公爵家からもご連絡をいただきまして、明日のお昼以降にアデルリーナお嬢さまの家庭教師の先生の、面接をお願いしたいとのことです」

おおう、レオさまも仕事が早いです。

お母さまはレオさまからのお手紙をナリッサから受け取って、内容を確認してる。

「とりあえず三名、よさそうな人がいるので面接してみて、と書いてあるわ。もし三名ともリーナに合わないようなら、またほかの人をご紹介してくださるようよ」

それもいきなり三名ですか！

お母さまは嬉しそうにアデルリーナに話している。

「よかったわね、リーナ。きっといい先生が来てくださるわ」

でもリーナはちょっと不安そうだ。

そりゃまあ、初めてのことだもんね、家庭教師の先生なんて。

「リーナが仲良くできそうな先生でなければ、お断りしてもいいのよ」

私も言ってあげた。「それで構わないと、レオさまもお手紙に書いてくださっていますからね」

「はい」

うなずくアデルリーナの顔には、まだ不安な表情が浮かんでるけど、こればっかりはしょうがないわ。本当に、いい先生に来てもらえることを祈るばかりよ。

でも、レオさまのお気遣いも本当にありがたい。

ふつう、最上位貴族家である公爵家から家庭教師を、それも一人だけご紹介してもらっちゃったら絶対に断れないもんね。たとえ、ちょっとヤダなって感じちゃうような先生であっても。

レオさまはそれがわかってるから、何人も同時に紹介して、こちらに選択肢を与えてくれてるんだもの。


朝食を終えたお母さまは、レオさまというかガルシュタット公爵家宛に、明日の面接ＯＫですっていうお返事を書くため、リーナを連れていったん私室へと移動。

そして私は、早速ながらモリスとロッタに洗いものを頼み、マルゴと栗拾いピクニックのお弁当について相談することにした。

とりあえずまず、とんでもないメンバーで栗拾いピクニックに行くことになったこと、しかもそのメンバー全員のお弁当をなぜか我が家で用意することになってしまったことをマルゴに説明すると、案の定マルゴの目も丸くなった。

「エクシュタイン公爵さまだけでなく、ガルシュタット公爵家さまにホーフェンベルツ侯爵家さまでございますか！」

「そうなの。レオさまもメルさまも、ご家族をぜひわたくしたちに紹介したいとおっしゃってくださって」

言いながら、なんかもう私もほとんど頭を抱えたくなっちゃってるんだけど。

「では、総勢で何名ほどご参加されるのでございますか？」

「ええと、ちょっと待ってね」

マルゴの問いに、私は指を折って数えてみた。

まず公爵さまに近侍さんでしょ、それにレオさまんチがレオさまに義理息子のリドフリートさまにご令嬢のジオラディーネさま。それにハルトさまって誰？　まさか、宰相であるご当主まで参加されたりなんかしないよね……？

うー、そんでもって、メルさまんチはご子息のユベールハイスさまだけ？

いやいや、だけ、ってことはないわ、レオさまもメルさまも侍女を連れてこられるだろうし、レオさまのところはご令嬢も侍女付きよね。それに、リドフリートさまも伯爵なら、近侍を連れてるかもしれない。あー、ユベールハイスさまも未成年だけどご当主なんだから、近侍付きかな？　そこに我が家の三人とナリッサとシエラも入れて……。

で、合計何人だー？

「……とりあえず、二十名分くらいは、ご用意しておいたほうがいいみたい」

なんかもう、気軽なピクニックっていう規模と全然ちゃうやん……。

「二十名でございますか……」

マルゴの眉間にもシワが寄っちゃう。「お昼間のお集まりでございますよね？　では、おやつと軽食をご用意すればよろしいので？」

「そういうことね」

うなずく私に、またマルゴが問いかける。

「ではご用意したお弁当は、どのように運ばれますでしょうか？　馬車に積み込むにしても、結構な量になりますですよ。お茶のご用意も必要でございますし、食器やカトラリーなども運ぶとなりますと……」

「あ、それに関しては、公爵さまが時を止められる収納魔道具を貸してくださるそうよ」

「それはよろしゅうございました」

一気にホッとした表情をマルゴが浮かべた。「それでしたらもう、お料理もとにかくできたものからどんどん収納させていただけますね。もし前日から魔道具がお借りできるのであれば、前日からご用意にとりかかれますし」

「そうね、前日からお借りできるか、公爵さまに伺ってみるわ」

そうよそうよ、お料理を作る順番なんかも考えずに、とにかく作れるものから作ってどんどん収納魔道具に放り込んでいけばいいのよ。時を止めて、つまり出来立ての状態をキープしてくれるんだもの。めちゃめちゃ便利よね。

それに、食器やカトラリーだって前日から魔道具に詰め込んでおければ、当日の準備がとっても楽になるわ。

「それでは、メニューはどうなさいますですか？」

「ええと、とりあえずプリンと、それに果実とクリームのサンドイッチは、用意したほうがよさそうなの」

レオさまもメルさまも、公爵さまの煽りにめっちゃ食いついてこられたからねえ。

「では『まよねーず』を使った『さんどいっち』は、いかがなさいます？」

「いまゲルトルードお嬢さまが指示を出して作られた、芋のサラダをはさんだロールパンの『さんどいっち』はどうでしょう？」

って、ヒューバルトさん？

なんでそんなにナチュラルに、我が家の厨房会議に参加してるんですか！

いつの間に私とマルゴの近くにまで移動してきたのか、ヒューバルトさんはイケメン圧全開の笑顔で言った。

「この芋のサラダも本当に美味しいですし、それをロールパンにはさむというのは、とてもいい食べ方だと思います。レタスを加えることで卵の黄色との色合いもよかったですし」

「さようにございますね。あたしも、ロールパンに芋のサラダは、目先が変わってよろしいかと思いますです」

って、マルゴまで！

なんかもう、マルゴの順応力も高すぎる気がするんですけど。

そんでもってヒューバルトさんってば、さらにイケメン圧を上げて言ってきちゃうんだ。

「あとは、噂の細長いパンにソーセージをはさんだ『さんどいっち』はどうでしょう。片手でも食べやすいというお話ですし、屋外でのお茶会にはもってこいではないですか？　私はまだいただいたことがありませんので、ぜひお願いしたいです」

いや、いやいや、いや！

なんですかソレ、ヒューバルトさんも栗拾いピクニックに参加する気満々ですか？

公爵さまじゃないけど、私も眉間にシワ寄っちゃったよ。

そんな私の視線をモノともせず、やっぱりイケメン圧全開の笑顔でヒューバルトさんは言ってくれちゃった。

「屋外の茶会では設営にも男手が必要でしょう。ご当家には男手が足りていないようですから、商会員としてぜひ私も参加させていただきたいですね」

えええええ、ヒューバルトさんに頼むくらいならクラウスに頼むわよ。

と、私は思わず言いそうになっちゃったんだけど、それも想定済みだったらしいヒューバルトさんに先を越された。

「なにしろ今回は、公爵家と侯爵家のお集まりになりますからね。さすがにクラウスでは荷が重いでしょうし」

言われたクラウスは、申し訳なさそうに視線をそっと外している。

ぐぬぬぬ、反論できぬ。

確かに、最上位貴族家のお集まりになっちゃったから、平民のクラウスには荷が重いわ。クラウスは貴族家に勤めた経験もないし。その点、このヒューバルトさんは自身が子爵家の令息だし、しかもお兄さんが公爵さまの近侍だもん、いろんな意味で慣れてるだろうな、っていう。

その上、ゲルトルード商会の商会員としてお手伝いに来ましたって言えば、我が家に同行する不自然さもまったくないじゃないの。

ああもう、断る理由を思いつけないわ。

「……ヒューバルトさんは、エクシュタイン公爵さまとも親しくされているんですね？」

たとえ私がここで断っても、ヒューバルトさんは別口から手を回して絶対栗拾いに参加する気だよね、と思っちゃったので、なんかもう恨めしげに訊いちゃった。

そしたら案の定、にこやか〜にヒューバルトさんは答えてくれた。

「ええまあ、そうですね。あの通り、兄が近侍をさせていただいておりますし、それに末の弟も学院入学から高等学院卒業までの間、エクシュタイン公爵家のタウンハウスに下宿させていただいておりましたので、私も当時から何度かおじゃまさせていただいておりました」

はあ？

ノニソレ、そんなに家族ぐるみのお付き合いなの？

じゃあもう最初からヒューバルトさんには、私のことなんて全部筒抜けだったってことよね？

いや、いいよもう。

いいんだけどさ。

実際ヒューバルトさんって優秀な人のようだし？　栗拾いピクニックにだってお手伝いに来てくれたら、実際我が家は助かるだろうし？

だけど、この納得のいかなさをどうしてくれよう、っていうねえええ。

ええーい、もうこうなったら、とことんヒューバルトさんを利用してやるわ！

「ではヒューバルトさんは、公爵さまのお姉さまであるレオポルディーネさまのご家族のことも、よくご存じなのですか？」

「ええまあ、それなりに」

「昨日、レオポルディーネさまが栗拾いにお連れになると言われていた、ハルトさま？　がどのようなかたか、ご存じですか？」

私の問いかけに、ヒューバルトさんは笑ってうなずいた。

「はい、ハルトさまというのは、レオポルディーネさまのお子さまです。ガルシュタット公爵家のご次男で、ハルトヴィッヒさまとおっしゃいます。いま確か八歳でいらっしゃいますね」

ありゃま、ハルトさまはレオさまの息子さん、それも八歳のお子さんでしたか。

うーん、じゃあ、食べる量もそんなに多くないかな？

でもって、レオさまのご家族についてもう一点訊いておきたい。

「ではご長男であるリドフリートさまのことも、ヒューバルトさんはご存じですか？」

「はい、何度かお会いしたことがあります」

「リドフリートさまは、どのようなかたなのでしょう」

私は誤解のないよう言い添える。「その、お弁当をご用意するにあたって、ふだんからたくさんお食事をお召し上がりになるようなかたでしたら、ご用意するお料理にも配慮が必要になるかと思いますので」

もし、がっつり肉食なおにーさんだったら、それ系のメニューも用意しといたほうがいいよね？

と、思って訊いてみたんだけど、ヒューバルトさんはやっぱり笑った。

「そうですね、リドフリートさまは物静かで穏やかなかたですから、特にお食事の量が多いということはないと思います」

うむ、どちらかというと草食系らしい。

私の質問の意図がちゃんと伝わったようで、ヒューバルトさんはさらに言ってくれた。

「当日ご参加される男性陣には、特に量の多いお食事を希望されるかたはいらっしゃらないと思います。ホーフェンベルツ侯爵家のユベールハイスさまにはお会いしたことがないのですが、食が細いとメルグレーテさまがおっしゃっていましたし。それにユベールハイスさまの近侍も、特に食事量が多いことはありませんから」

って、ヒューバルトさんってばユベールハイスさまの近侍さんまで知ってんの？

ちょっとびっくりしちゃった私に、ヒューバルトさんは続けて言う。

「ガルシュタット公爵家は、護衛を兼ねた侍従が帯同すると思いますが、彼もそれほどは食べないと思います。あとは侍女お二人と、女性の家庭教師が一名同行されるかと思います。リドフリートさまは、通常近侍を帯同されません。ホーフェンベルツ侯爵家は近侍が護衛を兼ねていますので、あとは侍女さんが一名同行されるくらいでしょうか。西の森は王家の直轄地で入れる者が限られていますから、ご両家の護衛も最低限だと思いますよ」

おおう、詳しい情報をありがとう。

それにそうか、屋外だし護衛が必要なんだね。そういうご身分だもんね。

やっぱ使えるぢゃーん、ヒューバルトさんってば。納得は、いかないけど。

そう思ってたら、ヒューバルトさんはにんまりと笑った。

「ただ、ご当家のお料理はどれも本当に美味しいので、ふだんそれほど食べないかたでも、思わずたくさん食べてしまわれる可能性はありますね」

えー、それは褒めてんの？　それとも脅してんの？

なんだか目をすがめちゃった私に、今度はマルゴが言い出した。

「ゲルトルードお嬢さま、やはりここは二十五名分をめどにご用意いたしましょう。三十名分でもよろしいかもしれませんです」

マルゴはいたって真面目な顔で言う。

「ゲルトルードお嬢さまが考案なさいますお料理は、本当にどれもとんでもなく美味しゅうございます。ですから、そのウワサを聞きつけて、当日飛び入り参加されるかたも、いらっしゃるかもしれませんです」

いやマルゴ、当日飛び入り参加とか、何か変なフラグ立てないでほしいんだけど！

思わずヒューバルトさんの顔を見ちゃったんだけど、ヒューバルトさんは微妙な顔で笑った。

「うーん、いまのところ特に聞いてはいませんが……否定は、できませんね」

だーかーらー、変なフラグ立てないでってば！

だって、王宮の西の森は王家の直轄地だから入れる者が限られてる、って言ったばっかだよね？

それで飛び入り参加って……いや、ダメだ、考えちゃダメだよ、私！


それでもやっぱり、まかり間違ってお料理が足りないという事態になることだけは絶対避けたいので、ここはもう作れる限り最大の数のお料理を用意することにした。

なにしろ時を止める収納魔道具をお借りできるんだし、残ったら残ったで皆さんにお土産に持って帰ってもらってもいいもんね。公爵さまなんか、喜んで持って帰るって言ってくれそう。特にプリンとかプリンとかプリンとか。

いや、お土産にしなくても、我が家に持って帰ってきてクラウスやエグムンドさんに差し入れしてもいいんじゃないかな。ええ、特にプリンとかプリンとかプリンとか。

そうよ、これはフラグじゃなくて、単なるお土産と差し入れ、お土産と差し入れだから！

「では、メニューを整理しましょう」

私は厨房の石盤に書き始めた。「果実とクリームのサンドイッチ、細長いパンのサンドイッチ、ロールパンにお芋のサラダのサンドイッチ、それにプリンとメレンゲクッキー。あとは、どうしましょうね？」

すぐにマルゴが答えてくれた。

「先日、ゲルトルードお嬢さまからご提案いただいたおやつは、材料を用意してありますので今日すぐにでもお試しいただけますです」

「あら、じゃあ今日試作してみましょう。材料さえそろえておけば作り方は簡単だもの、メニューに加えてもいいわよね」

「新しいおやつですか。それは楽しみです」

うん、ヒューバルトさんも試食する気満々だよね。

そんでもって、ヒューバルトさんってばおやつの試食に飽き足らず、勝手なことを言い出しちゃうんだ。

「軽食のほうも、何か新作はございませんか？　もちろん、ロールパンに芋のサラダの『さんどいっち』も目新しくて非常によいと思いますが」

新作ってね、簡単に言わないでほしい。

だって、今日を含めて三日しかないのよ？

それにこの量じゃ、前日からフル回転でお料理に取りかからないと絶対に間に合わないと思う。

試作する時間なんて、今日と明日しかないんだから。

なのに、今日はこれから厨房でメルさまんチの料理人さんの講習会でしょ、明日はお昼ごろから家庭教師の先生三名と面接。いったいいつ試作しろと？

そりゃ、時間があるなら唐揚げとかポテチとか試作してみたかったけど、どう考えても無理じゃないの。

せめてポテチだけでもなんとかならないかと考えてみたけど、大量の油とお鍋を用意して、しかも油切りの方法や道具も考えて用意しないと厨房が大変なことになっちゃうだろうからね。やっぱ残念ながら今回は封印よ。

と、新作はおやつ一品だけに決めた私に、ヒューバルトさんはにんまりと笑って言った。

「時を止める収納魔道具ですが、できるだけ早くお借りしたほうがよろしいかと。なにしろ、食材も大量に買い出して保管する必要がおありでしょうから。時を止める収納魔道具があれば、卵でも肉でも、野菜や牛乳、バターやクリームでも何でも、冷却箱に入れておく必要もありませんし、パンは焼き立てのまま大量に保存できますよ」

そ、それは確かに！　めちゃくちゃ便利やん！

ホントにそうだよね、時を止めて保存できちゃうんだもん、パンは焼き立てのままだし、大量のお肉や卵や野菜が冷却箱に入りきらないかもなんて懸念もなくなる。とにかく、必要な食材を思いついたまま買い出してきて、どんどん魔道具に放り込んでおくだけでＯＫなんだわ。

まさにチートなファンタジーアイテムじゃん！

思わず反応しちゃった私に、ヒューバルトさんはさらににんまりと笑ってくれちゃう。

「そうですね、おやつの新作はあるようですが、もしさらに軽食の新作もあるのでしたら、おそらく公爵さまはすぐにでも収納魔道具をお貸しくださると思いますよ？」

うっ！

そ、それは……！

ううう、どうしよう。

でも、いまから新作を投入するとしたら……あっ、アレならできるかも？

もうホンットに、はさむシリーズになっちゃうけど。

私、なんでもはさむ子ちゃんって呼ばれちゃいそうだけど。でも、次にはさむんなら、まず間違いなくアレよね？

「ねえ、マルゴ。お肉屋さんで、腸詰めにする前のひき肉を購入することってできるのかしら？」

私の問いかけに、マルゴは首をかしげた。

「腸詰めにする前のひき肉、でございますか？　頼めば譲ってくれると思いますが」

「じゃあ、もうひとつ、フリッツたちのお店で、またちょっと新しい形のパンをお願いしたいんだけれど」

「はいはい、それはもう、喜んで承りますです」

「何か新作があるんですね？」

もうワクワクしたようすで覗き込んでくるヒューバルトさんは置いといて、私はパンの形を描いてマルゴに説明した。

「こういう丸い形のパンを、水平に切り分けて、間に具をはさもうと思うの」

「その、はさむ具を、腸詰めにする前のひき肉で作るのでございますね？」

さすがマルゴは理解が早い。

「ええ、そのひき肉で作る具のほかに、レタスと玉ねぎと、ピクルスもあるといいかしら。薄切りのチーズや、薄切りのトマトなんかを入れてもいいのだけれど。ソースはマヨネーズとトマトソース。それに粒辛子を少し混ぜるつもりよ」

「本日、試作できそうですか？」

ヒューバルトさんってば、こっちも試食する気満々だわね？

「材料がそろえば、今日試作しましょう。ひき肉を調理するのだけちょっと手間がかかるけれど、後はまた本当にはさむだけだから」

私はそう言ってマルゴに指示する。「多めに試作しておいて、今夜の我が家の夕食にしてもらえばいいわ。ひき肉を調理するさいに少し手を加えるだけで、十分主菜にもできるし」

「かしこまりました。ではまず、新しい形のパンを息子たちに焼くよう伝えなければ、でございますね」

「そうね。それに、腸詰めにする前のひき肉も、お肉屋さんに分けてもらわないと」

そんでもって、私はヒューバルトさんに向き直る。

「ヒューバルトさん、新作を投入しますから、時を止める収納魔道具を公爵さまからできるだけ早くお借りできるように、交渉してきてもらえますか？」

「ええもう、喜んで」

ヒューバルトさんはとってもイイ笑顔でうなずいて付け加えた。

「ただし、本日新作料理の試作があるとお伝えすると、まず間違いなく公爵さまも来訪されると思いますので、それだけはご了承を」

うがーーーーー！

ソレがあったかーーーーー！

絶対来るよ、公爵さま！　もう食べる気満々で、客間どころか厨房へ乗り込んで来るよ！

って、公爵さまってそんなにヒマなの？

そんなに毎日毎日毎日毎日、我が家にやってきてて大丈夫なの？

だいたい、公爵さまと近侍さんの分まで用意するとして、当然ヒューバルトさんとクラウスもでしょ、我が家は今日からモリスとロッタも増えたし、全員に一個ずつ配るとしたら十五個くらい作らなきゃダメじゃない？

それってもう、試作とか言わないいんじゃないの？

ううううう、とにかく時を止める収納魔道具さえすぐに借りられれば、必要な食材も片っ端から買ってきてOKだし、試作でもなんでも作った料理もそのままできたてで保存しておけるから、それで作り溜めていくしかないわ。

公爵さまが食べに来ても対応できるよう、すべて多めに作ってしまおう！

ちょうど、お使いに出てたカールも戻って来たし、お母さまのレオさまに届けるお返事も書きあがったし、私はみんなにしてもらうことを割り振った。

ヒューバルトさんにはレオさまのところにお返事を届けてから、公爵さまのところで魔道具の貸し出し交渉をしてもらうように依頼。

カールとクラウスには、フリッツたちのお店でパンを注文し、それからお肉屋さんでひき肉を買って、さらに市場で本日必要な食材を調達してくるよう頼む。

「食材は、明日、明後日には大量に買い出すことになるわ。いつも購入させてもらっているお店にはそのように伝えてちょうだい」

「わかりました、ゲルトルードお嬢さま！」

いつも買い出しを担当してくれてるカールなら、しっかり必要な食材を買い集めてきてくれるだろう。今日はクラウスも一緒だし、二人で手分けして買ってきてくれると思う。

「それでは行ってまいります」

カールとクラウス、それにヒューバルトさんが出かけていく。

そんでもって、ぴったり入れ替わるように、メルさまんチの料理人さんが到着した。

ホントに慌ただしいことこの上ないわー。

料理人の来訪と新しい衣裳

メルさまんチ、つまりホーフェンベルツ侯爵家の料理人さんたちは、案内されて入ってきた厨房に私がいることに、とても驚いたようすだった。

「えっ、あの、ご当主のゲルトルードお嬢さまでございますか？」

目を丸くした女性の料理人さんがさっと膝を折る。「大変失礼をいたしました。私はホーフェンベルツ侯爵家にて料理長を務めさせていただいております、ベラ・レルヒと申します」

そして、もう一人の若い男性もすぐさま膝を折った。

「私はジルド・レルヒと申します。母のベラとともに、ホーフェンベルツ侯爵家の厨房に勤めさせていただいております」

あら、親子の料理人さんですか。

と、いうことは、もしかして？

「ベラさんとジルドさんですね。当家の主、ゲルトルードです。よろしくお願いしますね」

挨拶をして、私は尋ねてみた。「レルヒ家は何代くらい、ホーフェンベルツ侯爵家で料理長を務めていらっしゃるのかしら？」

「はい、お恥ずかしい話ですが、私でまだ三代目でございます」

いやいや、全然お恥ずかしくないよ、料理長が世襲とか。歴代の家臣じゃないですか。

私はにこやかに言った。

「では、ジルドさんは四代目なのですね。次代が順調に育っておられるので、ホーフェンベルツ侯爵家もご安心でいらっしゃいますね」

「過分なお言葉、ありがとう存じます」

なんかもう、侯爵家クラスになると料理人さんもこんな感じになっちゃうのね……いや、我が家はマルゴでよかったです。本当に、マルゴが来てくれてよかったです。庶民派万歳。

「本日は、我が家の料理人であるこのマルゴから、レシピをお伝えします」

私の紹介に、マルゴが頭を下げる。

「クルゼライヒ伯爵家料理人、マルゴ・ラッハと申しますです」

そのマルゴに、私は言った。

「マルゴ、昨日我が家をご訪問くださった侯爵家夫人のメルグレーテさまは、特にマヨネーズがお気に召したごようすで、ご令息のユベールハイスさまにぜひ食べさせてあげたいとおっしゃってくださったの。レシピをどのようにお伝えするかは貴女に任せますので、よろしくお願いね」

「かしこまりましてございます、ゲルトルードお嬢さま」

ひとつうなずいて、私はベラさんとジルドさんに告げた。

「レシピに関して、何でもマルゴにお尋ねいただいて結構です。私は所用で席を外しますが、どうぞ納得いくまで新しいレシピに取り組んでくださいませ」

「ありがとうございます。ゲルトルードお嬢さまのお心遣いに感謝申し上げます」

うん、まあ、私が厨房で横から覗いてたらヨソんチの料理人さんも緊張しちゃうでしょ。それにこれからすぐツェルニック商会が来てくれると思うので、私はいったん厨房から撤退よ。

そんでもって案の定、私が客間に入って、お母さまとアデルリーナと三人そろったところで、すぐにヨーゼフがツェルニック商会の来訪を告げてくれた。

「クルゼライヒ伯爵家ご令嬢ゲルトルードさま、ならびに未亡人コーデリアさま、ご令嬢アデルリーナさまには本日もご機嫌麗しく、私どもツェルニック商会、お目通りをお許しいただき恐悦至極に存じます」

うんうん、本日も通常運転だよね、ツェルニック商会は。

いや、なんかベルタお母さんの目元のくまが、いっそう濃くなってるような気がしないでもないんだけど。

ううーん、あんまり無理はしないでねと思いつつ、素早くドレスを仕上げて持ってきてくれるのは正直に助かります。

「本日はゲルトルードお嬢さまのお衣裳を二点お持ちしました。いずれもお背中のリボンで身ごろを調節できるようになっており、お直しにもそれほどお時間をいただかずに仕上げることができましたので」

そう言って、リヒャルト弟が二着のデイドレスを広げてくれた。

「まあ、背中のリボンがとってもかわいらしいわ！」

お母さまが声をあげちゃったくらい、二着とも背中を細いリボンで編んで絞る形になっていて、ちょっとかわいらしいデザインだ。

一着は、身ごろが深い緑色のベルベットのような生地と、光沢のあるアイボリーの生地の二色で切り替えになっている。

前も後ろも中央がアイボリーで両脇が緑色。前身ごろのアイボリーの部分には、同じアイボリーのレースが縦方向に何本もあしらわれている。そして後ろ身ごろは、両脇の緑と同じ色のリボンで中央のアイボリーの生地をはさむように編み上げる形になっていた。

スカート部分は、緑一色のオーバースカートに裾からアイボリーのレースが少し覗くよう、アンダースカートが重ねてある。

「こちらのお衣裳は、腰から背中へ編み上げるようにこうして絞っていきます。この中央の部分に変なシワが寄らないよう、このように畳みながら左右にリボンをかけていって……」

リヒャルト弟の説明をシエラもナリッサも真剣に聞いて、私に着付けをしてくれた。

新しいドレスに着替えて、衝立の後ろから出てきた私を見たお母さまとリーナが、いつものように大喜びしてくれる。

「こういう濃い色も、ルーディが着るととってもよく似合ってるわ」

「すてきです、ルーディお姉さま」

うん、ホンット、なんでリヒャルト弟はこんなにも私に似合うドレスを選べるのか、もはやナゾの域だわ。

着替えた私に、ベルタお母さんとお針子さんたちがさーっと寄ってきて、細かいところを調整してくれる。

その間も、ロベルト兄とリヒャルト弟が、この衣裳に合わせる靴はこれ、髪飾りはこれ、肌寒い朝夕にはこのショールを合わせて、などなどコーディネートについてシエラとナリッサに説明してくれている。

このドレスは生地もちょっと厚めだし、いまの時季の屋外で着るにはちょうどいいと思う。栗拾いピクニックに着て行ける新着ドレスが手に入ったよ！

もう一着は、淡いベージュにアイボリーっていう、一歩間違うとボケた感じになりやすい配色のドレスなんだけど、背中のリボンが深紅なのよ。もうすっごくかわいいアクセントになってるの。それに真珠色のビーズもさりげなく散らしてあって、とっても上品なデザインになってる。

「こちらのお衣裳は、先ほどとは逆に、背中から腰に向かって編んで絞っていきます。そしてお腰で結んだリボンをこう、長く後ろに垂らすようにいたします」

また着替えさせてもらって、衝立の後ろから私が出ていくと、お母さまもアデルリーナもやっぱり大喜びよ。

「まあ、このお衣裳も本当にすてき。前から見るととっても上品だし、後ろ姿はとってもかわいらしいわ」

「紅いおリボンがとってもかわいいです」

そんでもって、またもやベルタお母さんとお針子さんたちによる調整が始まる。

なんか、こっちのドレスはもう少し肩を詰めたほうがいいとか言ってるんですけど。私は大して気にならないんだけど、ベルタお母さんは気になるらしい。

「肩の位置がずれていますと、せっかくのゲルトルードお嬢さまのおきれいな肩の線が、崩れて見えてしまうのです。腕の上げ下ろしも、少々窮屈にお感じではございませんか？　大変申し訳ございませんが、一度持ち帰り調整させていただきます」

うーん、そういうものなのか。

でも確かに、ちょっと腕を上げるのが窮屈かも。

この世界というか、このレクスガルゼ王国の貴族女性が着ているドレスの上半身は基本的に、ぴったり体の線にそった形に縫いあげられている。

これがなんというか、伸縮性のない生地なのに、ちゃんと動きやすいようにものすごく細かいパーツに分けて縫いあげてあるのよね。それをちょっとずつ調整して、私の体に合うように仕上げてくれるんだから、文字通りの職人技よ。

ちなみに、コルセット、あります。

でか、私も使ってる。だって、ほかに下着がないんだもん。

私はもう完全に発育不足のツルペタ体形なので、コルセットもほとんど締める意味がないんだけどね。全然苦しくない。そんでも、体を折り曲げたりするときはやっぱりちょっと邪魔だわ。骨に当たっちゃうし、やたら硬い下着って感じ。

だいたい、こんなもん身に着けることになってるから、貴族女性は一人で服の脱ぎ着をするのが難しいのよねえ。

そしてスカート部分は、クリノリンやパニエみたいな器具は使っておらず、バッスルみたいな腰枕も入れてない。あくまでペティコートを何枚も重ねることで、スカートを膨らませてます状態で着てる。でもって、その何重にもなっているペティコートを足でさばきながら歩くのは、結構重労働だったりする。

いつかエンパイアドレスみたいな、胸下で絞るだけの楽ちんドレスを作ってもらってもいいんじゃないだろうかと、ひそかに思ってはいるんだけどね。

てか、フツーにパンツスーツ着たいよ。

ベアトリスお祖母さまみたいに軍人になる気はないけど、ブリーチズはフツーに穿きたいなあ。


試着が終わったところで、ツェルニック商会に栗拾いピクニックの話をした。

ちょうどそれに着て行ける衣裳が欲しかったので、この緑色の衣裳を着ていけるのはとても助かるわ、っていう感じで。

そしたら、ロベルト兄とリヒャルト弟がそろって思案を始めた。

「確かに、いまの時季に屋外で催されるお茶会でございましたら、この緑のお衣裳はちょうどよろしいかと存じます」

「ただ、ご同席なさいますのが、公爵家と侯爵家という方がたとなりますと」

兄弟で顔を見合わせ、それから私に言った。

「もう少し、華やかさを加えさせていただいたほうが、よろしいかと存じます」

なんか兄弟によると、やっぱり貴族家の格というものがあって、上位貴族家の集まりになるとより華やかな装いが求められるんだそうな。

「こちらのお衣裳に華やかさを加えるとしたら、どういう形になるのかしら？」

お母さまの問いかけに、リヒャルト弟がすぐに答えてくれた。

「まず、襟元にレースの付け襟を加えさせていただきたく存じます。ゲルトルードお嬢さまは未成年でいらっしゃいますし、宝飾品をお使いになるより、そういった形でお顔周りを明るくされるほうがよろしいかと思いますので」

ほー、そういうもんですか。

なんか感心して、私はお母さまと顔を見合わせちゃった。

「あとは、スカートのお裾に刺繍を少し加えたいところなのですが……コード刺繍が年明けまで使えないのが本当に残念です」

言ってるリヒャルト弟だけじゃなく、ロベルト兄も、それにベルタお母さんも、ものすっごく悔しそうな顔をしてる。

「それでも少々手を加えさせていただきたく存じますので、こちらの緑のお衣裳もいったん持ち帰らせていただいてよろしいでしょうか？　もちろん、お出かけの前日までには必ずお届けにあがりますので」

「わかりました。ではよろしくお願いしますね」

結局、今日持ってきてもらったドレスは二着とも、いったん差し戻しになっちゃった。でも、すぐにまたお直しして持ってきてもらえることになったし、あの濃い緑のドレスはホントに栗拾いピクニックにぴったりだと思う。

うん、任せたよ。よろしく頼むね、ツェルニック商会！

ツェルニック商会を見送って厨房に戻ると、ナリッサに扉を開けてもらう前から、なんだかにぎやかな声が聞こえてきた。扉を開けてもらったとたん、いっせいに視線が私に向いた。

「ゲルトルードお嬢さま！」

メルさまんチの料理人、ベラさんとジルドさんが真っ先に私の前へやってきて膝を折った。

「本日、ご当家にてレシピを学ばせていただき、まことにありがとうございました！」

「本当に勉強になりました。ありがとうございます！」

口をそろえてお礼を言われちゃって、私は面食らってしまった。

思わずマルゴの姿を捜すと、マルゴはにんまりと笑ってうなずいてくれる。

私もうなずき返し、笑顔を浮かべてベラさんとジルドさんに応えた。

「お二人にとって学べることがあったのならよかったですわ」

「ええ、もう、本当に驚きでございました！」

「まさか、酢と油をあのように混ぜてしまえる方法があったとは！」

ベラさんとジルドさんが興奮したように言い、私は二人に立ち上がるよう手で示す。

「ぜひ美味しく作って、お屋敷のみなさまに召し上がっていただいてくださいね」

「はい、それはもう！」

「この『まよねーず』でございましたら、ユベールハイス坊ちゃまにも喜んで召し上がっていただけると思います！」

二人は何度も何度もお礼を言って、また機会があればぜひレシピを学ばせてほしいと言いながら帰っていった。

はー、なんかすっごい喜んでもらえたみたいで、本当によかったわ。

一息ついて厨房内を見回すと、すでにヒューバルトさんもクラウスもカールも戻ってきてた。やっぱり厨房の人口密度が高いよ。

テーブルの上には、マルゴがレシピを教えるために作ったらしい、ベーコンレタスサンドと卵サンド、それにマヨネーズが入ったカップが置いてある。

マルゴが進み出てきて、私に革製の小さな巾着袋を渡してくれた。

「お預かりしました、レシピのお代金でございます」

「ええ、ありがとう」

その小さな巾着袋を何気なく受け取って……私はその感触に、ちょっと首をかしげてしまった。

硬貨が一枚、だよね？

ちゃりんともなんとも音がしない袋の中には、硬貨が一枚だけ入ってるっぽい。

お行儀悪いと思いつつ、私はその場で巾着袋の口を開けて、中を覗いてみた。

覗いてみて、私は固まった。

こ、こここ、これって……白金貨《はくきんか》？

ちょ、ちょまっ、ちょっとまって、白金貨って……えええ、あの、白金貨一枚？

サンドイッチとマヨネーズのレシピ代が、白金貨一枚って！

いや、事前に代金のお話がまったくできなかったので、いったいどれくらいの金額になるんだろうと……そりゃ、相手は上位貴族家だし、お母さまと仲良しのメルさまだし、それなりにはずんでくださるんじゃないかなー、と、ちょっと期待していなかったとは言わない。

具体的には、まあ日本円で数千円ってことはないでしょ、万札を何枚かくらいのお代金というか謝礼はいただけるかな、と……。

でも白金貨一枚って！

マジで、冗談抜きで、私の予想より二桁も上なんですけど！

ひょいっと、私の横から巾着袋を覗き込んだヒューバルトさんが言った。

「ああ、これはまた、はずんでいただきましたね」

い、いや、はずんでいただきました、とかってレベルじゃないと思うんですけど！

固まったままの顔を向けた私に、ヒューバルトさんは軽やかに笑った。

「そうですね、少し多いと思いますが、まあ、ご祝儀と、それに栗拾いのお弁当代を兼ねていらっしゃるんだと思いますよ」

あ！

お弁当代！

確かに、我が家で何十人分って単位のお弁当を作ることになっちゃったから、その費用も結構かかっちゃうなーと、ひそかに頭を悩ませてたんだけど……メルさま、ちゃんとそのことをわかってくださってたんだ？

いや、でも、それにしても多いよ！　多すぎるよ！

「お弁当代と……それに、ご祝儀？」

ほとんど無意識に口にしてしまった私に、ヒューバルトさんはうなずく。

「ええ。おそらく、ゲルトルード商会創設のご祝儀でしょう」

ああ！

なるほど、そういうこと？

いや、それでもまだ多い気がするんですけど！　これが上位貴族家の相場なの？

なんかもう、目を泳がせちゃう私に、ヒューバルトさんが教えてくれた。

「ホーフェンベルツ領も豊かな領地ですからね。まあ、先代のご当主、有り体にいえばメルグレーテさまがようやく離縁にこぎつけて叩き出すことができた婿どのが、離縁の理由に認められるほど遊蕩《ゆうとう》に浪費されていたようですが……メルグレーテさまがしっかり領地経営をされていたのでしょう。それほど財産を減らすこともなく、ご裕福なままユベールハイスさまに相続させることがおできになったのでしょうね」

メルさま！

なんてすごいの、メルさま！

あんなにおかわいらしい、お人形さんのようなルックスなのに、中身はめっちゃ男前じゃないですか！　堅実領地経営に、ご祝儀をポンとはずんじゃう気風《きっぷ》のよさ！　それでいてお弁当代まで考慮してくださる気配りもバッチリ！

ええ、これはもう、領地経営のこともがっつりメルさまに教えていただかなくては！

それに……メルさまのお代金は破格だったとはいえ、レシピって本当に売れるんだわ。

なんかもう、モリスとロッタも増えたし、モリスはゲルトルード商会でお給金を出すっていってても結局私の稼ぎにかかってるわけだし、さらには家庭教師の先生も雇うことになっちゃったし、ヨアンナ一家も戻ってくるし、養う相手がドッと増えてこれからどうしようって、やっぱりちょっと不安だったんだけど……。

レシピ、売れる！

ええもう、唐揚げもポテチもコロッケも天ぷらもドーナツもガンガン試作して、レシピをがっつり書いてがっつり稼ごう！

これからまだ使用人も増えそうだけど、ドンと来い、よ！

ヒューバルトさんのお使い

私が心新たにがっつり稼ごうと誓っていると、ヒューバルトさんが実に何気なく言ってきた。

「閣下はこころよく貸してくださいましたよ」

何を、と一瞬思ってから、私はバッとヒューバルトさんに向き直った。

にんまりと笑ったヒューバルトさんが、着ているジャケットの裾をまくり、腰に下げていた小さ

な袋を取り外し、私に差し出してくれた。

「時を止める収納魔道具です」

これが！

ウワサの！

本当に、私が片手を広げたよりちょっと大きいくらいの、袋というかポーチのようなモノだ。薄茶色で四角い形をしていて、手触りはスエードのように柔らかくてなめらか。ふたになっているフラップにはボタンも金具も付いていないけど、フラップの横に短い紐がループ状に取り付けられていて、そこにベルトを通してひっかけておくらしい。

ちなみに重さも、本当にただの革袋としか感じられない程度。

恐る恐るフラップを持ち上げて、私は中を覗き込んでみた。

中は真っ暗で、本当に真っ暗というか漆黒の闇になっていて、底なんかまったく見えない。なんかもう、この辺がファンタジー感満載だわ。

「これをお借りしてからクラウスたちと合流できたので、とりあえず買い出してきたものを収納しておきました」

ヒューバルトさんが手を差し出してきたので、私は手にしていた魔道具を返した。

受け取ったヒューバルトさんは、フラップを上げた魔道具をテーブルの上へ向けた。

次の瞬間、なんだか『にゅるん』という感じで、テーブルの上に卵がいっぱい入ったかごが出てきた。

もちろん、そんな卵がいっぱい入ったかごが入るような大きさは、その袋にはない。

それどころか、ヒューバルトさんが何も言わないのに、袋からは次々にゅるんにゅるんとモノがあふれだしてきた。

ひき肉がいっぱい入った大きなボウルが五個、レタスが十個、玉ねぎも二十個くらい出てきた。焼き立てほかほかのバンズも二十個ほどある。牛乳がなみなみと入った大きな壺や、バターがたっぷり入った大きな容器、削る前の丸いチーズもごろんごろんとテーブルの上に並ぶ。
フ、ファンタジー！
これぞファンタジーだわ。本当に、物理的に絶対おかしいやん！　なのに、ちゃんと収納してしまえるチートなマジックアイテムそのものだわ。

たぶん、収納魔道具を見てる私の目がキラキラしてたんだと思う。

ヒューバルトさんはにっこり笑って言ってくれちゃった。

「申し訳ありませんが、いまこの場で、この魔道具が使えるのは、私だけです」

「はい？」

思わず間抜けな声を出しちゃった私に、ヒューバルトさんが説明してくれた。

「この魔道具は、公爵閣下の所有物として契約魔術が施されています。そのため、閣下ご本人か、閣下に追加登録していただいた者にしか使えないようになっているのです。私はこれをお借りしたとき追加登録していただきましたので、使えるのです」

えー！　ナニソレ？

私には使えないの？　せっかくこんなファンタジーなチートアイテムが目の前にあるのに！

がっくりと、うなだれてしまいそうになっちゃった私に、ヒューバルトさんがにんまり笑って言ってくれた。

「後から閣下がご来訪になりますから、そのときゲルトルードお嬢さまも追加登録していただけると思いますよ」

それは！

それはもちろん、追加登録してもらいたいが！

でもそれはつまり、がっつり試食させろと、公爵さまはおっしゃってるわけですね？

しかも、間違いなく、厨房に乗り込む気満々ですね？

なんだかものすごーくビミョーな気分になっちゃった私に、ヒューバルトさんがまた何気なく言い出した。

「それからガルシュタット公爵家、というかレオポルディーネさまから、ご伝言をお預かりしております」

「レオさまから？」

「はい。栗拾い当日の設営は、ガルシュタット公爵家で準備されるとのことです。クルゼライヒ伯爵家では、当日のお食事のみご準備いただければよいとのことです」

私は目を瞬いた。

「えっと、それはつまり、我が家は本当に食べるものだけ用意すればいい、ということかしら？」

「はい。ガルシュタット公爵家では、西の森に設置してある四阿《あずまや》を利用したいとお考えのようです。そこで必要な茶器やカトラリーなど食品以外のものは、すべてご用意いただけるとのことです。あとで詳しい内容の書簡をご当家にお届けすると承ってまいりました」

おおおお、レオさまもなんてお気遣いを！

そうなのよ、実はそれも悩んでたの。我が家だけのピクニックだったら、敷布になるものを持って行って、地面に敷いて座ればいいと思ってたんだけど、さすがに公爵家や侯爵家の方がたを地面に座らせちゃっていいものなの？　と。

でもそうなると、テーブルや椅子まで運ばないとダメ？　いくら収納魔道具を借りたとしても、そんな二十名にもなりそうな人数でアウトドアなセットを準備するだとか、どう考えても無理ゲーじゃない？　と……よかった、ホントによかった、レオさま、ありがとうございます！

ああでもホントに、なりゆきで我が家に全員分のお弁当を押し付けられちゃったって気分だったけど、メルさまはさりげなく費用負担をしてくださったわけだし、レオさまは当日の会場の準備を引き受けてくださったわけだし。

なんていうか、ホントにさすが奥さまがた、よくわかってくださってますね、って感じよ。

まったく、言いたくないけど、時を止める収納魔道具を貸し出してくれたはいいけど、試食となると当然のように乗り込んできちゃう誰かさんとはだいぶ違う気が……いや、ホントに言いたくないけど！

レオさまメルさまのお心遣いに感謝しつつ、同時にやっぱりまたなんかこうちょっとビミョーな気分になっちゃった私に、ヒューバルトさんはまたもや何気なく言い出した。

「ああ、そうでした、これもありました。昨日ゲルトルードお嬢さまから頼まれた品ですが、これでどうでしょうか？」

収納魔道具の中から、ヒューバルトさんが細長い棒のようなものと、白っぽい三角形でぺらっとした薄いものを出してきた。

ヒューバルトさんは、細長い棒のようなものを私に差し出す。

「星抜き草の茎を乾燥させたものです。中が空洞になっているので、おっしゃっていたものに使用できるのではないかと」

受け取って確認して、私はびっくりした。

本当に中が空洞になったストロー状なんだけど、茎の形がくっきり六角形の星形になってるの！まるでオクラの断面みたいな感じなんだけど、オクラと違うのは五角形ではなく六角形で、もっと細くて薄くて硬い。星の尖り方も鋭角だ。

「こちらは、露集め草の花弁を乾燥させたものです」

次にヒューバルトさんが渡してくれた白っぽい三角形のものは、高さが二十センチくらいで最大幅が十五センチくらい、しかもくるりと巻いた円錐形の袋状になっている。

「この花は、この花弁の中に露を溜めるのですよ。革袋ほどの丈夫さはないのですが、森の中で水を運ぶときに簡易な水袋として使うことができます」

なんだか、レジ袋のような手触りでしゃかしゃかしてる。レジ袋に比べると少し厚みがあるけどそれでもかなり薄い。

すごい。

この世界にはこんな植物があるんだ。

これ、めっちゃ使えそうな気がする！

私はすぐに言った。

「マルゴ、これを使ってメレンゲクッキーを作りましょう！」

私の唐突な言葉にも、マルゴは難なく反応してくれた。

「かしこまりました。さきほど『まよねーず』を作るときに分けた卵白が残っておりますので」

「ええ、卵白を泡立ててメレンゲにしてほしいの。それから天火《オーブン》を低温で温めて、天パンの準備をしてちょうだい」

さらに指示を出し、私はその六角形の茎を持って思案した。

茎はかなり長さがあり、下から上に向かってだんだん細くなっている。

メレンゲを絞り出すなら細めのほうがいいわよね。でも、この袋の先っぽにどうやって取り付ければいいかな？　袋を差し込んだだけだと、絞ってるときに外れそうだし……こういう形だから紐で縛るのは難しいし、接着剤で貼り付けようにもそんな手ごろな接着剤なんてない。

何かこう、金具のようなもので、カチッとはめ込むようにできればいいんだけど……。

そうだ、二重にしてみたらどうだろう？

私はナイフをマルゴから借りて、茎の適当な太さのところを切り取った。長さ二センチくらいのものと、それよりやや細い部分で長さ三センチくらいのもの、二つだ。

その切り取った茎と露集め草の袋を水洗いし、乾いた布巾でしっかり水気を拭きとる。

露集め草の袋は、円錐状の先っぽをちょっと切り取ったような形で、実に具合のよさそうな穴が開いてる。その穴の部分を、短いほうの茎に差し込む。

それから、袋の内側から少し細くて長いほうの茎を、先にセットした少し太いほうの茎へ、形を合わせてぎゅっぎゅっと押し込んでみた。

おお、いい感じ！

茎と茎の間に、袋が挟まってしっかりと固定できた。

私はマルゴが泡立てて作ってくれたメレンゲを受け取り、星抜き草の茎を取り付けた袋にスプーンですくって詰めていった。

とりあえず、袋の六分目くらいまで詰めてみた。袋自体があまり大きくないので、少ししか絞れないけど、とりあえずやってみよう。

私は袋の中を確認して、できるだけ空気を抜く。そして、薄く油が塗られた天パンの上に、むにゅんとひとつ、メレンゲを絞り出してみた。

うむ、大成功！

「ひゃあ、これはまた！」

マルゴが歓声を上げ、ほかのみんなもびっくりした顔で、天パンに絞り出されたメレンゲを見ちゃってる。ぴんと角の立った六角形のメレンゲだ。

「えっ、あの、この形のまま固めてしまえるんですか？」

ヒューバルトさんが、なんか本気でびっくりしてる。

「ええ、このままの形で焼き固められるはずよ」

答えながら、私はむにゅんむにゅんとメレンゲを絞り出していった。

なんだかマルゴが大喜びだ。

「ゲルトルードお嬢さま！　これは大変すばらしいです！　なんとも華やかでおもしろい形ではございませんか！」

うふふふ、いいでしょ、絞り袋があるのって。

天パンの上にずらりと絞り出されたメレンゲは、すみやかに天火の中にセットされた。

低温でじっくり焼くから時間がかかるけど、これで六角形の角の立ったメレンゲクッキーが焼きあがるはず。

でもホント、こんな植物を使って絞り袋が作れちゃうなんて。

私は昨日ヒューバルトさんに説明したとき、絞り口は何か金具で作ってもらう必要があるんじゃないかと思ってた。だけど、まさかこんな植物があったとは。

メレンゲやクリームを入れる袋も、防水を施した木綿の袋とか、そういうものを私は想像してたんだけど、こんな不思議な植物の袋を持ってきてくれるだなんて思ってもみなかった。

最初、エグムンドさんがヒューバルトさんを紹介してくれたとき、知識も情報もたくさん持っていて、しかもその知識や情報の使い方をよく知っている人、みたいなことを言ってたけど……本当にそうだわ。

たぶんお料理なんかほとんどしたこともなくて、当然絞り袋が何なのかもさっぱりわかっていなかっただろうに、私の大まかな説明を聞いただけで、ヒューバルトさんはパッとこの六角形の茎と花弁の袋を思いついてくれたんだと思う。

ヒューバルトさんってば、めっちゃ『使える』人じゃないの！

そこで私は、もうひとつ、ヒューバルトさんに頼んでみることにした。

そう、メレンゲを作るとき、絶対欲しいヤツ！

私の説明に、ヒューバルトさんは首をかしげた。

「泡立て器、ですか？」

「そうよ、このメレンゲを作るときもそうなのだけれど、クリームを泡立てたりするときって、ものすごく体力が必要なの」

ええもう、私は【筋力強化】でガッシャガッシャ泡立てちゃえるんだけどね。

マルゴもがっつり腕力をふるって泡立ててくれるんだけどね。

それでも、できたら電動泡立て器ならぬ、魔動泡立て器が欲しい！

それも、高速低速の切り替えができるヤツを、できる限り早急に！

だって冗談抜きで、大量にメレンゲだのクリームだの泡立てる必要があるのよ、三十名分のおやつを作るために。

私だって【筋力強化】が使えなかったら、腕が折れちゃうんじゃないかってほどだから。

本当に、本当に、おやつ作りは腕力勝負なの！

思案顔のヒューバルトさんが答えてくれた。

「うーん……そうですね、弟に相談してみます」

「あの魔法省の魔道具部にいるという弟さんね？」

私の問いかけにヒューバルトさんがうなずく。

「はい。我が家の精霊ちゃんは本当に天才ですから、相談すれば何かいいものを作ってくれるのではと思います」

え、あの、精霊ちゃん？

なんじゃそりゃ？　という顔を、私は思わずしちゃった気がする。

だって、精霊ちゃん？　弟のことだよね？　弟が精霊ちゃん？

そんな私に、ヒューバルトさんは満面の笑みで、本当にいつものうさんくささなんかかけらもない百パーセント『お兄ちゃん』な笑顔で、言ってくれた。

「ええ、我が家の末っ子は、本当に精霊ちゃんなんですよ。ゲルトルードお嬢さまには、いずれご紹介できると思いますが」

う、うーん……精霊ちゃんな弟？　魔法省に勤めてるってことは、成人してる男性だよね？　それで精霊ちゃん？　しかも天才？

なんというか、会ってみたいような、会ってみたくないような……。

ヒューバルトさんはでも、その『お兄ちゃん』な笑顔をすぐに引っ込めてまた思案顔になった。

「しかしゲルトルードお嬢さまは本当にすごいですね。このクリームを絞り出す道具ですとか、それにクリームを泡立てる魔道具ですとか」

絞り袋を手にヒューバルトさんは苦笑する。「この道具はまず間違いなく、エグムンドさんが意匠登録すると思いますよ。それに、魔道具の泡立て器も作れば、そちらも間違いなく意匠登録行きですね」

そしてヒューバルトさんは、その絞り袋を凝視しているモリスに顔を向けた。

「モリス、魔術式契約書に追加事項を入れる。ここで見聞きした料理、レシピ以外にも、こういった道具に関しても口外できない契約にするから」

モリスは神妙にうなずいたけど、私はびっくりしちゃった。

「え、あの、そんな契約を、モリスとしているの？」

「もちろんです」

当然だという顔でヒューバルトさんはうなずく。「この厨房で作られる料理のレシピは、すべて販売対象になると考えています。特に『さんどいっち』などは真似しやすいですから、どこから情報が漏れるかわかりません。口外法度の魔術式契約を結んでおくのは、モリスのためでもあるのですよ。もし万が一情報が漏れたとき、モリスを疑わなくて済みますから」

確かに、言われてみればそうだ。

サンドイッチはともかく、見た目だけでは作り方がわからないだろうマヨネーズやプリンのレシピを、モリスはこれから覚えるんだから。

でも、それならば……。

私の懸念通り、ヒューバルトさんは言った。

「聞いての通りだ、ロッタ。きみにも魔術式契約を結んでもらう。悪いが、きみに拒否権はない」

ロッタの丸顔が緊張にこわばる。

けれどロッタはすぐにうなずいた。

「わかりました。契約を結びます」

そしてマルゴは自分から言い出した。

「あたしも、その魔術式契約を結びますです」

「マルゴ、でも貴女は……」

言いかけた私に、マルゴはにっこりと笑って言った。

「さっきヒューバルトさまがおっしゃったように、その契約はあたしを守るためのものでございましょう？　もちろん、あたしは何ひとつ口外するつもりはございませんが、人に絶対なんてものはありやしませんからね」

うーん、やっぱりお金が絡んでくると本当にいろいろ大変だわ。

でも、ヒューバルトさんの言うように、ちゃんと契約を結ぶことが彼らを守ることになるのは間違いない。ここはもう、割り切っていくしかないわね。

魔術式契約書は、クラウスがすぐに商会のエグムンドさんのところまで取りに行ってくれることになった。なんだかすっかりクラウスは、ヒューバルトさんの使い走りにされちゃってる気がするなあ……。

そんでもってマルゴは、いやたぶんモリスも、絞り袋を使いたくてうずうずしてるっぽい。

「ゲルトルードお嬢さま、その道具は『めれんげ』以外でも使えるのでございますよね？」

「ええ、泡立てクリームなどもきれいに絞り出せるわよ」

私が答えると、マルゴは冷却箱からふたのついた容器を取り出してきた。

「こちらに、ゲルトルードお嬢さまから教えていただいたバターのクリームが入っております。これで試してみてもようございますか？」

そう、バタークリーム。生クリームじゃなくて、バターとイタリアンメレンゲを混ぜ合わせて作るバタークリームを、なんとマルゴは知らなかったのよ。

私はふつうにバタークリームもこの世界にあるものと思っていたから、薄く焼いたクッキー二枚でクリームをはさんで……って、マルゴにアレを頼んだとき、マルゴが生クリームのほうを考えてたとは思ってなかったのよねえ。

マルゴは、食べるときにクッキーで生クリームを掬って、それにもう一枚クッキーを重ねるおやつをイメージしてたらしい。それで、試作にこんなに時間がかかっちゃったという、ね。

「こちらがお砂糖を使ったバターのクリーム、そしてこちらがはちみつを使ったバターのクリームでございます」

こちらの世界のお砂糖は、真っ白な上白糖じゃない。茶色いお砂糖なんだけど、お砂糖自体が貴重品だ。もちろんグラニュー糖なんてない。だから、生クリームもバタークリームも、それにメレンゲクッキーもちょっと茶色っぽくなるのよね。

でもね、はちみつ……めっちゃ美味しい！

ホントにホントに、百パーセント天然のまったく熱処理してない本物のはちみつって、こんなに美味しいんだって感動したくらいよ。

なんていうか、すっごく甘いんだけど、くどさがない甘さなのよね。ほんのり酸味があって甘さだけじゃない複雑な味わいで、しかも花の香りもする。蜜を集めた花の種類によって味も違うので、本当に微妙な甘さを味わえちゃう。

私の前世の記憶からしたら、上白糖よりも百パーセント天然はちみつのほうが、よっぽど貴重な高級品なのよねえ。

「あ、でも、冷却箱に入れてあったからちょっと固くなっちゃってるわね」

私はスプーンを受け取って、それぞれのバタークリームを味見してみた。

うーん、どっちも美味しいけど、やっぱりバターの風味がそのまんま味わえるのはお砂糖のほうかなあ。バターとはちみつって組み合わせも美味しいんだけど、今回のおやつはこれにさらにドライフルーツが混ざってくるもんね。

私は、マルゴが出してくれた薄焼きクッキーと、甘口のお酒に漬けこんだ干し葡萄と干し杏も味見してみた。

「今回は、こちらのお砂糖を使ったほうのクリームにしましょう」

メルさまからお弁当資金をいただいちゃったことだし、今回は贅沢にお砂糖で！

ただ、やっぱり冷やしてあったぶん、絞り袋を使うにはちょっと固くなりすぎてるので、ぬるめの湯せんにかけて少しやわらかくすることにした。

マルゴもモリスもちょっとがっかりしてるけど、後でいっぱい絞らせてあげるから。

「じゃあ、この間にもうひとつの試作をしましょうか」

私は、クラウスとカールが買ってきてくれたひき肉を確認した。依頼した通り、脂の少ないきれいな赤身のひき肉だ。うふふん、これならがっつり肉肉しいパティが作れそう。

ただ、このひき肉だけじゃ、焼いたときにちょっとボソボソしちゃうかな。あんまり捏ねちゃうとお肉の食感が落ちちゃうし……卵はいらないけど、牛乳に浸したパン粉をちょっと加えるか。

って、パン粉、ないかも……。

もしかしたらパン粉ってモノ自体、この世界にはないのかもしれない。我が家の厨房で見たことがないもの。やっぱ、トンカツもコロッケもないもんね。パン粉を作る必要がないんだろうね。

かといって、マルゴは食材の管理がきっちりしてるから、干からびたパンなんてこの厨房にあるわけがない。

うーん、生パン粉より乾パン粉がいいんだけどな、どうしようかな、スライスしたパンをちょっと焼いて砕く？

と、私が思案していると、その声が聞こえてきた。

今日もやっぱりご登場

「私はゲルトルード嬢の後見人なのだ。親族同等なのだから、何も問題などないであろう？」

「いいえ、他家の殿方が厨房へお入りになるのは、どう考えても不自然でございます」

あー……やっぱ来たよ、来ちゃったよ。

私だけじゃなく、マルゴもカールもナリッサも、みんな気がついちゃった。ナリッサの笑顔が氷点下になり、ヒューバルトさんはおもしろがってる顔をしてる。そんでもって、モリスとロッタはナニが起きてるのかさっぱりわかってない。

すぐに厨房の扉が開き、黒ずくめの公爵さまが堂々と乗り込んできた。

「ゲルトルード嬢、邪魔をする」

ええ、思いっきり邪魔ですとも。

公爵さまの後ろには、ごめんなさいねと言わんばかりに眉を下げちゃったお母さまがいる。わかっていますとも、お母さまはなんにも悪くないです。こんな横暴なおっさん、げふんげふん、公爵さまを止めるなんて誰にもできやしませんから。

「ごきげんよう、エクシュタイン公爵閣下」

私は笑顔を貼り付けて言った。「本日も我が家の厨房に、直接、足を運んでいただきまして、まことにありがとう存じます。ただ、お出しできるお料理はまだ何もできておりませんので、ぜひとも客間で、お待ちいただきたく存じます」

はっきりと、イヤミたっぷりに私はカーテシーをしてみせた。

だけど公爵さまは意にも介さない。

「いや、ここで待たせてもらうので、気遣いは無用だ」

気遣いじゃ、ありませーん！

って、誰も許可してないのに、当然のようにそこの丸椅子に、やたら優雅に腰を下ろしてんじゃないわよ。近侍さんは相変わらず笑いをこらえて肩をひくひくさせてるだけだし。

それにほら、モリスとロッタなんて真っ青な顔してる。そりゃそうよ、まさか厨房に公爵さまが乗り込んでくるだなんて、夢にも思ってなかっただろうから。

やっぱり、先に教えておいてあげなきゃいけなかったわ。カール、しっかり二人のフォローしてあげてね。

「ああ、そうであった、ヒューバルト」

「はい、閣下」

呼ばれたヒューバルトさんが、近侍のアーティバルトさんと並んで公爵さまの脇に控える。

あ、モリスと、それに特にロッタが驚いてるのはこの二人のせいもあるかもね。ヒューバルトさんはフェロモンの栓を閉めてくれてるけど、それでもこれだけそっくりなイケメンが二人並んでたら、その破壊力にちょっとビビるわよね。

でもって、公爵さまは完全にマイペースだ。

「ヒューバルト、時を止める収納魔道具だが」

「こちらにございます」

ヒューバルトさんが差し出した収納魔道具を手に、公爵さまは私を呼んだ。

「ゲルトルード嬢、きみもこの収納魔道具が使えたほうがいいだろう。登録をしておこう」

ええ、それはもちろん、私も使えたほうが嬉しいしありがたいですがっ。

なんか、そのことをちゃっかり言い訳にされちゃってる気がしちゃうのはナゼ？

いかにも、時を止める収納魔道具を貸し出してあげたから、しかもその魔道具を私にも使えるよう登録してあげる必要があったから、自分は厨房まで出向いてきたんだよーん、みたいな？

私はやっぱり笑顔を貼り付けて言った。

「ありがとうございます、公爵さま。ぜひお願いいたします」

とりあえず、時を止める収納魔道具を私にも使えるようには、してもらおうじゃないの。

手招きする公爵さまのところまで行くと、公爵さまは自分の手のひらの上に収納魔道具を乗せて差し出してきた。

「この上に、きみの手を置きなさい」

言われた通り、私は公爵さまの手のひらの上の収納魔道具を押さえるように自分の手を乗せる。

公爵さまは、その私の手の上にもう一方の手を乗せた。公爵さまの両手で、魔道具と私の手がはさみこまれた格好だ。しかし公爵さま、手がデカいな。私の手、完全に隠れちゃうよ。

とたんに、公爵さまの手ではさまれた私の手が、ふわーっとした温かさに包まれた。

あれ、これって……公爵さまの魔力？

魔力だよね？

人の魔力を直接受けると、こんな感じなんだ？

そう思ってると、なんかいきなり、すぽん、と魔力の小さな塊が私の手のひらから吸い取られたような感じがした。

「登録完了だ」

公爵さまはそう言って、私の手を放してくれた。

なんか、すっごい不思議な感じ。

私は、放してもらった自分の手をしげしげと見つめちゃった。

ふだんから、触れることで自分の魔力を魔道具に通すことはやってるけど、ほかの人の魔力を自分に通してもらったのは初めてだ。それに、自分から魔力を通すんじゃなくて、魔道具から自分の魔力を吸い取られたような感覚も初めて。なんかホントに不思議。

「これできみも、この収納魔道具が使えるようになった」

公爵さまがその収納魔道具を私に差し出す。「この収納魔道具は、手を触れている者の思考に反応する。目の前のモノを収納したいと思うだけで収納できるし、収納してあるモノを出したいと思うだけで出すことができる」

やってみなさい、と公爵さまにすすめられ、私は卵がいっぱい入ったかごに袋の口を向けた。

入れ！

と、本当に、思っただけで、かごがにゅるんと袋の中に吸い込まれるように消えた。

「出すときは収納したモノをより具体的に想像しながら、出てこいと念じるのがコツだな」

公爵さまの言葉にうなずき、私は袋の口をテーブルの上に向け、さっき収納したばかりの、卵がいっぱい入ったかごを頭の中に思い描く。

出てこい！

これまた、本当に思うだけで、さっきのかごがにゅるんと出てきた。

すごーい！

ホントにすごいよ！　ナニコレ、めっちゃ楽しい！

「生きているモノ以外は、基本的に何でも収納できる」

公爵さまが説明してくれる。「人はもちろん、動物や鳥、昆虫、魚、魔物なども、生きている状態では収納できない。植物については、根がついていても地面から抜いてあれば収納できる」

「容量はどれくらいあるのですか？」

私が尋ねると、公爵さまは答えてくれた。

「魔物の討伐遠征で六十名分の物資を三十日分収納したら、ほぼいっぱいになったな。そのくらいは入るようだ」

六十名分の物資を三十日分？

具体的にどれくらい？　一日三食かける六十人かける三十日分？　物資ってことは、食料品以外のものも含まれるんだよね？

なんかさっぱり想像がつかないけど、とりあえずめっちゃ入るってことだよね？

数十名分のお弁当くらいドンと来い、だよね！

私はすっかり楽しくなっちゃって、テーブルの上のモノを収納したり、収納したモノをテーブルの上に出したりしてみた。

うん、ホントに楽しーい。どや顔してる公爵さまはちょっとうっとうしいけど。

私はその辺りにあるモノを一通り出し入れし、満足して収納魔道具を置いた。

いや、私が嬉々として魔道具を触ってるようすを、みんなが生温かい目で見守ってくれてることに気がついたからでは、決してない。ええ、決して。

「それでは、次の試作に取りかかりましょうか」

私は何事もなかったかのように、にこやか〜に言った。

そして、お皿の上にのせてあった丸パンをひとつ手に取る。

「ソーセージを作る前の、この挽いた状態のお肉にパン粉を混ぜたいのだけれど」

私はマルゴに問いかけた。「マルゴ、パン粉って知ってる？」

案の定マルゴは首をかしげた。

「パン粉、で、ございますか？」

「ええ、パンを乾燥させて粉のように小さく砕いたものよ。それを使うと、この挽いたお肉をふっくら焼き上げることができるの」

「それはまた、おもしろそうでございますね。挽いた肉に、そのパンの粉を混ぜて焼くのでございますね？」

マルゴの目が好奇心に輝いてる。

本当に、マルゴはお料理に対してどん欲だ。ちゅうちょなく、それどころか大いに楽しみながら新しいレシピに取り組んでくれる。

「とりあえず、パン粉を作りましょう。このパンを薄く切ってさっと両面焼いて、水分を飛ばしてから――」

「ゲルトルード嬢」

いきなり、公爵さまが声をかけてきた。

振り向いた私に、公爵さまはちょっと眉を寄せて言った。

「そのパンから、水気を抜けばよいのか？」

「はい、ええと……」

私はうなずきながら首をかしげちゃう。「その通りです、公爵さま。パンを粉のように細かく砕きたいので、焼いて水分を飛ばそうとしているのです」

てか、なんで公爵さまが調理の手順に口を出してくるの？

私もちょっと眉を寄せちゃいそうになったんだけど、公爵さまはすっと私に向かって手を差し出した。

「そのパンを貸してみなさい。ああ、その皿も一緒に」

さっぱりワケがわかんない。

でも、とりあえず公爵さまに逆らうワケにはいかない。

ってことで、私は言われた通り、パンをお皿にのせて公爵さまに手渡した。

公爵さまは、パンを片手で持ち上げる。

いったいナニをするつもりなんだろう？

いやもう、試食させてあげるだけでも大サービスなのに、調理にまで口出し手出ししてほしくないんですけど。

そう思っちゃって、すがめてしまいそうだった私の目が、すぐに丸くなった。

だって、公爵さまが持ち上げてるパンの周りに、白い靄《もや》が立ち込めてきたんだもの！

ナニ、なんなの、ええっとホントに公爵さま、パンから水分を抜いてるの？

パンを包んだ白い靄が、ぽたっと水になってお皿に落ちていく。

これ……これって、公爵さまの固有魔力？

「これでどうだろうか？」

公爵さまが差し出したパンは、本当にカラッカラに乾いていた。もう、手で押しただけでボロボロと崩れてしまいそうなほどに。

「……すごい」

思わずもらした私の言葉に、公爵さまは澄ました声で答えた。

「私の固有魔力は【水操作】だ」

そう言って、公爵さまは片手を伸ばして手のひらを上に向けた。

とたんに、その手のひらの上に白い靄が立ち込めてくる。

その靄がみるみるうちに集まって、公爵さまの手のひらの上に小さな水の球が浮かび上がった。

「私は空中の水分も、このように集められる。おかげで、討伐遠征に出ても飲み水に困ることがない」

ぱしゃん、と公爵さまは、自分の手のひらの上に浮かんでいた小さな水の球を、お皿の上に落とした。

公爵さま、めっちゃどや顔してる。

いや、でも、確かにこれはすごいわ。空気中の水分を集めちゃえるなんて。それにたぶん、パンだけでなくほかのいろんなモノからも水分だけを抜いてしまえるんだと思う。

さらに、公爵家なんて最上位の貴族なんだから、魔力量だってかなり豊富なはず。いまは本当に小さな水の球だったけど、その気になればもっともっと大きな水の球を作ることもできちゃうんじゃないだろうか。

「それだけで足りるのか？」

公爵さまはすっかりどや顔のままで、私が手にしているカラカラになったパンへとあごをしゃくった。

私は正直に、率直に、丸パンの入ったかごを公爵さまの前に差し出した。

「あと十個ほど、お願いします」

いや、まさか公爵さまの固有魔力でパン粉を作ってもらえるだなんて、夢にも思ってなかったけ

どね。てか、天下の公爵さまの固有魔力をこんなことに使ってもらっちゃっていいのかとか、考えたら負けだからね。

いいの、言い出したのは公爵さまのほうだから。

公爵さま本人があんなにどや顔して、満足してくれちゃってるから。

ええこのさいだから、トンカツやコロッケの分も、たっぷりパン粉を作ってもらっちゃおうじゃないの。

はい、そこのイケメン兄弟、二人そろって手で口元押さえて肩ひくひくさせてんじゃないわよ！

うむ、それではパティを作ろうではないか。

パン粉もたっぷり手に入ったことだし。

私は大きめのボウルに作ったばかりのパン粉を入れ、牛乳を注いでふやかした。そこに赤身のひき肉を投入。塩と胡椒も振り入れた。

うん、脂が少ないから、氷水で冷やすほどでもないかな。

水に漬けてちょっと冷やした大きなスプーンでひき肉をざっくりと混ぜ、それから私は両手を水に漬け、ちょっと冷やしてからひき肉を捏ね始めた。

「手の温かさでお肉がダレちゃうから、冷やした手で手早く捏ねるのがコツよ」

私の傍で、かぶりつきでマルゴが見ている。

この辺はもうホントに好みの問題だけど、私は粘り気が出るほどまでは捏ねない。食べたとき、口の中でお肉がほどけるくらいが好きなんだよね。

それに、そんなにしっかり捏ねなくても、サッと焼けるくらいの成形はできる。

ざっくり捏ねただけのひき肉をひとつかみ取り出し、私はバンズの大きさに合わせて丸く成形していく。そんでもって、右手から左手へパンパンパンと三回落として空気を抜いた。

「こうやって空気を抜いておくと、焼いたとき割れにくくなるの」

真剣な顔でふんふんとうなずいていたマルゴが、言い出した。

「ゲルトルードお嬢さま、あたしにもひとつ作らせていただけませんか」

「ええ、いいわよ。やってみて」

ホンットにマルゴは飲みこみが早い。

私が作ってるのを一回横で見ていただけで、もうちゃんとできるようになるんだから。

「そうそう、はさむパンの大きさに合わせて……中央の部分が気持ち薄めになるくらいの感じでいいわよ」

ハンバーグほどの厚みはないから、中央をくぼませておく必要はない。

丸くて平らなパティが、次々と成形されていく。

「じゃあ、これを鉄鍋で焼きましょう」

私は指示を出した。「このお肉のほかに、野菜も一緒にはさむのよ。レタスは手でちぎって……そうね、玉ねぎとトマトを粗みじんに刻んでおいてくれる？」

こちらの世界というかこの国には、バンズと同じサイズに輪切りにできるような大きなトマトはないらしい。トマトは加熱して食べるのがメインらしくて、日本でいうミディサイズくらいで楕円形をしてる。

パティはモリスが焼くことになった。

大きな鉄鍋、要するにフライパンなんだけど、熱したところにさっと油を引いてパティを並べていく。

「中火で両面を焼いたら、ふたをして蒸し焼きね。お水は入れなくていいから、焦げないように気を付けて」

「わかりました」

神妙にモリスはうなずいて、それでも結構慣れた手つきでパティを焼き始めた。

マルゴが玉ねぎとトマトを刻んでいる横で、ロッタがレタスをちぎってる。

「ロッタ、レタスはもうちょっと大きめでもいいわ」

「は、はい！　かしこまりました！」

「大丈夫よ、今日は試食だから。すぐに慣れるわ」

ロッタはまだ緊張してるっぽい。

まあ、初日で、しかも公爵さままでいるもんねえ。

私はロッタにほほ笑みかけてから、カールを呼ぶ。

「カールも手伝ってちょうだい。焼いたお肉の上でチーズをとろけさせたいので、チーズを削ってくれる？」

「はい、ゲルトルードお嬢さま！」

私は私で、バンズの準備だ。

丸いバンズにパン切り包丁を水平に入れ、上下に切り分けていく。そんでもって、空いてる焜炉に鉄鍋を置き、熱したところでバンズを並べていった。切った面にちょっと焼き目が付くくらいでいいので、ホントに軽く空焼きする感じ。

味付けは……うーん、チーズも使うことにしたからマヨネーズと粒辛子でいいかな？　粒辛子、要するに粒マスタードって和辛子ほども辛くないから、アデルリーナみたいな子どもでも食べられるのよね。

パティの第一弾が焼きあがったので、パティの上にカールが削ったチーズをたっぷりのせ、火を消した状態でふたをしてチーズをとろけさせるよう、モリスに指示する。

私は焼き目を付けたバンズのうち、下側になるバンズに薄く粒辛子を塗って、準備万端だ。

モリスが呼んでくれる。

「ゲルトルードお嬢さま、チーズはこんな感じでよろしいでしょうか？」

「ええ、とってもいい感じよ」

ああもう、お肉の焼けたいい匂いに、チーズのとろけた匂いまで重なって、めっちゃお腹が鳴りそう。

「じゃあ、その焼けたお肉をこのパンの上にのせてちょうだい」

バンズの上にとろけたチーズののったパティ、その上に刻んだ玉ねぎとトマト、さらにその上にちぎったレタスを重ね、レタスの上にマヨネーズを落としてバンズでふたをする。

よし、ハンバーガー完成！

はーい、そこ！　そんな期待を込めまくった目で身を乗り出してこなくても、あとでちゃんと食べさせてあげますから！

って、公爵さまだけじゃなく、お母さまもちゃっかり席に着いちゃってるし、いつの間にかアデルリーナまで、シエラに連れてきてもらったのかお母さまの横にお行儀よく並んで座ってるし。

うん、お母さまとリーナはいいの。あとで一緒にたっぷり食べましょうねー。

とか、私が思ってる間に、次々とハンバーガーができあがっていく。

私の手順を見ていたマルゴが、焼き上がったパティを使ってどんどん作っていってくれちゃったのよ。

「ゲルトルードお嬢さま、次のお肉を焼きますですか？」

「そうね、とりあえず十個、作っちゃいましょうか」

一回に五枚ずつパティを焼いてるので、二回焼いてちょうど十個。

しかし十個で足りるかしらね？　公爵さまと近侍さんと、それにヒューバルトさんは、どう考えても丸ごと一個よこせって言うわよね？

私やお母さま、それにアデルリーナは半分もあれば十分、っていうか、丸ごと一個ハンバーガー食べちゃったら、晩ごはんが入らなくなるよ。さらにもうひとつ、おやつの試食もあるしね。ついでに晩ごはんには、ハンバーグを焼くつもりなんだけど……。

うーん、モリスもロッタもいるし、それにクラウスにも食べさせてあげたい。

やっぱ十個じゃ足りなさそう。

「マルゴ、さらに五個、追加しておきましょう」

「かしこまりました、ゲルトルードお嬢さま」

そうよ、余ったら時を止める収納魔道具に入れておけばいいんだし。作りたての状態でずっと保存しておけるんだから、ピクニック当日に出す分に回してもいい。

だけどホンットに便利だわ、時を止める収納魔道具って。

コレ、いくらくらいするんだろう？　てか、ふつうに売ってるようなモノなの？

こんなに容量はなくてもいいから、我が家にも一個、常備できないかな？

だってコレがあれば、いまはマルゴが前日に作り置きしておいてくれる朝ごはんも、できたての状態で食べられるじゃないね？

おやつの作り置きだってし放題になるから、マルゴに余裕があるときにいろいろ作ってもらって収納しておけば、急なお客さまがあったときにも慌てなくて済むし。

てか、ホンット、我が家は現在、毎日毎日急なお客さまだらけの状態だからね！

なんてことを思ったせいなのかどうなのか、また増えちゃったよ……。

次のハンバーガー製作を進めていたところで、厨房のドアがノックされた。

見るからに申し訳なさそうなヨーゼフが、扉を開けて告げる。

「ただいまベゼルバッハさまがご来訪されました。なんでも魔術式契約の件と意匠登録の件で、どうしても厨房に入る必要があるとおっしゃっておられます」

ヨーゼフの後ろには、にんまり笑顔のエグムンドさんと、しょんぼり肩を落としちゃったクラウスが立っていた。

そうよね、クラウスがエグムンドさんのところへお使いにいった時点で予想しておくべきだったわ。うん、クラウス、きみは悪くないよ。

そりゃもう、このエグムンドさんが眼鏡キラーンしちゃって『ほほう、新作料理の試作が行われているのですか』なんて言ってくれちゃったら、クラウスには止めようがないもの。もう、その姿が目に浮かんじゃうわよ。

しかしホンットーーーに、みんな、なんでそろいもそろって、こんなに食いしん坊なの？

しかも毎日毎日、なんですぐ、我が家にやって来れちゃうの？　みんなヒマなの？

あーーもーーーーーハンバーガー増量しといたのは正解だったけど！


「これはまた、なんともおもしろい道具ですね」

エグムンドさんは、絞り袋を使ってバタークリームを絞り出す私に、とっても感心したようすで言ってきた。

ちょうどメレンゲクッキーが焼きあがったところで、その不思議な形と絞り袋についてエグムンドさんに説明したら、ぜひ実際に絞っているところを見たいと言ってきたのよね。

そこで、マルゴが焼いておいてくれた薄い四角形のクッキーに、バタークリームをむりゅむりゅと絞り出して実演してあげたのよ。

「これは二枚のクッキーではさんでしまうので、クリームを飾る意味はあまりないのだけれど」

私はちょっと苦笑しながら説明する。「それでも、焼き菓子などにクリームを添えるとき、この絞り袋を使うとうんと華やかな見た目に仕上げることができるのよ」

同じテーブルの上で、絞り袋を使ってバタークリームをクッキーの上に絞り出していたマルゴも言い出した。

「ゲルトルードお嬢さま、この道具は本当にすばらしいです。先ほど教えていただいたように、こうくるっと丸く絞り出すだけで、まるで薔薇の花のようになるではありませんか」

「ええ、見た目も華やかだし、絞っていて楽しいでしょう」

私は笑顔で答えた。「このおやつは二枚のクッキーではさんでしまうから、いろんな絞り方を試してくれて大丈夫よ」

「はい、ゲルトルードお嬢さま。けれど、はさんだ横からこのぴんと筋の立ったクリームが見えるだけでも、全然違いますですよ」

大喜びしているマルゴの横では、モリスもめちゃくちゃ真剣な顔でバタークリームを絞ってる。くるっと丸めてみたり細かい波形にしてみたり、モリスもなかなかセンスがいい。

クリーム絞りは二人にまかせ、私は絞られたクリームの上に干し葡萄をのせ始めた。マルゴが甘めのお酒に漬けておいてくれたヤツだ。干し葡萄だけでなく、干し杏を刻んだものも漬けておいてくれたので、二種類作れる。

クッキーではさんだときに、横からちょっと干し葡萄や干し杏が見えたほうがいいので、その辺りをくふうしながら並べていき、最後にもう一枚のクッキーでふたをする。これで、バタークリームサンドの完成だ。

わーい、美味しそう！　てか、絶対美味しいよ！

そうだわ、栗拾いに持っていくときは、干し葡萄と干し杏のバタークリームサンドを一個ずつ、それにメレンゲクッキーを三個ずつくらいで、ワンセットのおやつにしよう。

うーん、食器はレオさまが用意してくださるようだけど、せっかくだから蜜蝋布でワンセットごとに包んでおこうかな。

あ、でも……瓶入りプリンを作るなら、瓶のふた用に蜜蝋布を大量生産しなきゃダメじゃない？

そしたら、蜜蝋布はそっちを優先しないとダメよね。

てか、そもそも、プリンは何十個作ればいいんだろう……絶対、お土産に持って帰りたい人、いるよね？　公爵さまとか公爵さまとか公爵さまとか。

相変わらず、厨房には見事なまでに場違いな公爵さまが、優雅に腰を下ろしてる。でも、やっぱちょっとそわそわしてるよねー。もう、ハンバーガーもバタークリームサンドも食べたくてしょうがないんだろうねー。

でもホントは、バタークリームサンドって一日置いたほうが、しっとりなじんで美味しいんだけどねー。

「ゲルトルードお嬢さま」

絞り袋を確認していたエグムンドさんが言ってきた。「この道具は、意匠登録いたしましょう。ただ、このままの星抜き草と露集め草を使ったものではなく、この形そのものを登録したほうがよろしいかと思います」

「形そのもの、というのは？」

私の問いかけに、エグムンドさんが答える。

「やはり植物をそのまま使っておりますと、どうしても形状が安定いたしませんし耐久性にも問題があります。できるだけ早く、この星形の金具を製作いたしましょう。ただ、意匠登録に関しては金具の製作より早く、この形状を登録しておくべきです」

「形状だけの登録もできるのですか？」

「もちろんです」

そりゃまあ、ついこないだまで商業ギルドの意匠登録部門のトップだった人が言うんだから、間違いなんかあるまい。

「ではこの星形だけでなく、もう少しいろいろな形の絞り口が欲しいのですけれど」

「はう？　ほかにも形があるのですか？」

「ええ、この絞り出す口の形を変えることで、絞り出したクリームなどに変化をつけることができるのよ」

そりゃあもう、栗拾いに行くんだもん、モンブランをマルゴに作ってもらうためには、細い丸形の絞り口があったほうがいいに決まってるもんね。

「それでしたら、この絞り口の形を指定せずに登録する必要がありますね」

エグムンドさんが考え込むように言う。「クリームなど食品に限らず、流動物を一定の形を保ったまま絞り出すための道具、というような表現で登録したほうがいいかもしれません」

「その辺りのことは、エグムンドさんにお任せします」

「では、取り急ぎこの道具の形状を意匠登録するということで」

「そうですね、ゲルトルードお嬢さま。意匠登録については、エグムンドさんにお任せすれば間違いないですね」

いきなり、ヒューバルトさんが私とエグムンドさんの会話に割って入ってきた。

ヒューバルトさんはにっこり笑って、でも目線だけをチラッと動かす。その目線の先では……公爵さまの眉間のシワがますます深くなっていた。

あー、はいはい、わかりました。

もはや限界なんですね、もうこれ以上待たせるなと言いたいんですね。

私がさりげなくヒューバルトさんにうなずくと、エグムンドさんも心得てくれていたようだ。

「では、意匠登録についてはまた後でご相談さしあげます。それから魔術式契約書ですが、クラウスこちらへ」

エグムンドさんに呼ばれたクラウスが、さっとエグムンドさんの鞄を持ってくる。

「記入の方法はわかっているね？　モリスとロッタ、それにマルゴさんの契約書を頼めるか？」

「はい。大丈夫です」

うなずくクラウスにエグムンドさんはうなずき返し、私に向き直る。

「それではゲルトルードお嬢さま、契約に関してはクラウスに任せますので」

「ええ、お願いします」

私は笑顔で答えてから、その笑顔を公爵さまに向けた。「では公爵さまは、客間へご移動願えますでしょうか？」

「客間に？　何故？」

不思議そうに眉を上げてるんじゃないわよ、ここで試食なんてダメに決まってるでしょ！

と、心の中で思いつつ、私はまた笑顔を貼り付けて言う。

「せっかくでございますから、お茶の準備をさせていただきます」

「いや、私はここで別に構わな――」

「客間で、お茶とおやつを、差し上げたく存じますので」

公爵さまの言葉をぶった切って、私は言い張った。「公爵さまには、客間にお移りいただけませんと、おやつを召し上がっていただくこともかないませんので」

だから近侍のアーティバルトさん、肩をひくひくさせてないで、自分の主をしっかり客間へ誘導して！

私がちょっと、いや、かなり怖い笑顔を向けると、アーティバルトさんもうなずいて公爵さまを促してくれた。

「閣下、せっかくですから、客間で正式なお茶をいただきましょう。本日はこちらの厨房に人が多いですし、客間のほうがゆっくりとおやつを味わっていただけるものと思います」

お母さまもアデルリーナを促して席を立ってくれた。

「ではリーナ、わたくしたちも客間へ行きましょう。公爵さま、下の娘も同席させていただきたく存じます」

「うむ、それは一向に構わないが」

うなずいた公爵さまを、アーティバルトさんが急かしてくれる。

「閣下、では奥さまとお嬢さまをお待たせするのも悪いですから」

はーい立って立って、客間へ行きますよー、とばかりにアーティバルトさんが公爵さまを、ようやく連れ出していってくれた。

公爵さまと近侍さん、それにお母さまとアデルリーナが厨房から出ていって、扉が閉められたとたん、ロッタがはーっと大きく息を吐きだした。

思わずみんなの視線が集まって、ロッタがしまったとばかりに自分の口を手で押さえて身をすくめてしまう。

「も、申し訳ございません！」

「大丈夫よ、ロッタ」

私も息を吐きだしながら言ってあげた。「貴女の気持ちは、すごーくよくわかるから」

そう、私が言ったとたん、モリスもぶはーっと大きな息を吐きだした。

うんうん、みんなめちゃくちゃ緊張してたよね。

そして私は、正直にげんなりとした顔で言ってしまった。

「我が家の厨房では、今後もこういうことがあると思っていてちょうだい。あの公爵さまは、これからも我が家の厨房に乗り込む気満々でいらっしゃるようですからね」

ホンット、勘弁してほしいわ……。

「では、ゲルトルードお嬢さま、私たちも客間へと移動させていただきます」

エグムンドさんがクックッと笑いながら言った。「クラウス、契約のことは頼んだよ。きみはこちらの厨房で、弟と一緒にゆっくり試食させてもらうといい」

「はい、ありがとうございます」

クラウスも正直にホッとした顔で答えてる。

って、クラウスに配慮してあげてるっぽいけど、エグムンドさんも客間で一緒に試食する気満々だってことだよね？

まあ、それでもクラウスは厨房でカールたちと一緒に食べるほうが、ハンバーガーもより美味しく落ち着いて味わえるのは間違いないと思うけどね。

そんでもって、当然のごとくヒューバルトさんも客間へと、エグムンドさんと連れだって厨房を出ていった。

まったく、みんななんでこう、そろいもそろって食いしん坊なんだろうね。おまけにそろいもそろって、試食させてもらって当然と思ってるのはナゼなんだろうねー？

そんでもまあ、ここまできて食べさせてあげないわけにはいかない。

私はナリッサとマルゴに指示を出して、お茶の準備をしてもらう。客間の支度に行っていたシエラも戻って来たので、お茶のセットと、作ったばかりのハンバーガーやらバタークリームサンドやらをどしどしワゴンに積み込ませた。

「それでは行ってきますね」

私の言葉に、厨房の一同がさらにホッとした表情を浮かべちゃってる。

ホントにみんな、よく頑張ってくれたわよ。

「マルゴ、今日作ったお料理の試食も、全員でしてちょうだい。ああ、今日はクラウスも参加ね。それからカールは後でハンスと交代してあげてね」

「ありがとうございます、ゲルトルードお嬢さま」

「はい、後でハンスと交代します、ゲルトルードお嬢さま！」

クラウスが頭を下げ、カールが元気よく答えてくれる。ハンスは、今日は門番として門に詰めてくれてるのよね。

ようやく私も、おやつをいっぱい詰め込んだワゴンを押すナリッサとシエラを連れて、客間へと向かった。


「みなさま、お待たせいたしました」

私が客間に入っていくと、なんかもう期待の目が集中してくれちゃう。

ヨーゼフだけでなく、アーティバルトさんもすぐにワゴンのところへやってきて、即行給仕態勢だ。私はあとを彼らに任せ、自分の席に着いた。

席に着いたとたん、公爵さまが私に話しかけてきた。

「今日の『さんどいっち』は丸いパンを縦に重ねた形なのだな。『さんどいっち』といっても、ずいぶんと種類があるものだ」

「そうですね、基本はパンに何かをはさむだけですから、パンの形や食材などでいろいろな組み合わせが考えられると思います」

私たちが話しているうちに、お茶が配られていく。

そして蜜蝋布で包まれたハンバーガーが入ったかごも、それぞれに配られた。でもバタークリームサンドとメレンゲクッキーがのったお皿は、後で配られるらしい。

私はお母さまに言った。

「お母さま、今日の試食はかなり量が多いです。全部召し上がっていただくと、お夕食が入らなくなってしまうと思うのですが」

「そうねえ……」

お母さまは小首をかしげ、でもすぐに言ってくれちゃった。

「ではそのぶん、お夕食の量を減らしましょう。マルゴには、そう伝えておけばいいのではないかしら」

はい、わかりました、お母さまも晩ごはんより目の前のハンバーガーですね。

まあさすがに、アデルリーナのハンバーガーは半分に切っておいたんだけどね。

と、いうことで、まずは私とお母さまでお茶を一口飲み、そしてハンバーガーにぱくっとかぶりついた。

うわー、肉肉しいパティの美味しいこと！　モリスってば、焼き加減も絶妙よ！　とろけたチーズとの相性もバッチリ。このお肉の味を堪能するために、粒辛子とマヨネーズだけの味付けにしたのは正解だったわ。

私はいつも通り、笑顔で言っちゃう。

「では、みなさんもお召し上がりくださいませ」

お茶を一口飲んだお客さんたちの手が、いっせいにハンバーガーへと伸びる。

みんなもう、我が家の試食になんのためらいもないようで、そろってすぐさまハンバーガーにかぶりついてくれちゃった。

「これもまた、とんでもなく美味しいですね。調理しているときから、本当にいい匂いがしていましたけれど」

アーティバルトさんが嬉しそうに言い、公爵さまもうなずいている。

「まったくだ。ソーセージの中身だと言っていたが、こういう形で焼いても実に美味いものだな」

「しかし、この黄色いソースは本当に万能ですね」

しゃくしゃくとレタスを噛んでいたヒューバルトさんが、口の中のものを呑みこんで言った。

「野菜はもちろん、こういう肉の料理にもすごく合うじゃないですか」

「なるほど、これにもあの黄色いソースが使われているのですね。実に美味しいです」

エグムンドさんも納得顔でもぐもぐと食べている。

そこでヒューバルトさんがちょっとどや顔で言い出した。

「この黄色いソースを使って、蒸かした芋を和えたサラダも本当に美味しいですよ。先ほど試食させていただいたのですが、クリームチーズを使うより口当たりがなめらかで、酸味があるぶんさっぱりしていて」

「芋のサラダだと？」

案の定、公爵さまが眉間にシワを寄せて言い出した。「この黄色いソースはそのような使い方もできるのか？」

ええもうヒューバルトさん、いちいち公爵さまを煽らないでください。

私はもう面倒くさいので、シエラに指示を出してポテサラサンドを四つ、追加で作ってくれるようマルゴへ頼みに行ってもらった。

ホント、マルゴが大量にポテサラを作っておいてくれてよかったわ。ロールパンもまだあったはずだし。このおっさん、げふんげふん、公爵さまってば、下手するとポテサラ食べるまで帰らないとか言い出しそうだもん。

幸いなことに、ポテサラサンドは可及的速やかに客間へ届けられた。

ありがとうマルゴ、もうお手当めっちゃはずむよ。栗拾いが終わったらボーナスをドカンと出させていただきます。

しっかし、みなさん、よく食いますね。

公爵さまもアーティバルトさんもヒューバルトさんも、それに四十路のエグムンドさんまで、ハンバーガーとロールパンのポテサラサンドをペロリだよ。

私はハンバーガー一個はやめといたほうがよかったかも、なんてすでに思ってるっていうのに。いや、お母さまはハンバーガー一個ペロリといっちゃったけどね。

「この芋のサラダをはさんだ『さんどいっち』も本当に美味しいですね」

「ゆで卵が入っているから食べ応えもありますしね」

イケメン兄弟がイケメンな顔で感想を述べあってる。

エグムンドさんも、なんか妙に納得した顔で言ってくれちゃうし。

「この芋のサラダは本当にいいですね。こうやってパンにはさんで食べてもいいですし、芋のサラダだけで食べても十分美味しいおかずになるでしょう」

そんでもって公爵さまは、ナプキンで口元を拭い、優雅に足を組み替えて、おもむろに言い出してくれました。

「では、お茶のお代わりを頼もうか」

はいはい、まだ食うんですね？

さっさと次の、バタークリームサンドを出せとおっしゃってるワケですね？

私はもう無駄な抵抗も思考も放棄して、ヨーゼフに笑顔を送っちゃう。

「ではヨーゼフ、お代わりをお願いね」

お茶のお代わりとともに、バタークリームサンドとメレンゲクッキーが盛り付けられたお皿が粛々と配られた。

うーん、やっぱりおやつというか、甘いものは別腹だわ。

マルゴが焼いてくれたクッキー生地はさくさくで、バタークリームは濃厚。お酒のシロップに漬けてあった干し葡萄も、とってもいいアクセントになってる。

私が一口食べてご案内すると、お客さんたちもいっせいにバタークリームサンドを口にした。

「これはまた、濃厚なクリームだな」

公爵さまが眉を上げちゃってる。

私は笑顔で答えちゃった。

「通常の生クリームを使うのではなく、バターをクリーム状にしてあるのです」

「ふむ、それだからこれほど濃厚なのか」

うなずいている公爵さまの横で、アーティバルトさんも感心したように言う。

「けれど、くどくないというか、しつこくない味わいですね。甘すぎなくて、酒の香りもいいですし……それにこれは、少し塩気もあるのかな？」

はい、正解です。

無塩バターを使ってるんだけど、マルゴがクッキー生地に少し塩を入れてくれたんだよね。ほんのりした塩気が、濃厚なバタークリームとすごくよく合ってるの。ホンットにこういうところ、マルゴは天才だと思っちゃうのよねえ。

もう、言うまでもなく、バタークリームサンドも大好評ですわ。

「本日の新しい料理も、実に美味であった」

公爵さまは本当に満足そうに言ってくれちゃった。「まったく、具材をはさむという形はどれも同じであるのに、食材の組み合わせでこれほどさまざまな種類が作れるとは」

「このバターで作ったというクリームをクッキーではさんだおやつも、誰でも思いつきそうで思いつけないですよね」

ヒューバルトさんも感心したように言ってくれちゃう。

同じように、エグムンドさんも感心したらしく言ってくれる。

「芋のサラダをロールパンにはさんだ『さんどいっち』もすばらしいです。あれは、あの黄色いソースがなかったとしても、十分美味しく食べられそうです。ソーセージをはさんだ細長いパンと同様に、朝食など手軽な食事にぴったりですね」

「それで、ゲルトルード嬢、本日の新しい料理も、栗拾いに持参する予定だろうか？」

「はい、そのつもりです」

公爵さまの問いかけに、私はうなずく。

「ほかには、どのような料理を予定しているのだ？」

再び問いかけてきた公爵さまに、私は指を折って数えてみた。

「そうですね、本日の丸いパンのサンドイッチとお芋のサラダのサンドイッチ、それに細長いパンのサンドイッチに、果実とクリームのサンドイッチを予定しております。それから、このバターのクリームをクッキーではさんだおやつと白いクッキーをひとまとめにして、さらにプリンですね」

うーん、自分で言っておいて何だけど、めちゃくちゃ多くない？　なんかもう、ハンバーガーとホットドッグの両方があるってだけで、お腹いっぱいになりそうなんだけど。

だけど公爵さまは、すごく嬉しそうだ。

「うむ、実によいメニューだな。食べ応えがありそうだ」

いやもう、これ全部って、おやつとか軽食とかって域は軽く超えてるよね？　完全に、がっつり食べますメニューになってるよね？

公爵さまも、量も種類も多いことはわかってるようで、いや、わかっているからこそ、しれっと言い出してくれちゃった。

「そうだな、もし当日すべてを食べきれずに余るようであれば、ぜひ土産として分けてもらいたいのだが」

澄ました顔で公爵さまは言う。「プリンもそうだが、我が家の料理人が実際に食してみたいと言っているのだ。料理人には『新年の夜会』での祝儀を作らせる必要もあるので、私もぜひ実物を味わわせておきたいと思っている」

あーはいはい、想定内です。

絶対、お土産にプリンとかプリンとかプリンとか欲しいって言い出すと思ってたよ、この人は。

そこで、ヒューバルトさんが笑顔で言い出してくれた。

「閣下、閣下がお土産を持ち帰るとおっしゃるのであれば、ガルシュタット公爵家もホーフェンベルツ侯爵家も、同じようにお土産を所望されると思いますよ」

当然よね、公爵さまにだけお土産をあげて、レオさまメルさまに何も渡さないって、どう考えても失礼だもんね。

なのに、公爵さまってばやっぱりしれっと言っちゃうんだ。

「それでは、余った料理をそのまま、いまゲルトルード嬢に貸している収納魔道具に入れたまま返却してくれればよい」

うわー、それ言っちゃう？

ホンットにそういうとこ、ダメダメでしょ、公爵さまってば。

私は思わず目をすがめちゃいそうになっちゃったよ。我慢したけど。

でも、これはちゃんと言っておくべきだと思ったので、私は笑顔で言っちゃった。

「そうですね、公爵さまには時を止める収納魔道具をお貸しいただいたこと、たいへん感謝しております。またガルシュタット公爵家からは、当日の会場の設営をすべてしてくださるとご連絡いただきましたし、ホーフェンベルツ侯爵家からは本日多額のレシピ代金をお支払いいただきまして、そこからお弁当の食材をまかなわせていただこうと思っておりまして」

私は思いっきり笑顔を公爵さまに向ける。「そのようにご援助くださっているご両家にお土産を渡さないなどとは、到底考えられませんので」

はーい、そこ、いかにも不服そうに口をへの字に曲げなーい。

もう、なんで自分だけ特別扱いしてもらえないと拗ねちゃうんだろうね、この公爵さまは。

なんかもう、いろいろと面倒くさすぎるので、私はさくさくと必要なことだけを伝えていくことにした。

「それでですね、プリンを余分に作っておこうと思っているのですが、容器が足りないのです」

「容器、とは？」

プリンの話だと公爵さまの反応がいいですねー。

私はうなずいて、手で大きさを示した。

「はい、これくらいの大きさの瓶か陶器のカップにプリンを入れて、あの布でふたをして当日はお配りしようと考えているのですが、そろいの容器を何十個もとなりますと、我が家にある食器だけでは足りないのです」

「なるほど、かしこまりました」

返事をしてくれたのはエグムンドさん。

「早急に手配いたしましょう。ほかに何か、必要なものはございますか？」

さすがエグムンドさんは実務家だよね。

私は少し考えて答えた。

「そうですね、時を止める収納魔道具が利用できるといっても、やはりお料理をお配りするときにこれらの、サンドイッチなどをまとめて入れておけるかごが、いくつかあるといいと思います。それから、プリンのふたもそうですが、果実のサンドイッチなどはやはり包んでおいたほうが召し上がっていただきやすいと思いますので、あの布を作るための端切れが大量に必要です」

「かごと布ですね？　布の種類は、何かご指定はお有りですか？」

「作りやすいのは、平織りの綿の布です。できれば見た目が華やかになるような、明るくてきれいな色や柄が欲しいです。それに何種類か色や柄があったほうが、お料理ごとに分けるなどできていいと思いますので」

「承知いたしました。そちらも早急に手配いたします」

頼りにしてますよ～、エグムンドさん。

私に返答してくれたエグムンドさんは、すぐにとなりに座っているヒューバルトさんと何か話し始めた。容器や布の仕入れ先を相談してるっぽい。

そして、ヒューバルトさんが言い出した。

「閣下、申し訳ございませんが、収納魔道具をもうひとつ、お貸し願えませんか」

眉を上げた公爵さまに、ヒューバルトさんがさらに説明する。

「今回は急ぎですので、私が直接問屋へ行って容器や布を仕入れてきます。ただ、本日お借りした時を止める収納魔道具には食材など、すでに必要なものが大量に収納されておりますので、できればご当家の厨房から動かさないほうがいいのではないかと思いまして」

確かに、ヒューバルトさんがあの時を止める収納魔道具を厨房から持ち出しちゃったら、ちょっと不便だわ。食材が足りなくなっても取り出すことができないし、調理したものをすぐに収納することもできない。

だから公爵さまもすぐに納得してくれたようだ。

「相分かった。アーティバルト」

「はい、閣下」

促されたアーティバルトさんが、自分の腰に下げていた別の収納魔道具を取り出した。私が初めて見せてもらったヤツだ。時を止める機能はないって言ってたヤツ。

アーティバルトさんはその収納魔道具からしゅるんと、同じような袋をひとつ取り出した。収納魔道具の中に、予備の収納魔道具まで収納していたらしい。

「ありがとうございます。お借りします」

受け取ったヒューバルトさんが、その収納魔道具を自分の腰に下げてる。

って、ソレは追加登録しなくて大丈夫なの？

てかもしかして、すでにヒューバルトさんは登録されてる？　なんかもう、公爵さまとは家族ぐるみなお付き合いっぽいことを言ってたから、その可能性もあるなあ。

そんなことを考えていて、私はちょっとまじまじと、ヒューバルトさんと収納魔道具を見つめすぎちゃったらしい。

「どうかしただろうか、ゲルトルード嬢？」

公爵さまが問いかけてきちゃった。

私はとりあえず笑顔を貼り付けて答えておいた。

「いえ、収納魔道具とは、本当に便利なものですね。我が家にもひとつあればいいのにと、つい、そう思ってしまいまして」

「ふむ」

公爵さまの眉間のシワが深くなった。

なんだろ、なんかマズイこと言ったかな？

私の笑顔がちょっと引きつりそうになったとき、公爵さまはおもむろに、私がまったく想定もしていなかったことを言い出した。

「尊家にも、収納魔道具のひとつやふたつは、あると思うのだが」

知らなかったこと、そしてわかったこと

「は、い？」

収納魔道具が、我が家にもある？

まさか、そんなことを言われるとは夢にも思っていなくて、私は間抜けな声をもらしちゃった。

けれど公爵さまは、いたって真剣だ。

「確かに収納魔道具は『失われた魔術』によって作られた貴重な品だが……それだけに、上位貴族家で代々受け継がれる資産となっている。尊家ほどの名門伯爵家であれば、ひとつやふたつは所有しているはずだ。きみは見たことがないのか？」

「ありません……」

なんか茫然と私は答えてしまい、それからすぐお母さまに顔を向けてしまった。

お母さまもすぐに首を振った。

「わたくしも、まったく存じておりません」

でも、公爵さまがそう言うのなら、可能性はある？

あるよね？

だって、あのドケチで自分の所有物にはとことん執着していたゲス野郎のことだもの、私やお母さまにはそういうモノについてもいっさい言わず見せず触らせず、だった可能性は大いにある。

もしかして、本当に、我が家にも収納魔道具がある？

思わず色めき立ちそうになっちゃった私に、公爵さまは冷静に問いかけてきた。

「前当主が亡くなられたあと、執務室や金庫の確認は？」

「しておりません」

これについてはもう、即答だよ。

そんな、我が家に代々伝わる秘密道具があるなんて、本当にまったく思ってもいなかったもん。

それに、公爵さまに差し押さえの赤札貼られた状態だと思ってたし。帳簿の確認だけはしたけど。

公爵さまは、ほんの少しちゅうちょしたあと、さらに問いかけてきた。

「では、前当主が亡くなられたとき、ご遺体の確認はどのように？」

その瞬間、お母さまの体がびくっと震えた。

私は思わずお母さまの手を握る。

そして、落ち着いた声で私は公爵さまに答えた。

「わたくしが確認をいたしました」

公爵さまのあの不思議な藍色の目が私を見つめている。

「そのさい、前当主が身に着けておられたものは、検《あらた》められたのだろうか？」

そう問われて、私はようやく思い至った。

「前当主が身に着けていたものについては、わたくしはいっさい検めておりません。当時、当家の執事だった者が検めました。わたくしはその者から、当家の鍵だけ返却を受けました。そしてそのまますぐに業者に委託し、当家の墓地に埋葬してもらいました」

そう、もしあのゲス野郎が死んだとき、我が家の収納魔道具を身に着けていたのだとしたら……いや、あのゲス野郎のことだから、絶対身に着けていたと思う。だって、人に知られてはまずいものをなんでも、隠したまま持ち運べるってことだもんね。

そして、あの恰好だけの役立たず執事はおそらくそのことを知っていて……収納魔道具を持ち逃げした可能性が高い。

だって、そうでなければ、ちゃんと鍵と一緒に我が家に返却してるよね？

ただの革袋だと思って一緒に埋葬しちゃったとか……いや、とりあえず開けて中をのぞいたら漆黒の闇だよ？　絶対、魔道具だって気がつくよ。もしあの役立たず執事が、収納魔道具の存在をそのときまで知らなかったのだとしても。

あのゲス野郎、博打に全部賭けちゃってたらしく、宝飾品を何一つ身に着けてなかったのは、私も覚えてる。クラバットのピンからシャツのカフスにいたるまで、全部だ。だから、鍵以外何も返却がなかったことに、私は特に不審を覚えなかったんだけど。

ああ……これは、これについては、本気で悔しい！

知らなかったとはいえ、いや、知らなかったことが、本当に、本気で悔しいわ。

しかし、『失われた魔術』か……学院の授業で習ったな。収納魔道具って、いまはもう生産できない魔道具なのね。それだったら確かに、上位貴族家が代々受け継いで所有しているって言われても納得できる。

『失われた魔術』っていうのは、このレクスガルゼ王国が建国するはるか以前に栄えた王国で創造された魔術で、特殊な古代魔術語を記述することで道具に強力な魔力を付与している……んだったと思う。

その特殊な古代魔術語が、長い戦乱の時代にすっかり失われてしまったため、いまはもう誰も解読できなくて同じものを作れないんだとか。

授業で聞いたときは、『失われた魔術』の魔道具って、魔剣とか魔槍とか貴族家が代々所有する武器に多いっていう話だったから……収納魔道具もそれにあたるなんて、覚えちゃいなかったわ。

ああでも、ホンットーーーに悔しい！

そんな大事な先祖代々の超便利な品を、むざむざとあの役立たず執事に持ち逃げされたのかと思うと……ホンットに、いま収納魔道具があればどれだけ便利かと思うと！

私が心の中で地団駄を踏んでいる間、公爵さまはじっと何かを考えこんでいたようだ。

そして、公爵さまが私に言った。

「ゲルトルード嬢、念のために執務室と金庫の確認をさせてもらえないだろうか？」

「それは構いませんが……」

私が答えたとたん、またお母さまの体が震えた。

ぎゅっと、お母さまの手を握りしめてから私は、落ち着いた声で言った。

「わたくしが公爵さまをご案内してまいります。お母さまは、ここでお待ちいただけますか？」

「ルーディ、貴女は……」

お母さまのかすれた低い声に、私はしっかりとうなずいて答えた。

「わたくしは、大丈夫です」

私は立ち上がって公爵さまに言った。

「それでは公爵さま、いまからご案内いたします」

公爵さまも席を立ってくれる。アーティバルトさんも一緒だ。私の後ろには、ナリッサが控えてくれた。

「ヨーゼフ、わたくしと公爵さまはしばし席を外します。その間、こちらのことは頼みますね」

「かしこまりましてございます」

深々と頭を下げてくれたヨーゼフにうなずき、私は公爵さまを案内して客間を出た。

執務室は二階だ。寝室や衣裳部屋などがある一角とは逆方向の奥にあり、客室などからも離れた場所にある。

「申し訳ございません、手が足りておらず、この辺りの掃除がまったく行き届いておりませんで」

さすがに、歩くとうっすら埃が舞っちゃうような廊下を公爵さまに歩かせちゃってるんだから、お詫びと言い訳くらいせずにはいられない。

「構わぬ。尊家がいま、人手が足りぬ状態であることは理解している」

公爵さまは気にしたようすもなく、私についてきてくれている。

しばらく歩いて、ようやく執務室の前にたどり着いた。

執務室にはやたら立派な観音開きの扉がついていて、私はその重たい扉を力いっぱい押した。

ここの扉、鍵がないんだよね。それなのに、なぜかナリッサが押してもびくともしないのよ。確かに重くて力は要るけど、私は別に【筋力強化】したりしなくても開けられるのに。

カーテンが引かれたままの室内は薄暗く、すぐにナリッサが灯の魔道具を灯してくれた。ここの魔石は回収してなかったの、よかったかも。

公爵さまが室内を見回している。

部屋の奥には大きな執務机があり、左右の壁には一面に本棚がしつらえられ、びっしりと本が並んでいる。その本棚の下部はキャビネットになっていて、本以外のものが収納されている。

「この室内に、金庫があるということは、わたくしも聞いているのですが」

私は公爵さまに説明した。「どこにあるのかまでは、申し訳ございませんが、わたくしは存じておりません」

たぶん、キャビネットの中か、あるいは本棚の後ろにそれっぽい隠し扉でもあるんじゃないかと思うんだけど。

室内を見回した公爵さまは、奥の執務机に向かって歩いた。

「失礼する」

そう言って公爵さまは執務机の引き出しに手をかけたんだけど、どうやら開かないらしい。

うわあ、鍵かけてあるの？　待って、机の鍵ってどこにあるの？

いや、でも、私が前に帳簿の確認をしたとき、確かその引き出しも開けた気がするんだけど、鍵なんかかかってなかった気がするんだけど、違ったっけ？

私が慌てて机のところへ行くと、公爵さまは落ち着いた声で私に言った。

「ゲルトルード嬢、開けてくれないか」

「え、でも……」

「試してみてくれ」

もし鍵がかかってるんなら、私が引っぱっても開かないでしょ？

そう思ったのに……公爵さまが示したいちばん上の段の引き出しを私が引いてみると、するっとなんの抵抗もなく開いた。

どういうこと？

ぽかんとしちゃってる私に公爵さまがまた言った。

「引き出しの中に手を入れて、上側を探ってくれるか。おそらく、魔石が仕込まれているはずだ」

ワケがわからないまま、公爵さまに言われる通り引き出しの中に手を入れ、上側を撫でるように探ってみると、確かに結構大きな丸いでっぱりがあった。

「あります。魔石のようなものが、何かここに」

「では、そこに魔力を通してみてくれ」

また言われるままに、私はそのでっぱりに自分の魔力を通した。

そのとたん、カチリと、鍵を開けたかのような音がした。

「やはり、執務室全体に血族契約魔術が施されているな」

公爵さまの言葉に、私は本気でぽかんと口を開けてしまった。

血族契約魔術？

なんですか、ソレ？

ぽかんとしちゃってる私が、その意味をまったく理解できていないことを察してくれた公爵さまは続けて説明してくれた。

「血族契約魔術というのは、当主の直系の血族者だけが使用できるよう、使用者を限定した契約魔術のことだ」

当主の、直系の血族だけが使用できるって……私はその言葉を反芻し、その意味が理解できたとたん、思わず顔をしかめそうになった。

いや、もう半分くらい『ゲーッ！』って顔になっちゃってたんだと思う。

公爵さまは、わずかに苦笑して言ってくれた。

「そういうことだ。前当主の直系の血族、つまり娘であるきみとアデルリーナ嬢だけが、現在この執務室を使用できるという契約魔術だ」

そしてさらに、公爵さまは教えてくれた。

「いまきみが、机に設置されている契約の魔石に魔力を通してくれたおかげで、きみとアデルリーナ嬢以外でもこの机の引き出しが開けられるようになった」

公爵さまがそう言うと、アーティバルトさんがほかの引き出しをすっと開けてみせてくれた。

目を見張っちゃった私の前で、公爵さまは机をコツンとたたく。

「通常、一族の当主からみて、直系の二親等までの血族だけが契約に含まれる。確か、前当主はすでにご両親もご祖父母も亡くなられており、ごきょうだいも一人もおられなかったな」

「はい。その通りです」

二親等までって、親子、祖父母、孫、兄弟姉妹までだよね。つまりあのゲス野郎の、というか、我が家の直系の子孫というのは、私とアデルリーナしか、現在はいないんだ。

「ただしアデルリーナ嬢はまだ魔力が発現していないのだから、きみのように契約の一時解除はできない。それでもこの机の引き出しを開けたり、キャビネットを開けたりすること自体は可能だ」

そう言って公爵さまは執務室入り口の扉を示した。「現に、あの扉も、きみとアデルリーナ嬢にしか開けられなくなっているはずだ」

あー……ナリッサにはあの扉を開けられなかったのは、そういうことだったのね。

でも、魔力が発現していなくても、直系であればここの扉を開けたり、机の引き出しやキャビネットを開けたりできるのだとしたら……。

そういうことか……。

私は、思わず頭を抱えて大きな息を吐きだしてしまった。

私のそのようすに、公爵さまはぼそりと言った。

「血のつながりだけは、本人にもどうしようもない」

ハッと私が顔を上げると、公爵さまは視線を落として、またつぶやくように言った。

「どのような親のもとで、どのような家に生まれるかなど、誰にも選べぬ」

なんか……なんか、それって……公爵さまも、公爵家になんか生まれたくなかった、自分の親のもとには生まれたくなかった、って言ってるみたいに聞こえるんですけど……。

あんなに、お姉さまのレオさまとは仲良しなのに？

困惑しちゃった私に、公爵さまは視線を戻した。

そして、その不思議な銀の散った藍色の目で私を見つめる。

「私の父は、私が十七歳のときに亡くなった。あのときは本当に……」

公爵さまの口元がゆがむ。

「本当に、心の底から、清々した」

ギョッと、本当にギョッと私は目を見張ってしまった。

だって公爵さま、それって爆弾発言なんじゃ……！

エクシュタイン公爵家のご嫡男だよね？　ほかに男子はいないんだよね？　たった一人の跡取り息子だよね？　それでなんで、そんな……？

でも、ゆがめた口で皮肉げに笑う公爵さまに、私は言わずにいられなかった。

「わたくしもです」

はっきりと、私も言い切った。「わたくしも、父が死んでくれて、心の底から清々しました」

「そうか……」

ふっ……と公爵さまの表情がゆるむ。「そうだな。きみも、そうだと思った」

ああ、なんか、なんか……いろいろ腑に落ちた気がする。

公爵さまは、あのゲス野郎がどれだけゲスなのか、ちゃんとわかってたんだ。

だから私やお母さまがどんな目に遭ってきたか……それも、ちゃんと理解してくれてたんだ。たぶん、公爵さま自身が、同じような目に遭ってきたから。

だから、だから本当に、いろいろと……後見人になるとか『クルゼライヒの真珠』を買い戻してくれるとか……力になろうとしてくれたんじゃないだろうか。

いや、うん、いろいろ残念なところは、確かにあるんだけど。

「わたくしは七歳のとき、この執務室の前で、前当主に鞭で打たれて重傷を負い、生死の境をさまよったことがあるのです」

思わず言ってしまった私の言葉に、今度は公爵さまがギョッと目を見張る。

私はもう構わずに続けた。

「なぜ前当主がそこまで激怒したのか、わたくしは当時の記憶があいまいでよくわかっていなかったのですけれど……自分以外では唯一この執務室に入れるわたくしが、この部屋に来てしまったことで何か不都合を感じたのでしょう。いまやっと、そのことがわかりました」

そう、たぶん、そういうことだったんだと思う。

「当時アデルリーナはまだ生まれたばかりで、存命だった祖母も遠い領主館におりましたし、このタウンハウスの中でこの部屋に入れたのは、前当主とわたくしだけという状況でした」

ここに、何か見られてはまずいものが置いてあったのか……七歳の子どもに対してそこまで警戒する何かがあったのか、もはや本当のことはわからないけど……。

いや、ただもう単純に、どうにも気に食わない娘の私が自分の、自分だけの部屋に、うっかり間違えただけであっても入ってしまうことが、どうしても許せなかったとか……そんな理由だったのかもしれない。

いずれにせよ、この執務室の血族契約魔術に関係したことだったんだろうと、それもまた腑に落ちた感じだ。

「そうだったのか……」

痛ましげな目で私を見てくれる公爵さまに、私はうなずいた。

「それ以来、この執務室にはできる限り近寄らないようにしておりました。でも、わたくしはここへ来ようと思えばこうして来れるのです。当時の記憶がほとんど残っておりませんので」

そして私は唇を噛む。「ただ、わたくしが前当主に鞭打たれ死にかけたその姿を見せつけられてしまった母は……いまも、この場所へ近寄ることすらできません」

「そうか……そういう、ことか」

やはり痛ましげな目をした公爵さまが、息を吐きだして言ってくれた。

「では、引越しを急いだほうがいいな」

「はい」

私もうなずいた。


それから、公爵さまたちと手分けして執務室の中を調べて回ることになった。

なんかでもね、その前に公爵さまがアーティバルトさんに訊いたの。

「アーティバルト、やはり無理か?」

「無理ですね」

そう言ってアーティバルトさんが首を振ったんだけど、ナニが無理なんだろう?

訊いていいのかどうかわからなくて、結局ナニが無理なのかわからないまま、私もナリッサも発掘調査を開始した。

とりあえず、机の引き出しやキャビネットの中から出てきた、大量の書類や帳簿なんかの細かい確認は全部後回しだ。とにかく収納魔道具そのものか、それに関する記録のようなものがないかを最優先にした。

「ゲルトルード嬢」

公爵さまに呼ばれて、私は右手側真ん中の本棚へと行く。

その本棚には、中央に大きな柱が通っていて、その柱に何か文様が刻まれていた。

「ここに魔力を通してみてくれ」

「はい」

言われたまま、私は公爵さまが指示したところに手を当て、魔力を通してみた。そのとたん、文様の中に仕込まれていた小さな魔石がポッポッと順番に点灯していく。

おおう、ファンタジーだよ！

なんか感動しちゃった私の目の前で、すべての魔石が点灯し、続いて大きな柱が左右に割れた。本棚ごとスライドする構造になってたらしい。これまたさらにファンタジー感満載。

そして柱が割れたその奥には棚があり、金庫らしきものが鎮座していた。

「これにも当然、血族契約魔術が施されているのだろうな」

そう言いながら公爵さまは金庫に手をかけた。

金庫の扉には取っ手がひとつ。ほかには鍵穴もダイヤルもなんにもついていない。だけど、公爵さまが取っ手を引っ張ってもびくともしなかった。

そんでもってやっぱり、私が金庫の取っ手を引っ張ると、たいした力も込めていないのに、ぱこんと音を立てて簡単に扉が開いた。

金庫の中には……金銀財宝なんてモノはカケラもなく、見るからに古そうな書類が乱雑に束ねられて突っ込まれていた。

それでもとにかく、金庫の中に保管してあったんだから何か重要な書類なんじゃないの、ってことで、私たちは手分けしてその書類の束を確認することにした。

書類はほとんどが羊皮紙で、古いことは間違いないと思うんだけど、公爵さまによると状態保存の魔術が施されているとかで確かに状態はいい。

私は手にした束をほどき、順番に目を通してみた。

って、あの、えっと、これってもしかして……我が家の、オルデベルグ一族の初代伯爵が、国王陛下からクルゼライヒ領を拝領したときの誓約書なんぢゃ……？

三度見というか、三回読み返して、私はちょっと視線を泳がせてしまった。

いやもう、まるっきり歴史的文書でしょ、コレ。こんなモノが、家の中に実在してるとは。我が家って本当に歴史のある、名門って呼ばれちゃうような貴族家なんだ……。

「あ、これじゃないですか？」

声をあげたのはアーティバルトさん。

彼は手にしていた書類を私と公爵さまに示してくれた。

「ここに記載がありますね。オルデベルグ一族が所有する『失われた魔術』による魔道具の覚え書きのようです」

思わず身を乗り出して、私はその書類に目を落とした。

あっ、ホントだ、収納魔道具って書いてある！

公爵さまも書類に目を通す。

「ふむ、どうやらご当家にも収納魔道具がふたつ、伝わっているようだ」

その通り、覚え書きは二通あった。それぞれ別の収納魔道具らしく、しかもひとつは『時を止められる』と書いてある！

って！

その我が家に伝わってる収納魔道具を、持ち逃げされたんだよ！

えええええ、もう、どうしてくれよう、取り返すことってできないのかな？

あの役立たず執事、いまどこで何をしてるんだろう？　確か、お母さまが書いた紹介状は渡したから、どこかの貴族家にでも勤めてるんじゃないかと思うんだけど。

でも、居場所を突き止めて本人を問い詰めたとしても、そんなもの知らないって言い張ってくるの、間違いないよね？

「念のために、前当主の私室も確認させてもらっていいだろうか？」

「え、あっ、はい？」

突然公爵さまに問われて、私は慌てて返事をした。

で、返事をしてから、ちょっと頭を抱えそうになった。だって前当主の私室って……さすがに私はあのゲス野郎の私室になんか入ったことないんですけど。てか、入りたくないんですけど。

でも、公爵さまの言う通り確認が必要なのはわかる。

もしかしたら、収納魔道具を置いてるかもしれない。ふたつあったなら、性能のいい時を止める収納魔道具は持ち歩いていても、もうひとつは部屋に置いていたって可能性が、ないこともないもんね。

私たちは廊下を歩き、私室のあるエリアへと移動した。

「こちらになります」

私が扉を示すと、ナリッサがさっと鍵束を出してきた。

そう、この部屋は鍵があるの。物理的な鍵がね。つまり、執務室みたいに血族契約魔術が施されてる、なんてことはないわけ。たぶん、当主の私室には使用人もひんぱんに出入りする必要があるからじゃないかな。

ナリッサが鍵を使って扉を開ける。

すると、アーティバルトさんが足を踏み出した。

「この部屋は大丈夫ですね」

「ああ、では頼む」

公爵さまがうなずき、アーティバルトさんを促す。

うなずき返したアーティバルトさんは、私に笑みを送ってきた。

「では、少々失礼します」

いったい何をするんだろう?

アーティバルトさんは一人で部屋に入っていく。

私は扉のところで公爵さまと一緒に立ち尽くした。ナリッサも私の後ろに控えている。

見ていると、アーティバルトさんは部屋の真ん中まで進むと、そのままじっと動かなくなった。

時間にすると三十秒くらいだろうか。

振り向いたアーティバルトさんが首を振りながら言った。

「ここには、収納魔道具のような特殊な魔道具は置いてないですね」

あの、えっと、なんで？

なんで、特殊な魔道具は置いてないって、アーティバルトさんにはわかったの？

ワケがわからなくて、公爵さまとアーティバルトさんの顔を見比べてしまった私に、アーティバルトさんがにっこりと笑って教えてくれた。

「これが、私の固有魔力なのですよ」

は、い？

やっぱりワケがわからない私に、公爵さまが説明してくれた。

「アーティバルトは、魔力を感知できるのだ」

「魔力を、感知？　えっと、どこに魔力があるか、感じ取ることができるのですか？」

ぽかんと、私はアーティバルトさんの顔を見上げてしまう。

「そういうことです」

やっぱりにっこり笑ってアーティバルトさんが言った。「魔力を有しているのであれば、人はもちろん魔物や魔石もわかります。魔道具も、モノによりますが、こういう室内のような狭い範囲であれば、まず間違いなくわかりますね。先ほどの執務室は、血族契約魔術が部屋全体に施されていましたから、さすがに個別の感知はできなかったのですけれど」
ナ、ナニソレ、アーティバルトさんって、もしかして人間魔力レーダー探知機だったの？
あっけにとられちゃってる私に、また公爵さまが言う。

「アーティバルトの【魔力感知】は非常に有用だ。魔物討伐でも、討伐対象の正確な位置も数もすべて把握できる。しかも、広範囲において」

そして公爵さまは真面目な顔で言ってきた。「このところ我が国では大きな戦乱を経験していないが……戦場ではアーティバルトの存在そのものが勝敗を分ける可能性もある。だから、アーティバルトのこの固有魔力については口外しないでほしい」

想像してしまって、私の喉がひゅっと詰まった。

つまり、敵の位置……どこに何人いるのか、身を隠していようが多少離れていようが、アーティバルトさんがその魔力によって全部把握できちゃうとしたら……。

「かなり珍しい固有魔力ですからね。一応、国家保護対象固有魔力なんですよ」

アーティバルトさんはサワヤカに笑ってるけど、いや、マジで怖いから。

レーダーなんかないこの世界で、いやもうおそらくレーダーなんて概念すらないに違いないこの世界で、アーティバルトさんだけが人や魔物の存在を広範囲に、それも正確に把握できるなんて。攻撃するにも守るにも、圧倒的有利どころの話じゃないよ。

ホンットになんなんだろう、この人、イケメンのくせにハイスペックすぎるんですけど。

「しかし尊家が収納魔道具を保有していたことはわかったが、実際のモノは見つからなかったな」

公爵さまが眉間のシワを深くした。「そうなるとやはり、ふたつとも前当主が身に着けておられた……そして、身に着けておられたものを検めたという、以前の執事を疑うしかないだろうな」

ええもう、それ以外、考えられないです。

私は大きくうなずいちゃう。

そこでまた公爵さまが言い出した。

「収納魔道具には、おそらく血族契約魔術が施されていると思うのだが」

「あっ、それは、そうですよね」

私は思わず目を見張っちゃった。

そうだよ、言われてみればその通りだとしか思えない。公爵さまの収納魔道具だって、公爵さま以外の人が使うためには、公爵さま本人による登録が必要なんだし。

「ゲルトルード嬢、前当主は収納魔道具に、前の執事の使用者登録をしていたと思うか？」

「思いません」

即答だよ。

公爵さまに問われるまでもない、あの自分の所有物に対してとことん執着してたゲス野郎が、そんな大事な我が家の家宝といってもいいような品を、自分以外の誰かに使われちゃうなんて絶対許せるわけがないもの。

しかも、人に見られたくないもの、知られたくないもの、なんでもかんでも突っ込んで常に持ち歩くことができちゃうんだよ、収納魔道具って。

もう絶対、間違いなく、自分以外の誰にも触らせないようにしてたに決まってる。

でも、それなら。

「それでは、以前の執事が我が家の収納魔道具を持ち逃げしたとしても、おそらく使用することはできない、ということですよね？」

私は首をかしげてしまった。「その、血族契約魔術というのは、血族者以外でも解除できるものなのですか？」

「不可能ではないが、非常に難しいな」

公爵さまが教えてくれた。「血族契約魔術というのは、契約魔術の中でも最も高度な術式を使っている。血族者以外が解除しようとするなら、魔法省の専門家でなければまず無理だ」

「じゃあ、もし以前の執事が我が家の収納魔道具を使おうとするのであれば、魔法省に持ち込むしかない、ということですか？」

私の問いかけに、公爵さまはまた説明してくれた。

「違法に解除を行う闇業者もいるらしいが……そういう相手に依頼するのであれば、莫大な費用を要求される。魔法省で正規の手続きを踏んで血族契約の解除を依頼するとなると、その魔道具の来歴について必ず確認が行われるので、最初にご当家に問い合わせがくるはずだ」

あの役立たず執事は、たぶん収納魔道具の存在自体は知ってたと思う。その価値もわかっていたから、持ち逃げしたんだよね？

それでもし、あの収納魔道具に大金が入っていたのだとしたら、役立たず執事は闇業者に莫大な費用を支払ってでも解除してもらうだろうけど……あのゲス野郎は公爵さまに身ぐるみ剥がされた後だったんだよね？　どう考えても、金目のモノはもうまったく入ってなかったと思う。クラバットのピンやシャツのカフスすらすでに身に着けてなかったくらいだもの、あの役立たず執事もそれは理解してるはず。

じゃあ、持ち逃げした後、いまもずっと使えないまま、役立たず執事は我が家の収納魔道具を持っている……?

「収納魔道具もそうだが『失われた魔術』が施された魔道具については、ほぼすべての品の来歴とそれにかかわる記録が、国に残っているはずだ」

公爵さまの説明に、私はやっぱり首をかしげた。

「では、我が家から正当に譲られた場合以外は、収納魔道具は持っていても使えないし、誰かに売りつけることもできないのではないですか?」

「可能性としては、解除しないまま異国の闇業者に売りつけるということぐらいだな」

異国の闇業者って!

そんな相手に売り払われちゃったら、到底取り返すことなんてできないよ。

なんかもう絶望的な気分になっちゃった私に、公爵さまは言ってくれた。

「とにかく、一度調べてみよう。その、以前の執事の名前を教えてくれるか」

「ゴディアス・アップシャーと申します」

私が役立たず執事の名前を告げると、公爵さまじゃなくアーティバルトさんが『あー……』という顔をした。

もしかして、あの役立たず執事のこと、知ってる?

「面識があるのか、アーティバルト？」

アーティバルトさんの反応を見た公爵さまが問いただしてくれたので、アーティバルトさんは苦笑しながら答えてくれた。

「いえ、直接の面識はないですが……その、子爵家つながりといいますか、噂はいろいろと聞いている子爵家のかたですね」

やっぱあの役立たず執事、貴族だったんだ。それも子爵家の出身だったのか。

ちょっと顔をしかめちゃった私に、アーティバルトさんはさらに言ってくれた。

「では、ヒューバルトに探らせてみましょう。少し時間はかかるかもしれませんが、足取りをつかむこと自体は難しくないと思いますよ」

「よろしくお願いします」

私は思わず頭を下げちゃった。

だって、収納魔道具が取り返せるかもしれないんだよ？

いや、もしかしたらもう、異国に売り払われちゃってるかもしれないけど。でも、できることなら取り返したい。先祖代々の品だっていうこともあるけど、何より収納魔道具ってめちゃくちゃ便利なんだもん！　しかも、時を止められるタイプのもあるっていうし！

「なんとか、ご当家の収納魔道具を取り戻せるといいですね。ヒューバルトならきっと、捜し出してくれますよ」

なんか、アーティバルトさんの笑顔がうさんくさく見えないよ。ふつうにイケメンな笑顔に見えちゃうよ。

その笑顔をちょっと収めて、アーティバルトさんが言った。

「おそらく、ひとつの収納魔道具の中に、別の収納魔道具も収納してあるのだと思います。それにもうひとつの『失われた魔術』の魔道具も、そちらに収納してあるのではないでしょうか」

「は、い？」

いま、なんと言われました、アーティバルトさん？

またもや間抜けな声をもらしちゃった私に、公爵さまが横から書類を差し出してくれた。

もうひとつの、『失われた魔術』の魔道具？

「こちらに書いてある」

差し出された書類に、私は目を見張っちゃった。

ナニコレ、魔剣？

えっ、ちょ、ちょま、ちょっと待って、我が家には魔剣もあったの？

収納魔道具の覚え書きのほかにもう一枚、別の覚え書きらしき書類があり、そこには『失われた魔術』によって創られた魔剣についての記載があった。

「所有者が魔力を通すと、その魔力に応じて剣の形が変化するようだな」

「そのようですね。魔力を通さなければ、片手ほどの大きさに収めることができると、ここに書いてありますね」

持ち主の魔力に応じて形が変わる魔剣って……えええ、なんか、めっちゃくちゃファンタジーなんですけど！

だけど、魔剣なんかもらっちゃっても、いったい私にどうしろと？

いや、いやいや、我が家の先祖代々の家宝みたいなもんだから、実際に使うことなんかなくても飾っておけばＯＫじゃない？　むしろ、魔道具としても貴重すぎて実戦になんか使えないでしょ。

日本でも、名だたる刀剣は工芸品扱いだったもんね？　ね？

っていうか、取り返せるかどうかもまだわかんないし。

魔剣はともかく、収納魔道具はどうしても取り返したいなあああ。


「以前は、遠い戦地で当主が亡くなるということも、決して珍しくはなかったからな」

公爵さまが説明してくれた。

なんで、血族契約魔術なんていう、直系の血族だけが権限を共有できるような契約魔術を執務室や魔道具に施しているのか、についてだ。

「その家に代々伝わっている重要な魔道具や当主の執務室などが、当主本人にしか使用できない状態になっていた場合、突然当主が亡くなってしまうことでいろいろと差しさわりが出るものだ」

なるほど、確かにおっしゃる通りだわ。

当主が亡くなったとたん、執務室に誰も入れなくなっちゃったら、帳簿の確認すらできなくなっちゃう。それに収納魔道具に何が入ってるのかもわからず、また何も取り出せなくなっちゃったりしたら本当に困ると思う。

かといって、誰にでも使えちゃうといろいろ問題が起きそうだし。

だから身内の、ごく近い血縁者にだけは、当主と同じ権限を与えておく血族契約魔術っていうものが、使われるようになったってワケね。

客間へと戻るために廊下を歩きながら、公爵さまは話を続けてくれる。

「確か、ご当家の先代当主も、戦地で亡くなられたのではなかったか？」

「そのように聞いています」

先代っていうのは、あのゲス野郎の父親のことね。

うなずいた私に、公爵さまが言う。

「やはり、先の『ホーンゼット争乱』のおりに、多くの貴族家当主が戦地で亡くなられたため、血族契約魔術が貴族家の間で一気に広まったということもあるようだ」

『ホーンゼット争乱』っていうのは、学院の歴史の授業で習ったんだけど内戦っていうか、まあ、独立戦争ね。

我が家の『クルゼライヒの真珠』を競り落としたイケオジ商人がホーンゼット共和国の人だったんだけど、そのホーンゼット共和国ってもともとはこのレクスガルゼ王国の一地域だったの。具体的には、ホーンゼット辺境伯領だったのよ。

そのホーンゼット辺境伯領が独立を宣言し、内戦状態になっちゃったらしい。しかも十年近くその内戦が続いたっていうから、完全に泥沼化してたんだろうね。

そして、ホーンゼット辺境伯領が共和国として独立したのが、およそ二十年前。

いまは国交も正常化し、あのイケオジ商人がこの王都の商業ギルドに加わるほど交易も行われているけど……やっぱり、ホーンゼット共和国の存在をこころよく思っていない人が、このレクスガルゼ王国に多いのはしかたないことなんだろうなって思う。

だって実際に、そのときの戦争で大勢が亡くなってるわけだから。

いまの貴族の間では、ちょうど私たちの世代からみて祖父母の代での被害がいちばん大きくて、私たちの親の世代は若くして家を継いだという当主がとても多いらしい。

公爵さまの場合は、十七歳のときに先代が亡くなられて跡を継いだってことだから、十年ちょっと前？　じゃあたぶん、戦死ではなかったんだろうけど、でもやっぱりこの世界は前世の日本と違い、若くして亡くなる人は多いからね。

そういうこともあって、直系の血縁者にだけはあらかじめ使用権限を持たせておくって、必要なことなんだろうな。

そんなことを話しながら客間へ戻ると、客間はなんかすっごく和やかな雰囲気だった。

お母さまが声をあげて笑ってるし、アデルリーナもすごく楽しそうだ。

えーっと、お母さまとアデルリーナと、それにエグムンドさんとヒューバルトさんっていうメンバーで、なんでこんな楽しそうな雰囲気になっちゃうの？

そう思いながら私は室内を見回し、エグムンドさんの顔を見た瞬間になんか納得した。

だってエグムンドさん、眼鏡キラーンの黒幕顔じゃなくて、完全にパパの顔してるんだもん。そうだよね、リーナと同い年のお嬢さんがいるんだから、小さい女の子への接し方がちゃんとわかってるんだわ。

ヒューバルトさんも、精霊ちゃんだっていうナゾの弟さんのことを話すときは、ちゃんとお兄ちゃんの顔になってたよね。意外だけどそういう一面も確かにあるんだ。

なんかここんチの兄弟って、そろってうさんくささ満載だけど兄弟仲は本当に良さそうだし、もしかしたら家族全員仲がいいのかもしれない。

だけど、公爵さまは……どうやらお父さまとの関係はよくなかった、というか、もう正直に最悪だったみたいだけど……でも、お姉さまであるレオさまとあれだけ仲良しなんだから、救いはあったってことだよね？　私にとってのお母さまやアデルリーナのように、家の中に安心できる相手が居てくれたってことだよね？

ホント、公爵さまとレオさま、なんだか妙に張り合ったりしてたけど、ぎすぎすした感じや冷えた感じはまったくしなかったもの。姉弟でじゃれてるって感じだったもんね。上のお姉さま、王妃さまとも仲良しなら、さらにいいなと思うわ。

席に着いて、私はお母さまに説明した。

我が家には『失われた魔術』による魔道具が三つあり、そのうち二つは収納魔道具であること。そしてもうひとつ、魔剣も存在しているらしいということ。

けれど、その実物は発見できず、どうやらあのゲス野郎が亡くなったとき身に着けていた可能性が高く、それをゲス野郎の遺体を検めた前の執事が持ち逃げした可能性が高いという結論になったということを、金庫から出てきた覚え書きを示しながら私は話した。

「そうね……」

お母さまも深く息を吐きだした。「それしか、考えられそうにないわね。とても残念なことだけれど」

そこで、ヒューバルトさんが言い出した。

「いま兄から説明を受けました。ゲルトルードお嬢さま、コーデリア奥さま、私がその元執事の消息を探ってみます」

私がお母さまと話している間、アーティバルトさんも弟のヒューバルトさんに説明してくれてたんだよね。

「本人の消息がつかめれば、詳しい状況がわかると思います。少々お時間をいただくことになりますが、よろしいでしょうか」

「もちろん時間をかけてもらって構いません。よろしくお願いします、ヒューバルトさん」

私が頭を下げると、お母さまも頭を下げてくれた。

「ええ、わたくしからもお願いします。我が家が代々伝えてきた品ですもの、なんとかゲルトルードに継がせてあげたいですから」

「はい、最善を尽くします」

ヒューバルトさんはうなずいてくれた。

「私も、ご当家が長らく伝えてこられた品々がゲルトルード嬢の手元に戻ることを祈っている」

公爵さまもそう言ってくれた。

ちなみに、『クルゼライヒの真珠』はすでに取り戻し、ケールニヒ銀行に預けてあるそうです。ちゃんと目録を見せてもらったわ。

うん、なんだかんだ言って公爵さまにはやっぱりすごくお世話になってると思う。プリン、ちょっと多めに作ってあげてもいいかも。


公爵さまとアーティバルトさんをお見送りし、私はナリッサと厨房に戻った。

エグムンドさんとヒューバルトさんがついてくるので、なんでまだアナタたちは居残ってるのと思っちゃったんだけど、そうでした、クラウスが居るのでした。

戻ってみると厨房もすっごく和やかな雰囲気で、みんな美味しく試食してくれたらしい。

クラウスとエグムンドさんが魔術式契約書の確認をしている間、私はモリスとロッタに訊いてみたんだけど、口をそろえて言ってくれた。

「本当に、何を食べても信じられないくらい美味しかったです」

「あのお肉とお野菜をはさんだパンも、クリームをはさんだクッキーのおやつも、本当に本当に美味しくてびっくりしました！」

モリスの、なんていうか唸るような言い方が妙におかしい。ロッタはすっかりはしゃいじゃってるし。それでも、二人とも我が家の厨房になじめたようでよかったわ。

ヒューバルトさんは、明日中にはプリンの容器と蜜蝋布用の端切れを持ってきますと、約束してくれた。

そうしてヒューバルトさん、エグムンドさん、クラウスが辞していって、我が家の厨房の人口密度がようやくだいぶ減った。

ホント、今日も濃い一日だったわ。

でも、今日はまだ終わりじゃないのよね。

だってそれから私たちは、お弁当の下ごしらえを始めたんだから。

ええもう、卵をね、全員総出で卵白と卵黄に分けて卵白と卵黄に分けて卵白と卵黄に分け続けたわよ。プリンとマヨネーズとメレンゲクッキーとバタークリームを作るんだもん、どれだけ分けといても使い切る自信ありまくりだもんね。

しかも、時を止める収納魔道具に入れておけば、分けたときの新鮮な状態のまんま、いっさい劣化させずに保存しておけるの！　ホンットにホンットに便利！

やっぱり、なんとしても我が家の収納魔道具を取り返したーい！

そんでもってお夕食は、合間を縫ってマルゴにスープを作ってもらった。

それも、ひき肉を使った肉団子とお野菜たっぷりっていう具だくさんのヤツ。もうハンバーグのレシピを説明するだけの余力が私になくて、パティを作ったのと同じレシピで丸めただけの肉団子にしてもらったんだけど、めっちゃ美味しかったー。

お母さまとアデルリーナにも大好評だったわ。

ええもう、これもいずれレシピ書かなきゃね。

その具だくさんスープとパンっていう簡単なお夕食を済ませ、ようやく今日は終わり。

明日は家庭教師の先生の面接がある。明日もまた濃くて長い一日になりそうだわ……。

お弁当作りと家庭教師の先生

今日は朝から、お弁当の下ごしらえに邁進である。

もはや通常運転になってしまった厨房での朝ごはんを済ませ、私はマルゴがマヨネーズを作ってる横でひたすら卵白を泡立てまくってる。ええもう、完全に腕力勝負だからね、私ゃ【筋力強化】使いまくりよ。

でもね、大きな衣裳箱を持ち上げるのとは違い、メレンゲ作りってひたすら腕を動かしてるだけだから、私が【筋力強化】してるの、周りは気がついてないっぽい。一時間連続で黙々と泡立ててるとかじゃなくて、みんなに指示を出したりしながらだし。それにみんな、それぞれ割り当てられた仕事で手一杯だしね。

ちなみに、モリスはパティを作っては焼き作っては焼きのフル回転で、ロッタはレタスをちぎって下ねぎとトマトを刻んでる。もちろんカールも参加して、チーズを削ったり洗いものしたりしてくれてるし。

はーしかしホンット、時を止める収納魔道具が優秀過ぎるわ。

だって、お料理の手順とかもう全部無視して、とりあえずいま作れるものを作ってしまって大丈夫なんだもん。作りたての状態で、そのまんま保存しておけるんだもん。それも大量に。テーブルの上は全然散らからないし、必要であればすぐに取り出せるし、本当にこんなに便利で優秀なモノがあったのか、と思わずにいられない。

それに、このお弁当作りをしてて気がついたんだけど、収納魔道具があればお引越しも超簡単になっちゃうのよ。

だって、運び出したい荷物を片っ端から収納してしまえば、この袋を持っていくだけで荷運び完了だよ？　そんでもって、新居ではまず必要な荷物だけ順番に取り出して、あとは時間があるときにゆっくり荷物整理すればいいんだもん。

これぞファンタジーのすばらしさ！

ああもう、ホントにホンットに、我が家の収納魔道具を取り返したいよー！

とりあえず、お引越しが終わるまで収納魔道具を貸してもらえないか、公爵さまに交渉してみるかな……お礼にプリンとかプリンとかプリンとか差し上げますから、って言って。

いや、でもプリンはすでにお土産として要求されてるから、ほかにも唐揚げとかポテチとかドーナツとか作ったら『試食に参加できる権』も差し上げますとか……いやいや、そんなもん差し上げなくても絶対試食しにくるよね、あの公爵さまは……。

そんなことを考えながらも、下ごしらえは着々と進んでいく。

私はメレンゲ作りからバタークリーム作りへと突入。この後メレンゲクッキーも焼いちゃおう。

マルゴはポテサラを大量に作ってくれてるし、モリスはすっかり鉄鍋担当になっちゃっててソーセージを蒸し焼き中。ロッタはトマトソース用のトマトをつぶしてて、カールは葡萄柚の皮を剥いてくれている。

そうこうしているうちに、ヒューバルトさんとクラウスが今日も我が家にやってきた。

「ゲルトルードお嬢さま、プリンの容器の見本をいくつかお持ちしたのですが」

そう言って、ヒューバルトさんは公爵さまから借りたもうひとつの収納魔道具から、小ぶりなガラス瓶や陶器のカップをいくつか取り出した。

「ご指定いただければ、その容器で数をそろえてまいります」

「これがいいわ」

私は迷わず小ぶりなガラス瓶を手に取った。

ホントに瓶入りプリンにぴったりな形と大きさなんだもん。でも、やっぱり念のためマルゴにも確認をする。

「マルゴ、この瓶にプリンの液を流し込んで固めてもらおうと思うのだけれど」

「はい、よろしいかと思います」

マルゴもすぐにうなずいてくれた。「ガラスの瓶でしたら、あの黒いソースと黄色いプリンが二層になっているのが、外からも見えますですね」

「そうなのよ。底に黒いソースが入ってるのが見えると、やっぱり美味しそうですものね。それに泡立てクリームを上にのせて、三層にしてもいいかも」

「それはまた、さらに美味しそうでございますね！」

「では、この瓶をプリンの容器にするということで、数をそろえてまいります」

ヒューバルトさんもそう言ってうなずいてくれた。

って、ヒューバルトさんってすごくナチュラルにプリンって言ってるね。みんな、なんかちょっと不思議な慣れない単語を話してる感じで『ぷりん』って言ってたのに。

さすがにマルゴはちょっと慣れてきたかなって言い方になってきてたけど、ヒューバルトさんってそういうところもすぐにさらっと対応できちゃう人なのかしらね。

そのヒューバルトさん、続いて収納魔道具から布を取り出し始めた。

「布はとりあえず、ご用意できる分からお持ちしました。足りないようでしたら追加しますので」

この世界でも布って反物状態で売ってるらしいんだけど、ヒューバルトさんが取り出したのは私がお願いした通りの端切れ、つまりカット済みの布だ。そしてこれまたちゃんとお願いした通り、とってもきれいな色や柄の木綿布が次々と出てくる。

ふふふふふ、シエラの目がキラキラしちゃってるわ。ヒューバルトさんたちの来訪に合わせて、シエラもさっき厨房に呼ばれてきたんだけどね。うんうん、蜜蝋布作りはシエラに任せるから、もうガンガン作っちゃってちょうだい。

そして次はクラウス。

クラウスは今日の買い出し品を順番に説明してくれて、ヒューバルトさんはそれに合わせて収納魔道具から品物を取り出してくれる。追加の野菜や果物や卵やバターやチーズで、すぐテーブルの上がいっぱいになった。

　ちなみにお肉は、ちゃんと配達用の小型冷却箱をお店で借りて、冷却箱ごと収納魔道具に入れてあった。こっちの収納魔道具には時を止める機能がないもんね。クラウス、気が利いてるよ！

　それに、ヒューバルトさんがチェックしてくれたんだろうけど、絞り袋用の星抜き草と露集め草もたくさん買ってきてくれてた。ほかにも、頼んであったかごはもちろん、蜜蝋やセイカロ油も忘れずに買ってきてくれてるし。

「パンはすべて、マルゴさんの息子さんたちのお店で注文してきました」

　クラウスが説明を続けてくれる。「細長いパン、上下に切る丸いパン、ロールパン、それに果実のサンドイッチ用の大きなパンですね。さすがに今日一日で全部は無理ですが、焼きあがり次第、順次配達してくれるとのことです」

　お、クラウスもサンドイッチがなめらかに言えてるわね。

　さすがにみんな慣れてきたかな？

「ありがとう、クラウス。それにヒューバルトさんも」

　私は笑顔で言った。「これで必要なものはほぼそろったと思いますが、もし足りないものがあればまたお願いしますね」

　クラウスとヒューバルトさんが答えてくれる。

「かしこまりました」

「では、プリンの容器を早急にそろえます。おそらく今日中にはお持ちできるかと思います」

「それは助かります。よろしくお願いします」

うむ、順調であーる。

と、私が満足していると、ヒューバルトさんが言い出した。

「ゲルトルードお嬢さま、これらパンではさむお料理はすべて、サンドイッチという名称でよろしいのですか？　ずいぶん種類が増えましたので、区別するための名前があってもいいのではと思うのですが」

あ、うん、ヒューバルトさんの言いたいことはよくわかるよ。細長いパンのサンドイッチとか、まどろっこしいもんね。

私は笑顔で答えちゃった。

「そうですね、わたくし自身はいくつか区別をしていて、細長いパンのサンドイッチはホットドッグと、それに今回初めて作った丸いパンのサンドイッチはハンバーガーと呼んでいます」

「『ほっとどっぐ』に『はんばーがー』ですか」

ヒューバルトさんが眉を上げ、そしてその名前を口の中で何度かつぶやく。

気がつくと、クラウスも同じように、ほっとどっぐ、はんばーがー、とつぶやいてる。いや、クラウスだけじゃなく、マルゴもモリスもロッタも、それにカールまでもが、みんなそろってやたら真剣につぶやいてる。

ナニ、みんなどうしちゃったの？

私がちょっと驚いてみんなのようすを見まわしていると、ヒューバルトさんが笑いながら教えてくれた。

「いえ、我々はこれからレシピやお料理そのものを販売する立場になるわけですから、正式な名称をきちんと言えるようになるべきだと、昨日この厨房で話し合ったのですよ」

なんとまあ、昨日私が厨房から離れていた間、彼らはそろってサンドイッチだのプリンだのの発音練習をしていたらしい。

なんか、想像するとほほえましいというか、笑っちゃうんですけど。

でも、その努力はすごく嬉しい。私が前世の記憶のまんま、特に変えることもなくそのまんまで呼んでた名前を、みんなもそのまんま受け入れてくれたわけだから。

だけど、みんな、これからもっと、唐揚げだのコロッケだの天ぷらだのポテトチップスだの、いろんな名前のお料理が出てくるよ。覚悟しといてね！

ヒューバルトさんとクラウスが、プリン容器調達のために厨房から退出していった。

私は手元に残った見本のプリン用瓶のサイズを測り、シエラと一緒にふたにするための蜜蝋布のサイズを決める。

いや、もうね、ごく簡単に、瓶の口より大きいサイズのカップを探し、そのカップを布の上に伏せ置いて、ふち回りをくるっと布用チョークでなぞるだけなんだけど。

ロッタが布にカップを伏せてチョークで円を描き、それをシエラが片っ端からカットしていってくれる。シエラはもう蜜蝋布の作り方はよくわかっているので、私は二人に任せることにした。

時刻はすでにお昼前である。

私は急いで私室に戻り、ナリッサに手伝ってもらって着替えた。そろそろ家庭教師候補のみなさんが、我が家にやってくる時間だ。

客間では、すでにお母さまとアデルリーナが待ってくれていた。それに、我が家の顧問弁護士であるゲンダッツおじいちゃんもだ。

ほら一応ね、女性であってもお客さまを招くときは商会員か弁護士を同席させなさいって、公爵さまに言われてるからね。

それに弁護士さんが同席してくれていれば、もし今日来ていただいた三人の中によさそうな人がいた場合、その場で雇用契約というか、具体的な条件のお話もしやすいからね。

そこに私も着席し、どんなかたが来てくださるでしょうね、と話し始めたとたん、ヨーゼフが来客を告げてくれた。

さあ、面接開始だわ。

「クルゼライヒ伯爵家ご令嬢ゲルトルードさま、未亡人コーデリアさま、そしてご令嬢アデルリーナさま、初めまして。本日はよろしくお願いいたします」

三名の女性が、私たちの前で正式なカーテシーで挨拶してくれた。

私は彼女たちに席を勧め、まずは簡単な自己紹介からお願いした。

そして自己紹介の後は、個別で面談へ。

面談をするかた以外のお二人は、控室で待機してもらった。

待っていただいてる間、お茶とおやつをお出ししようかと思ったんだけど、止めておいた。我が家の誰も同席せず毒見もしない状態で飲食を勧めるのは、貴族家的にNGなんだって。

ふっふっふっ、昨日ちゃんと公爵さまに訊いておいたんだよ、私は。ほら、御者さんの件があったからね。ちょっと慣れてきた感じでしょ。

で、結果はというと、アデルリーナもお母さまも私も、このかたにお願いしたいと全員の意見が一致した。

今回、面接をさせていただいた三人の中で一番若い、キッテンバウム宮廷伯爵家のご令嬢フレデリーケさんだ。

フレデリーケさんは、昨年高等学院を卒業したばかりの二十一歳。

現在は王宮で女官見習をしているそうなんだけど、どうにも王宮の堅苦しさが性に合わないとかで家庭教師の職を探していたんだそう。

その、王宮の堅苦しさが性に合わないなんてさくっと言っちゃうくらい、なんとも屈託のないお嬢さんなのよね、フレデリーケさんって。ずっとにこにこしてて、面談中でも「宮廷伯の娘が、王宮が堅苦しいなんて言っちゃいけないですよね」なんて、自分で言って笑ってくれちゃうし。

ちなみに、宮廷伯っていうのは領地を持たない中央貴族で、代々王家に直接仕えている貴族家のことね。爵位は伯爵しかないので、宮廷伯っていうんだって。

そう言って朗らかに笑うフレデリーケさんは、家庭教師の経験がないとはいえ高等学院まで進んで勉強されているし、なによりアデルリーナが彼女のことをまったく警戒してないっていうのが、私にとってもお母さまにとっても決め手になった。

そうなのよね、アデルリーナには生まれたときから何人も侍女がついていたんだけど、その侍女たち、あのゲス野郎の前ではさんざん媚びていても、ゲス野郎の目の届かないところでは結構アデルリーナにきつく当たったり、ぞんざいに扱ったりしてたらしいんだよ。

日常的に接する相手にそんな裏表のある扱いをされたアデルリーナが、不信感を覚えないわけがないでしょ。だからアデルリーナは、大人の女性にいまもちょっと警戒心を抱いてるの。

ホンットにあの侍女たち、よくも私のかわいいかわいいかわいいかわいい妹にそんな仕打ちをと、いま思っても腸《はらわた》が煮えくり返っちゃうわ。

まあ、大人の女性といってもレオさまメルさまに関しては、警戒もナニも考える暇もなく抱っこしてもらって、なでなでしてもらっちゃってたからねえ。

それに、お客さまだったレオさまメルさまとは違い、家庭教師っていうことは、今後はその女性と二人きりで過ごす時間があることも、賢いリーナはちゃんと理解してる。だからこそ、不安がってたんだと思うんだけど。

そのアデルリーナが、フレデリーケさんに対してはまったく警戒してないの。ちょっとはにかんじゃってるんだけど、それでもリーナは嬉しそうにフレデリーケさんの質問に答えてる。

いままではリーナも日常的に接しているナリッサと同じ年ごろの若いお嬢さんっていうことで、なじみやすかったのもあるのかもしれないけど、やっぱりフレデリーケさんの人柄のおかげだと思うのよねえ。

「家族や親しい友人は、わたくしのことをリケと呼びます。ですから、ぜひご当家でもわたくしのことはリケと呼んでくださいませ」

おじいちゃんゲンダッツさんを交えて条件面について話し合い、合意ができたところでフレデリーケさんがにこにこと言い出してくれた。

「では、リケ先生とお呼びしてよろしいでしょうか?」

私がそう返すと、彼女は明るい声で笑った。

「まあ、リケ先生なんて。そう呼んでいただければ本当に嬉しいです」

家庭教師というのは、確かに我が家で雇って働いてもらう人ではあるのだけれど、ふつうの使用人とは一線を画しているものだ。

だって、先生だものね。だから接し方が難しいのではと、私もちょっと心配してたんだけど、このリケ先生なら大丈夫そうだわ。リケ先生のほうからも、私のことはルーディさんと呼んでくれることになったし。

一応私は当主だけど未成年だからね、しかも相手は同格の伯爵家令嬢で年上。敬称で呼ばれても困ると思ってたんだけど、ホントに堅苦しくない感じでいけそう。アデルリーナも嬉しそうにリケ先生って呼んでるし。

リケ先生は、現在の仕事は見習なので辞職することはすぐにできるけれど、それでもやはり二~三日は引継ぎが必要だとのこと。見習とはいえ、やっぱりこの国の貴族女性にとってはある意味、最高の職だからね、王宮の女官って。

侍女は身の回りのお世話をする職業なのに対し、女官は完全に事務職だ。基本的に男性官僚の補佐的な役割が求められるんだけど、女官の中でちょっと特殊なのが王妃殿下付き女官だ。いわば、王妃さまの専属秘書みたいな感じらしい。もちろん、女官の中では最高位といっていい。

王妃殿下付き女官は数人でチームを組んでいて、王妃殿下のお仕事内容に合わせてそれぞれ担当があるんだそうだ。

そしてリケ先生、なんとその王妃殿下付き女官チームで見習をしてるんだそうな。

ホントにいいんだろうか、そんな超エリートコースを蹴って我が家の家庭教師に転職なんて。ご本人は、これで堅苦しい王宮勤務から解放されます、なんて喜んでくれてるんだけど。

そんな話をしていると、ヨーゼフがさりげなくお茶を勧めてくれた。

うん、さすがヨーゼフ、わかってくれてるわ。だって、地味な泡立て作業だとはいえ、私は朝からずっと【筋力強化】を使ってたからね、だいぶお腹が空いてたのよ。

もちろん、リケ先生もお茶を断るなんてことはなく、ヨーゼフとナリッサが速やかに準備を整えてくれる。運ばれてきたワゴンには、ポテサラサンドがたっぷり積み込まれていた。

これまたさすがマルゴ、食べ応えのあるセレクトにしてくれてホントにありがとう。

私は今日も笑顔でお茶を一口飲み、そんでもってポテサラサンドを口にする。

今日もとっても美味しいよ、マルゴ。いやもうそれどころか、ポテサラのなめらかさがアップしてる気がする。

「リケ先生も、どうぞ召し上がってくださいませ」

私がそう言ってお勧めするやいなや、リケ先生は本当に待ってましたとばかりにお茶を口にし、すぐさまポテサラサンドにかぶりついてくれちゃった。

「うわっ、ホントに美味しい！」

そのスモーキークォーツのような灰茶色の目をくるっと丸くして、リケ先生は言ってくれた。そしてそう言った後はもう、とっても嬉しそうにひたすらポテサラサンドを口に運んでる。

「よろしければ、もうおひとつどうぞ」

「ありがとうございます、いただきます」

遠慮なんかしないで、すぐに二つめのポテサラサンドを手にするリケ先生、なんかもう清々しいですわ。

「実は、ご紹介いただいたレオポルディーネさまから、クルゼライヒ伯爵家に採用していただければ毎回必ず美味しいおやつをいただけるわよ、とお聞きしていたのです」

ポテサラサンドを二つ平らげたリケ先生が、てへぺろな感じで言い出してくれた。「ですから、今日もすでに少しばかり期待をしておりました」

うん、なんかまた、食いしん坊キャラが一名、追加されちゃったようです。

「このパンにはさんであるお芋のサラダ、本当に美味しいですね」

リケ先生、すでに三つめのポテサラサンドである。そのスレンダーな体形からは想像できなかった見事な食べっぷりである。

おかげで私も、堂々と三つめのポテサラサンドを口にできたのである。

「お口に合ったようで、よかったです」

「このお芋のサラダに使われているソースは、ルーディが考案しましたのよ」

お母さまは二つめのポテサラサンドを口にしてる。「本当に美味しくて、わたくしもリーナも大好きですの」

「はい、わたくしも大好きです」

リーナまで二つめに手を出しそうな勢いなんですけど。

そんでもって、おじいちゃんのゲンダッツさんも、しっかりポテサラサンド二個をお腹に収めてからにこやかに辞去されましたわ。いや、いいんだけどね。

リケ先生には、お茶の後というか、がっつりポテサラサンドを食べた後、少しの間アデルリーナと一緒に子ども部屋で過ごしてもらうことになった。

とりあえず今日はお母さまもそちらに同席してもらうけど、私は同席できないことをリケ先生にお詫びした。

その理由として、二日後にナゼだか盛大な栗拾いピクニックが開催されることになっていて、そのお弁当作りのために私は厨房にこもらなければならないことも説明した。

「ガルシュタット公爵家のジオラディーネさまとハルトヴィッヒさまもご参加されるのですか？」

リケ先生は私の説明にちょっと首をかしげた。「では、ガルシュタット公爵家の家庭教師も間違いなく同行いたしますね」

「そうなのですか？」

そう言えば、確かにそういうことをヒューバルトさんが言っていたなと思い出した私に、リケ先生がうなずく。

「はい。魔力が発現されていないお子さまが複数ご参加されるのであれば、お子さまがただけのお席を別にご用意されるはずです。通常、そちらの席には家庭教師と侍女が付きますから」

「え、では、あの……」

それって、リーナにも家庭教師のリケ先生に付いてもらったほうがいいってことよね？

もしよろしければ当日リケ先生も……と、私がみなまで言う前に、リケ先生は笑顔でうなずいてくれちゃった。

「二日後でございますね？　よろしければ、わたくしもリーナさんの家庭教師として同行させていただければと思います」

「よろしいのですか？」

「もちろんです。引継ぎを一日繰り延べることに何も問題はありません」

リケ先生は満面の笑顔でうなずいてくれちゃう。「それに何より、ご当家がご用意されるお弁当ですもの、ご相伴にあずかれると思うと楽しみでしかたありませんわ」

うん、清々しいです、リケ先生。

しかしなんでこう、食いしん坊キャラばかり集まってくるんでしょうね、我が家には。

そうしてリケ先生とアデルリーナ、それに今日だけ付き添いのお母さまも一緒に、子ども部屋へと移動していった。それに、本来なら侍女はシエラが付くべきなんだけど、今日のシエラは蜜蝋布作りで大忙しなので、ナリッサに行ってもらった。

私はもちろん、厨房へと戻る。

「みんな、お待たせ。進み具合はどうかしら?」

と、言いながら私が自分で厨房の扉を開けたとたん、文字通りの熱気が噴き出してきた。

「順調でございますです、ゲルトルードお嬢さま」

そう答えてくれたマルゴは、天火から焼きあがったばかりのメレンゲクッキーがぎっしりのった天パンを引き出している。

その横の天火ではついさっきまで、シエラが蜜蝋布を焼いていたようだ。

そりゃもう、ふだんはひとつしか使ってなかったでっかい天火を四つフル稼働してるんだから、厨房の中に熱気がこもっちゃうに決まってるよ。

「厨房の中がとても暑いわ。少し窓を開けて換気したほうがいいわよ。それにみんな、ちゃんとお茶を飲んで休憩した?　頑張ってくれるのは嬉しいけれど、無理はしないでね」

私の声に、モリスがハッとしたように顔を上げた。モリスはテーブルにずらっと並べたクッキーの上に、延々とバタークリームを絞り出していたようだ。

バタークリームサンドは、はさんでから少し時間をおいてなじませたほうが美味しいのよね。だから、私が不在で魔道具に収納できない間にどんどん作っておいてとは言ってあったんだけど。

「ああ、ありがとうございます、ゲルトルードお嬢さま」

マルゴも答えながら額の汗を拭う。「みんな、ちょっと休憩させてもらおうよ。切りのいいとこ

ろで手を止めておくれ」

はい、はい、と厨房の中から返事が聞こえ、カールがさっと窓を開けに行く。カールは、モリスが絞り出したバタークリームの上に干し葡萄と干し杏をのせ、クッキーでふたをする作業をしてくれていたらしい。

シエラもいったん手を止め、お茶を淹れるためのお湯を沸かそうとし始めたんだけど、マルゴがすぐに声をかける。

「シエラ、お茶よりもすぐ飲める牛乳をいただこうよ。ゲルトルードお嬢さま、冷却箱の牛乳をいただいてもよろしいでしょうか？」

「もちろんよ。みんな、とりあえず一回座って休憩してちょうだい」

冷えた牛乳がなみなみと注がれたカップが、シエラの手ですみやかに配られていく。

私は、一息ついてくれたマルゴに進捗状況を訊いた。

「このぶんでしたら、明日のお昼前にはご用意が整いそうでございます」

マルゴは自信を持って言ってくれた。「問題はプリンでございますが、本日中に容器が届くようであれば、夜までに作れるだけ作ってしまおうと考えておりますです」

そうなのよ、プリンは作ってすぐ収納魔道具に入れてしまうことができない。いったん冷やして固めないとダメだからね。

「そうね、容器が届き次第、マルゴはプリン作りに専念してちょうだい。我が家のお夕食は、ありあわせで済ませてもらっても大丈夫だから」

テーブルの上を見ると、私が席を外している間に作ってくれた蜜蝋布が積み上げられているし、バタークリームサンドもどっさりお皿に盛り上げられている。

それに、フリッツたちのお店からパンの第一弾が届いたようで、ホットドッグ用のコッペパンやハンバーガー用のバンズがぎっしりつまったかごがいくつも並んでいた。

マルゴが作ってくれたトマトソースもテーブルの上にあったので、私はコッペパンを手に取り、包丁ですっと切込みを入れた。

「ゲルトルードお嬢さま？」

「マルゴは休憩していてちょうだい。みんな、おやつも食べていないのでしょう？」

なんか、みんなすっごい恐縮しまくってくれちゃったんだけど、私はその場で手早くホットドッグを作ってふるまった。

だって、パンに切込み入れてトマトソース塗ってソーセージはさむだけよ？　粒マスタードは各自好きなだけ塗ってね、にしちゃったし。すでに焼いてあったソーセージを何本も使っちゃったのが、むしろちょっと申し訳ないかなって思っちゃうほど。

いやーしかし、時を止める収納魔道具って本当に感動モノよ。収納してあったソーセージ、本当に焼き立てアツアツで出てくるんだもん。パンもまだほんのりあったかかったから、そのまんま美味しいホットドッグがあっという間に作れちゃった。

そんでもって、ホットドッグを初めて食べたモリスとロッタは目を丸くしてくれてる。

うんうん、美味しいよね、ホットドッグって、アツアツのソーセージをはさんだだけなのにね、なんでこんなに美味しいんだろうねー。

なんて、みんなで美味しくおやつ休憩をしてたら、ヒューバルトさんとクラウスが戻って来た。

なんかもう、ヨーゼフもすっかりあきらめ顔で、ヒューバルトさんをそのまんま厨房に通してくれちゃうんだけど。

いやヒューバルトさんって、絶対おやつセンサーを持ってるんだと思う。お兄さんのアーティバルトさんの魔力レーダーみたいに。だってこの人、最初に我が家にやってきたのも、いまからおやつのプリンを食べます、ってまさにそのタイミングだったもんね。

「これが噂のホットドッグですか」

もうヒューバルトさんは満面の笑みだ。「本当にこんなに簡単な料理なのに、とんでもなく美味しいですね。これは確かに、軍の携行食料にもぴったりです。片手で簡単に食べられるし、ソーセージが丸ごと一本というのは満足感も大きい」

ええもう、食べさせてあげないわけにはいかないからね。

ヒューバルトさんはちゃっかり席に着いて、私が作ってあげたホットドッグを頬張ってる。

クラウス、きみはそんなに申し訳なさそうな顔をしなくてもいいからね。

そうやって当たり前のようにおやつタイムに参加してくれちゃったヒューバルトさん、ちゃんと本来の用件も忘れずにいてくれた。

ただし、ただーし！

プリンの瓶、百個ってどうよ？

「年明けにゲルトルード商会の店舗でプリンの試験販売を行うときにも使えますし、とにかく用意できるだけ用意してまいりました」

にこやか～にそう言ってくれちゃうんだけど、なんかもうプリンは作れるだけ作って持っていってね、って言ってるも同然だよね、ヒューバルトさん？

いや、マルゴがやる気満々で腕まくりしてくれてるのは、ホンットにありがたいんだけどさあ。

ずらりと並べられたプリンの瓶百個を前に、私がちょっと遠い目をしていると、またヨーゼフが厨房を訪れた。今度は、レオさまから当日の設営に関するお手紙が届いたとのことだった。

ヨーゼフに頼んでお母さまを呼んできてもらう。

お母さまはすぐに厨房へ下りてきてくれた。アデルリーナとリケ先生は、とってもいい雰囲気でお話しできているらしい。ナリッサも付いていてくれることだし、お母さまが席を外しても大丈夫そうだって。

「では、当日は私が先に現地へ行って、設営をお手伝いいたします」

もうホンットにナチュラルに我が家の厨房会議に参加しちゃってるヒューバルトさんが、言ってくれた。

レオさまからのお手紙には、現地での準備のために各家から一名ずつ設営スタッフを出してほしいって書いてあったのね。その設営スタッフに、ヒューバルトさんが行ってくれると。

なんでも、レオさまが設営を申し出てくださったんだけど、今回の集まりの主催者は一応我が家って扱いになるんだって。食べものを提供する家が、主催者ってことらしい。

その状況で設営をレオさまが全部してくれちゃうと、伯爵家である我が家が公爵家であるレオさまんチを『使った』形になってしまうので、参加する各家から人を出してもらい、全家で平等に準備しましたっていう体裁を整える必要があるらしい。

うーん、やっぱ貴族社会って面倒くさいよ……。

でも、伯爵家の我が家が公爵家のレオさまをまるであごで使ったようなイメージを、ほかの誰かに持たれてしまうのはものすごく困る。ウワサって絶対尾ひれがつくし、イメージって大事。そういうことを踏まえて、レオさまが気を遣ってくださったんだと思うし。

それでもう、ここは素直にヒューバルトさんにお願いすることにした。

だってほかに頼める人なんていないもんね。おじいちゃんヨーゼフを出すわけにはいかないし、まだ子どものカールやハンスを出すなんてもっとできない。クラウスを出すくらいなら、貴族でお茶会にも慣れているヒューバルトさんに頼むほうが、よっぽど安心なんだし。

まあ、うん、なんだかんだで、いろいろ役に立ってくれてるよ、ヒューバルトさんは。

さらに、当日は公爵さまが我が家に迎えにきてくれることも、レオさまのお手紙には書いてあった。なんか、姉弟で相談してくれたらしい。

公爵さまが御者さんを一人連れてきてくれるとのことで、公爵さまの馬車と我が家の馬車に分乗して現地に向かってね、っていうわけ。

いや、でもホント、言われてみて私もやっと気がついたわよ。我が家には馬車はあるけど御者はいないし、一台の馬車に四人しか乗れないんだから、私とお母さまとリーナ、それにナリッサが乗ったらシエラが乗れない。さらにリケ先生も参加することになっちゃったから、そっちも相談しておかなきゃ。

なんかもう、お弁当作りでいっぱいいっぱいになっちゃってるから、いろいろ抜けてることがあるなあ……。

てかもう、なんでこんな大ごとになっちゃったんだろう。

ホントに今更だけど、私はただちょっとこう、お母さまとリーナと三人でお出かけしたかっただけなのにー。

そんでもしょうがないから、それからさらにいろいろと細かい打ち合わせをした。

リケ先生にも当日のことを相談すると、やはり我が家の一員として現地に向かうほうがいいだろうということだった。リケ先生は当日の朝まず我が家にやって来て、アデルリーナと一緒に馬車に乗って現地に向かうことになった。

アデルリーナは、リケ先生と一緒に過ごしたのが本当に楽しかったようで、ずっとにこにこしてた。そのようすがまた、本当にかわいくてかわいくてかわいい（以下略）なんだけど、うん、いい先生に来ていただけることになって本当によかったわ。

お母さまがレオさま宛に書いた、当日の設営に我が家からはヒューバルトさんを送りますっていうお手紙にも、リケ先生に決まりました、ありがとうございましたって報告とお礼を書き添えてもらったけど、明後日お会いしたときにもしっかりお礼を言わなきゃね。

そのお手紙をガルシュタット公爵家に届けるべく、ヒューバルトさんがまた厨房を出ていった。

再び厨房ではお弁当作りに邁進である。

クラウスは残ってくれたので、早速マルゴから指示され洗いものを始めてくれた。

いやもう、ホントに総力戦だよ。みんな、今日と明日、もうしばらく頑張ってね！


翌日も、当然朝からお弁当作りだ。

昨夜遅くまでマルゴが本当にがんばってくれて、プリンを大量生産してくれた。

我が家のでっかい冷却箱のうち一台が、完全にプリンのみで埋まってるんだから、壮観にもほどがある。いやーさすがに百個は無理だったけど、七十個くらいあるんじゃないだろうか。

でもたぶん、これだけあってもお土産とかお土産とかお土産とかで、すぐに全部なくなっちゃうんだろうな……。

もちろん、プリン以外も順調だ。

ハンバーガーも大量に出来上がり、シエラとロッタが手分けして一個一個蜜蝋布で包んでくれている。ホットドッグにリールの皮を巻き付けるのは、カールとクラウスが担当。クラウス、なんかもう皆勤状態だわ。

マルゴは最後のフルーツサンドに取りかかってる。モリスも真剣な顔でマルゴを手伝ってる。

フルーツサンドは、完成してすぐに時を止める収納魔道具で保存するのではなく、固く絞った濡れ布巾で包んで落ち着かせる必要があるので、そのぶんちょっと手間なのよね。

でもこのようすなら、本当に今日のお昼ごろには、全部のお料理が準備できちゃうんじゃないかな。みんな、本当に頑張ってくれて素晴らしすぎるわ。

いやでもホント、モリスとロッタに来てもらってなかったら、クラウスが皆勤してくれたとしても間に合わなかったかも。

特にモリスは見習っていってたのにすでに立派な腕前で、ハンバーガーのパティだって本当に美味しく焼いてくれたし。ロッタもこまごまとした作業をどんどん積極的にこなしてくれて、本当に助かったわ。

ここはもう、メルさまから軍資金もたっぷりいただいたことだし、みんなにしっかりボーナスをはずんじゃうからね！

お昼前には、ツェルニック商会がドレスを届けに来てくれた。

あああ、ベルタお母さんだけじゃなく、ロベルト兄もリヒャルト弟も、目の下にくっきりとくまが。ごめんよ、無理させちゃってるね、でもホントにホンットに助かるわ。

それでも三人ともミョーにイキイキしていて、通常運転のツェルニック商会挨拶のあとはすぐさま試着に。もちろん、栗拾いに着ていく予定の濃緑色のドレスである。

「まあ、ルーディ、新しく付けてもらった襟がとっても華やかでいいわ」

「レースの襟とお袖がすてきです、ルーディお姉さま」

お母さまもアデルリーナも大喜びしてくれてる。

私もちょっとびっくりなんだけど、ホントにレースの細い襟を付けて袖口にもちょっとレースを足してくれただけなのに、見た目の華やかさが全然違う。レースには真珠色の小さなビーズも散らしてあって、それが上品な光沢を放ってるあっていうのもあるんだと思うんだけど。

それに、何気にペティコートのボリュームがアップしてるよね？　結構重い生地なのにスカートがすとんと落ちてしまわず、かといってふんわりしすぎず、広がり具合が絶妙だ。それでいて足さばきはそれほど重くない。屋外の、栗林の中を歩くのにも問題ないと思う。こういう細かいところまで調整してくれたんだわ。

おまけに、髪を結うリボンにと、濃緑の共布にレースをあしらったものまで用意してくれてるんだから。本当に至れり尽くせりだわ。

ツェルニック商会はさらに、お母さまとアデルリーナの衣裳もコーディネートしてくれた。

お母さまは、内々での集まりとはいえお茶会に相当するということで、未亡人の黒を身に着けるしかないだろうと、リヒャルト弟はすっごく残念がってたんだけどね。昼間の集まりだし、お母さまにはもっと明るい色を着てもらいたかったんだって。

それでも、黒地にシルバーグレーのレースをあしらった上品なデザインのドレスを選び、靴やアクセサリーまで合わせてくれた。

それから、なんてったってアデルリーナよ。

私の妹は、本当に本当に何を着ていてもかわいらしくてかわいくてかわいいんだけどね。リヒャルト弟はさすがに私のツボを心得ていて、さりげなく私の濃緑色のドレスに合わせるようにって、リーナには白いワンピースドレスに青緑色のボレロをコーディネートしてくれたのよー。

もちろん、白いワンピースドレスはレースもフリルもたっぷりで、めちゃくちゃかわいいデザイン。今回はある意味、リーナの子どもの社交デビューだからね、もうかわいすぎるくらいかわいくかわいくかわいくしてあげたいと思ってたから、ホントに嬉しい。

ああもう、これでツェルニック商会は代金を受け取らないなんて言うんだから、なんかもう申し訳なくてしかたがない。

後日、プリンとかプリンとかプリンとか差し入れに行こう。ツェルニック商会ってお針子さん含めて何人いるのかな、エグムンドさんに訊けば教えてくれるかな。

でもこれで、みんな衣裳もバッチリだ。

うん、お弁当の準備もしっかりお昼までには整った。

今日の午後はみんなゆっくり休んで、明日は朝から出陣よー！


ついに出発！


今日はすっきり目が覚めた。

やっぱ昨日ちょっと余裕ができて、午後ゆっくりできたのがよかったんだと思う。

いやーもう、栗拾いが決まってからこっち、昨日まですでに私も疲れ切ってたからね。それに何より、誰かさんが試食させろって我が家に乗り込んでこなかった日は、気持ちの安らぎ具合が全然違ってたわ。

お母さまもアデルリーナもちゃんと起き出していて、お出かけの支度に取りかかってる。支度に時間がかかるお母さまにナリッサとシエラが付いているので、私はアデルリーナの支度を始めた。

顔を洗った妹の、ふわふわのプラチナブロンドにブラシを当ててあげてると、なんかもう姉としてこれほどの幸せはあるだろうかって気持ちになってきちゃうわ。

だって、今日はお天気が良くてよかったわね、栗がたくさん拾えるといいわね、なんて楽しくおしゃべりしながらよ？　初めてのお出かけでちょっと緊張してるみたいだけど、それでも嬉しさを隠しきれてないアデルリーナのかわいいかわいいかわいいかわいいことと言ったら！

はーーー、朝からかわいすぎる妹成分をたっぷり吸収させてもらっちゃったわー。

でも、いま自分で思ってちょっと愕然としちゃったけど、アデルリーナにとって今日は本当に人生初の『お出かけ』なのよね。私の記憶にある限り、アデルリーナは生まれてから一度もこのタウンハウスを出たことがない。

まあ、私も似たようなもの、っていうかもっとひどくて、初めてこのタウンハウスの外に出たのは十四歳のときだったから。ナリッサが私の侍女になってくれて、そのナリッサの手引きでこっそり街へ出たのが、初めてのお出かけだったのよね。

アレがなかったらたぶん間違いなく、私の初めての『お出かけ』は、王都中央学院の入学式だっただろうな……。

なんか、こういうときに思い出してしまう我が家の異常性って、本当にズシンと来るわ。

本当に本当にこれからアデルリーナには、この国の貴族家の令嬢として生まれたならば当然与え

られるべきものを、すべて与えてあげたい。それは、アデルリーナが属しているこの貴族社会の中で生きていく上で絶対に必要なものなのだから。ええ、その必要性については、私自身が日々痛感しているからねえ。

まずはいい家庭教師の先生が見つかったことだし、続いて今日は子どもの社交開始よ。

お相手はガルシュタット公爵家のご令嬢っていう超大物になっちゃったけど、あのレオさまのお嬢さまなんだし、何よりこんなにかわいくて素直でかわいくてかわいくてかわいいアデルリーナと仲良くなれないお嬢さまなんて、いないと思うからね！

お母さまの支度が終わって、ナリッサとシエラが私たちの部屋へ来てくれた。

支度の済んだお母さまは、今日も三百六十度どこから見ても完璧な美人さんだ。

でも、なんかやっぱりちょっと目が赤い気がする。ナリッサによると、お母さまは連日夜更かしをして書きものをされているようなのよね。お母さまが書きものって、本当に何だろう？

それでもお母さま、元気は元気なのよ。

今日は特に、仲良しのレオさまメルさまにまた会えるっていうのもあるんだろうけど。

それでもとりあえず、寝不足っぽいのにイキイキしちゃってるお母さまの心配ばかりもしていられないので、私はアデルリーナをシエラに任せ、ナリッサに手伝ってもらって自分の支度をする。

昨日届いたばかりの濃緑色のドレスに着替え、髪を整えてもらうんだけどね。

いや、でも、実はナリッサって結構不器用なんだよねえ。

ものすごくナリッサが頑張ってくれてるのは私もよくわかってるんだけど、ドレスの着付けにしても髪を結うにしても、シエラのほうが断然上手い。むしろ、ナリッサは自分の不得手を補ってくれることを期待して、シエラを我が家の侍女に推したんじゃないかなって思うわ。

だって、私の支度の仕上げも、ナリッサはシエラにちゃんと頼むからね。私のドレスの背中の編み上げリボンも髪を結うのも、最終的にはシエラがやってくれる。それで二人が納得して役割分担してくれてるなら、それがいちばんいいよね。

支度を終えたところで、三人そろって今日は朝食室へ。

さすがに一張羅を着てる状態で、なし崩しの厨房朝ごはんは止めておいたほうがいいだろうということで。

朝ごはんは、マルゴが作り置きしておいてくれたお野菜たっぷりスープと、とろけたチーズをのせたパン。

いやもう、使えるモノは全部使っちゃおうってことで、朝ごはんメニューも食器に盛り付けた状態で時を止める収納魔道具に入れちゃってたから、魔道具から出してテーブルに並べるだけでＯＫという手軽さよ。

それでいてアツアツのできたて状態、ホントにいまチーズをとろとろにしましたーって状態で並べられるんだから。

ああもうホンットに、時を止める収納魔道具を取り返したい！

朝食を終えて客間に移動し、一息ついたところでリケ先生が到着。

リケ先生、白いブラウスに紺色のスカートを合わせ、グレーのショートジャケットをはおるっていう、とっても家庭教師っぽい装いです。

しかしリケ先生って、ホントに、マジで、冗談抜きでモデル体形なのよね。スラっとした長身で頭が小さい見事な八頭身。腰の位置がすごく高いから、脚もすんごい長いものと思われる。しかも、姿勢がめちゃくちゃいいの。常にすっと背筋が伸びていて、所作もすごくきれいなんだよね。本人は堅苦しくてイヤだって言ってたけど、そこはやっぱり宮廷伯のご令嬢、さすがの王宮育ちって感じだわ。

いやもう、リケ先生なら一流デザイナーのコレクションで、堂々とランウェイを歩けると思う。

そんでもって、その容姿で食いしん坊さんなんだよねえ、リケ先生って。ポテサラサンド三個をペロリだもんねえ。

まあ、そこがこのリケ先生のいいところと言えばそうなのかも。飾り気も屈託もなくて、ホントに明るいお嬢さんなんだもの。

今日もリケ先生はにこにこしてて、アデルリーナの緊張をほぐすように話しかけてくれてる。

「ガルシュタット公爵家のジオラディーネさまは、とても活発で明るいご性格のお嬢さまです。リーナさんもきっと仲良くなれると思いますよ」

「そうね、リーナはどちらかというとおっとりした性格だから、むしろそういう活発なお嬢さまのほうが仲良くなれると思うわ」

お母さまもそう言って、少し不安そうなリーナの手を握ってあげてるし。

それに、リケ先生ってばシエラにまで気を遣ってくれちゃうの。

「シエラさん、基本的にお子さまがただけのお席ですから、あまり堅苦しいことは考えなくて大丈夫ですよ。わたくし、ジオラディーネさま付きの侍女さんも家庭教師も、それにハルトヴィッヒさまの侍従さんもよく存じておりますが、みなさん気さくなかたですからね」

「ありがとうございます、リケ先生。本日はどうぞよろしくお願い申し上げます」

シエラはもう、深々とリケ先生に頭を下げちゃってる。

そりゃもうシエラにしてみれば、侍女になってまだ日が浅いのにいきなり公爵家のご令息とご令息を交えてのお茶会、それも指導役のナリッサ抜きで、だもんね。いくら子どもだけの席になるとはいっても、今日いちばん緊張してるのはシエラかもしれない。

シエラのためにも、リケ先生が一緒に行ってくれるのは本当にありがたいわ。

どうぞリケ先生、ハンバーガーもホットドッグもフルーツサンドもプリンもプリンも、がっつりと召し上がってくださいませ。

そうこうしているうちに、公爵さまのご登場である。

公爵さまもさすがにというか、今日は眉間のシワもかなり浅めな感じだわ。

「ゲルトルード嬢、本日は天気もよく屋外での散策も十分に楽しめそうだな」

「さようにございますね、公爵さま」

なーんて挨拶を交わしちゃってるけど、散策もナニも公爵さま、今日もがっつり食べる気満々なんだと思うんだけど。

で、公爵さまにリケ先生を紹介しようとしたら、すでにご面識がお有りだとか。

まあ、そうだろうね、リケ先生はレオさまとも懇意にされてるっぽい感じだもん。それに、公爵さまによると、リケ先生のお父上であるキッテンバウム宮廷伯さまとは、王宮でも仕事上よくお会いになってるらしい。

って、公爵さまってば我が家で試食ばっかしてるんじゃなくてちゃんとお仕事もしてるのね、と思ってしまったのはナイショだ。

そして私は、公爵さまにエスコートしてもらって馬車に乗り込む。

そう言えば今日は近侍さんを見てないなと思ってたら、公爵さまが教えてくれた。

「アーティバルトは先に現地へ行っている」

あ、設営スタッフね。

そうか、アーティバルトさんとヒューバルトさん、イケメン兄弟が一緒に現地で出迎えてくれることになりそう。イケメン圧、高そう。

我が家の馬車の御者台には公爵家の御者さんが座ってくれる。

そんでもって、お母さまとアデルリーナ、それにリケ先生とシエラも乗り込んだ。あ、ナリッサは私と一緒に公爵家の馬車ね。

全員馬車に乗り込んで、忘れ物はないわね？

って、全部収納魔道具に入ってるから大丈夫なはず。

ホントにホントに便利すぎるよ、収納魔道具。

と、いうことで、栗拾いピクニックへ、ついに出発です！

私たちが乗った馬車が、貴族街の中を通り抜けていく。

秋の収穫期もほぼ終わりに近づいていて、領地に滞在していた多くの貴族がこの王都に戻ってくる時期になっているけれど、午前中の貴族街はまだ閑散とした雰囲気だ。

そのまま、街へ下りることもなく貴族街を通り抜け、私たちは王宮の西門に到着した。

公爵家の紋章付き馬車と伯爵家の紋章付き馬車は、御者と衛兵のごく簡単なやり取りだけで西門をくぐっていく。

いや、王宮の西の森って……王家の直轄地だってアーティバルトさんは言ってたけど、もしかして直轄地どころか外宮内の庭園なんじゃ……？

そりゃ確かに、王宮北の森はまるごと全部王家の直轄地なんだけどさー。

このレクスガルゼ王国王都にある王宮は、それ自体がひとつの街といっていいくらいの大きさがある。

大まかにいって、国王陛下とそのご家族が住まわれている宮殿がある内宮と、その内宮を取り囲んでいる外宮に分かれているんだけど。日本でいうと、平安京の大内裏《だいだいり》みたいなイメージかな。でも、この王宮の外宮は、大内裏よりもっと大きいと思う。だって、外宮には小さいけど池や森や小川まであるもんね。

もちろん、外宮内にあるのはそういう池や森だけじゃない。国家の中枢というべき行政機関が立ち並び、それに研究機関や王都中央学院もある。だから私も、通学のために外宮内へは日常的に入ってはいるんだけど。

ちなみに、リケ先生のお家である宮廷伯爵家のお住まいは、外宮内にあるそうな。

領地持ちの中央貴族は、王都の貴族街にタウンハウスを、領地には領主館《カントリーハウス》をと、二つの邸を構えているものなのだけれど、領地を持たない中央貴族である宮廷伯は代々外宮内に住まいを構えてるんだって。リケ先生が王宮育ちって、そういうことよ。

リケ先生は、今日はいったんご自宅のある外宮を出て貴族街の我が家にやってきて、またこうして外宮内に戻ってるってことだわ。ご足労おかけします、リケ先生。

王宮の西門をくぐった馬車は、そのまま東へしばらく進んでから北へと向きを変えた。王宮の北側には巨大な森が広がっている。

森に棲息する魔物が王宮や王都へ侵入しないよう、外宮の森に接したエリアには鉄壁の魔法陣が敷かれているんだって学院で習ったわ。でも、その森の一部が、外宮内の庭園として整備されているのよね。

案の定、馬車は北の森へと、外宮のいちばん奥へと向かって、どんどん進んでいく。外宮内の中門もほぼフリーパスだ。

おや、右手に見えてまいりましたあの高い尖塔を持つ大きな建物が、王家のみなさまがお住まいになっておられる宮殿でございまーす。

って、うわーん、そりゃこんなトコまで入って来れる人なんて、貴族であっても限られてるよ！

「ゲルトルード嬢はこちらの地区に入るのは初めてか？」

なんて、呑気に訊いてこないでよ、公爵さま！　初めてに決まってるでしょ！

と思いつつ、私は一応にこやかに答えておく。

「初めてでございます、公爵さま」

「そうか。こちらは秋の栗拾い以外にも、夏の水遊びなど散策に向いた地区だ。さらに奥へと進むと狩場になるので、学院でも武官クラスや領主クラスに所属していると、そちらで実地訓練を受けることになる」

って、いま公爵さま、とんでもないことをさらっと言いませんでした？

い、いや、武官クラスはわかるよ、でも領主クラスも実地訓練？

えっと、狩場って、あの、北の森にいるのはふつうのウサギとかキツネとかじゃなくて、その、魔物なんですよね？

あ、あの、領主って……魔物を狩るの？

公爵さまが魔物討伐とか結構行ってるっぽいのって、まさかそういうこと？

「ああ、着いたようだな」

私が、そこんとこ詳しく！　とばかりに公爵さまに質問しようとしてたのに、馬車は無情にも到着しちゃったらしい。停まった馬車の窓から外をうかがうと、すでに紋章付きの馬車が数台、停まっているのが見えた。

すぐに馬車の外から声がかかる。

馬車の扉が開かれると、なんかもうすっかり見慣れちゃったイケメン顔が二つ並んでいた。

いやしかし、アーティバルトさんとヒューバルトさんの顔を見て、ちょっとホッとしちゃった自分にびっくりだわ。こんなうさんくさいイケメン兄弟のおかげで、この強烈なアウェー感がやわらぐなんて、ねえ?

公爵さまにエスコートしてもらって、私は馬車を降りた。

うん、完全に庭園だわ。

確かに森という感じの木立ではあるんだけど、石畳の小路が通ってるし、小川というか水路には小さな石橋がかかってるだけでなく飛び石まで並んでるし。ちょっと規模の大きい庭園、自然公園みたいな感じね。

お母さまたちもみんな馬車から降りて、私たち一行は公爵さまに導かれ、石畳の小路を通り小さな橋を渡った。

そのまま歩いていくと、木立の奥に赤い屋根の建物が見えてきた。結構大きな建物っぽいけど、壁がないところを見ると四阿らしい。

人の話し声が聞こえてきたところで、アーティバルトさんが声をあげた。

「エクシュタイン公爵閣下、ならびにクルゼライヒ伯爵家ご一行がご到着されました」

「来たわね、リア！　ルーディちゃんもリーナちゃんも！」

四阿まで行くと、レオさまとメルさまが駆け寄ってきて私たちを交互にハグしてくれる。相変わらず熱烈なご挨拶である。

「みなさまをお待たせしてしまったようで、申し訳ございません」

私は思わずお詫びの言葉を口にしちゃった。

だって、一応我が家が主催者なんだよね？

レオさまが設営を請け負ってくれたっていっても、主催者でしかもいちばん下っ端の我が家が最後に到着って、めっちゃまずくない？

だけどレオさまは笑い、メルさまが教えてくれた。

「大丈夫よ、ルーディちゃん。わたくしたちもいま到着したばかりなの」

「そうよ。それに、今日の集まりで主賓になるのはエクシュタイン公爵さまなのだから、その公爵さまにエスコートしていただいてやって来たルーディちゃんたちも、最後の到着で間違っていないのよ」

そういうことですか。

なんかやっぱり、貴族同士の決まりごとって難しいよー。

初めましてがいっぱいすぎる

「でも本当に今日は、堅苦しいことは抜きにしましょう」

レオさまは笑顔で言ってくれる。「まずは我が家の子どもたちを紹介するわね。最初は長男よ」

そう言ってレオさまが手招きした相手は、苦笑しながら私たちの前へやって来てくれた。灰茶色の髪をした、背の高い男性だ。

「義母上、私も子どもですか」

「決まっているじゃない。わたくしにとって貴方は、いくつになっても息子ですもの」

レオさまに言いくるめられちゃって、その人はやっぱりちょっと困ったように笑う。そしてその夕焼け空のような茜色の目を私たちに向け、右手を自分の胸に当てた。

「初めてお目にかかります。クルゼライヒ伯爵家ご令嬢ゲルトルードさま、未亡人コーデリアさまそしてご令嬢アデルリーナさま」

そう言ってその人は膝を軽く折り、アデルリーナに一度視線を合わせてからほほ笑む。

「私はガルシュタット公爵家の長男で、現在はヴェントリー領の領主伯を務めております、リドフリート・クラムズウェルと申します。よろしくお見知りおきください」

ほうほう、このかたがレオさまの義理の息子さんで、クルゼライヒ領のおとなりさん領主だというリドフリートさまね？

本当に穏やかで温和な感じの男性だ。二十二歳だって聞いた気がするけど、物腰もとっても落ち着いていらっしゃるわ。それに、ちゃんとリーナにも目線を合わせて挨拶してくださったし、お父上の後妻で義理母にあたるレオさまと、とっても仲がよさそうだっていうのもポイント高いよね。

私もスカートを軽くつまんで片足を引く。膝を軽く曲げてカーテシーのご挨拶だ。

「ご丁寧にありがとう存じます、ヴェントリー伯爵さま。クルゼライヒ伯爵家のゲルトルード・オルデベルグにございます」

お母さまも、それにアデルリーナも同じようにカーテシーでご挨拶をする。

うんうん、アデルリーナもちょっとはにかんじゃってるけど、とってもかわいくてかわいくてかわいい百点満点のご挨拶よ。

そのアデルリーナのようすを、私と同じようににこにこ顔で見守っていたレオさまがまた言い出した。

「それでは、次に我が家の長女と次男をご紹介するわね」

ええ、はい、ある意味我が家にとっては本日の真打登場ですね？

そうしてレオさまの後ろから登場したお嬢ちゃまとお坊ちゃまの姿に、私は思わず歓声を上げそうになっちゃった。

だって、だってだって、レオさまんチのお嬢ちゃまもお坊ちゃまも、めっちゃくちゃかわいいんだもん！

特にお嬢ちゃま！

もう一目でレオさまの娘さんだってわかるくらいそっくり！　ナニこの、ちびレオさま感は！　レオさま譲りのボリュームたっぷりの黒髪に、はちみつ色の目は初めて会う私たちへの好奇心で輝いてるし。ホントにホントにリケ先生が言ってた通り、レオさまと同じように活発で明るい感じのお嬢さまだわ。

そしてお坊ちゃまもまた、とびきりかわいいんですけど！

こちらはなんていうか、ほわんとしたいかにもお育ちのいい僕ちゃんって感じなのよね。髪の色は黒ではなくリドフリートさまと同じような灰茶色。んー、リドフリートさまよりちょっと色が濃いかな。目の色はレオさまと同じはちみつ色なんだけど。その目が、物おじもせずちょっと不思議そうな感じで、私たちを見上げてる。

そのとってもかわいいご姉弟が、私たちにご挨拶してくれた。

「初めまして、クルゼライヒ伯爵家のゲルトルードさま、コーデリアさま、アデルリーナさま」

ちょこんと片足を引いてカーテシーをしてくれるちびレオさまがもう、ホンットにかわいい！

「わたくしは、ガルシュタット公爵家の長女でジオラディーネと申します。どうぞよろしくお願いいたします」

「ぼくは次男のハルトヴィッヒです。よろしくおねがいします」

ハルトヴィッヒさまも右手を胸に当て、にっこり笑顔でご挨拶よ。

かーわーいいーーー！

ダメだ、もう思いっきり頬に力を込めてないと、デレデレに緩んじゃいそうなんですけど！

私はなんとか頑張って、ニヤついていない程度の笑顔を浮かべてみせる。

「ご挨拶ありがとう存じます、ジオラディーネさま、ハルトヴィッヒさま。クルゼライヒ伯爵家のゲルトルードでございます。どうぞよろしくお願い申し上げます」

ジオラディーネさまとハルトヴィッヒさまに視線を合わせるよう、私も膝を深めに折ってのご挨拶で応じちゃう。

そしてお母さまと、アデルリーナもご挨拶。

リーナがカーテシーをすると、ジオラディーネさまが待ってましたとばかりに口を開いた。

「アデルリーナさまは、わたくしと同じ十歳だとうかがっておりますわ。わたくし、アデルリーナさまとお友だちになれると、うれしいのですけれど」

言われたアデルリーナはちょっと目を見張り、さらにちょっとだけもじもじしてから、でもちゃんと自分で答えられた。

「はい、あの、わたくしも、ジオラディーネさまとお友だちになりたいです」

「よかったわ！」

ジオラディーネさまの顔がパッと輝く。「わたくしたち、とってもなかよしになれそうね！」

うわーん、かわいいですー！

かわいいが大渋滞を起こしてて、いや、こういうのってアレよ、尊いっていうのよね？

なんかもう、リーナもかわいくてかわいくてかわいくて、よく頑張って自分でお返事できたわねって思うんだけど、ジオラディーネさまも実はやっぱりちょっと緊張してたのかなっていう、その感じがね！

ああもう、ナニこの状況！　今日はもうこれだけで、私は来た甲斐があったっていうものよ！

ジオラディーネさまは本当に嬉しそうに、アデルリーナにもっと話しかけようとした。

でもそこで、リドフリートさまがそっと声をかけた。

「ジオ、アデルリーナ嬢とお話しするのは後にしなさい。まだご紹介が終わっておられないかたがいらっしゃるからね」

あっ、という顔をして振り返ったジオラディーネさまが慌てて脇へ寄り、ちょこんとカーテシーをした。

「失礼いたしました、ホーフェンベルツ侯爵さま」

ジオラディーネさまの視線の先には……おおう、美少年キターーー！　ですわ。

「まあ、リドフリートさまもジオラディーネさまも、お気遣いありがとう存じます」

そう言って、にこやかに答えたのはメルさま。

そしてメルさまの横で、同じようににこやかな笑みを浮かべてるそのかたは、どこからどう見てもメルさまの息子さん。こちらもまたメルさまにそっくりです。

ええもう、キュートでビスクドールのようなおかわいらしいルックスのメルさまにそっくりなんだから、これまた絵に描いたような美少年なのよ。整った顔立ちはもちろん、小柄で子どもの線の細さを残したこの世代の男の子特有のきゃしゃな体形で、もう冗談抜きで宗教画に描かれてる天使みたいな美少年っぷり。

「ええ、本当に。お気遣い感謝申し上げます」

だけどメルさまに続いてそう答えた声はちょっとびっくりするくらい落ち着いていて、うーん、このルックスでちゃんと声変わりしてるっていうのも、結構なギャップ萌えかも。

その宗教画の天使のような美少年が、私の前で右手を自分の胸に当てる。

「初めまして、クルゼライヒ伯爵家ご令嬢のゲルトルードさま。未亡人コーデリアさま、ご令嬢アデルリーナさま。ホーフェンベルツ侯爵家当主のユベールハイスと申します。母からみなさまのことをお聞きし、お会いできることを楽しみにしておりました」

いやもう、その顔に浮かぶのは文字通り天使のほほ笑み。そんでもってさらに、このご挨拶のソツのなさよ。

私もにこやかな笑みを返した。

「ご挨拶いただきありがとう存じます、ホーフェンベルツ侯爵さま。クルゼライヒ伯爵家のゲルトルードでございます。こちらこそ、母君のメルグレーテさまからお話をお伺いし、お会いできることを楽しみにしておりました」

続いてお母さまとアデルリーナもご挨拶する。

ユベールハイスさまはにこやかにうなずいて言った。

「母は、コーデリアさまとレオポルディーネさまのことを話すとき、本当に楽しそうなのです。母と仲良くしてくださって、ありがとうございます」

「とんでもないことですわ、ホーフェンベルツ侯爵さま」

お母さまもちょっと嬉しそうだ。「こちらこそ、メルグレーテさまには本当に仲良くしていただいて感謝しております」

そこで、天使な美少年はその顔を私に向ける。

「僕はずっと領地で育ってきたため、王都には同世代の知り合いがまったくいないのです。春から学院へ進学しますが、やはり少しばかり不安で……ゲルトルードさまには今後、仲良くしていただけると本当に嬉しいのですが」

うーん、その小首をかしげての上目遣い、あざといです。

しかも一人称は『僕』ですか。

一応ね、学院に進学するような年齢になると、男子は自分のことを『私』って言うようになるものらしいの。『僕』っていう言い方は、ちょっと幼い印象だってことで。

だけど、年下の未成年で仮の爵位であるとはいえ、侯爵家のご当主にそう言われてしまって、私に断るなんてことができるわけないでしょう。

「もちろんですわ、ホーフェンベルツ侯爵さま。わたくしも仲良くしていただけると嬉しいです」

笑顔で答えてから、私はちょっと申し訳なさげに付け加えちゃう。「ただ、わたくしはホーフェンベルツ侯爵さまより一学年上ですので……残念ながら学院では、お話しできる機会もそう多くはないかもしれません」

そりゃーもう、こんな天使な美少年と連れ立って学院内をうろうろなんかしちゃったら、私やご令嬢がたからの視線の集中砲火を浴びまくっちゃうこと間違いナシよ。

そもそも私は、貴族のご令嬢がたとお茶会のお付き合いすらふつうにできないレベルなのよ？

その私が、そんな集中砲火を上手くいなせると思う？

それでなくても私はすでに、爵位持ち娘になっちゃったことで非常に不本意ながら注目を集めることになっちゃったみたいだしね？　もうこれ以上、変な形で学院内の人間関係のハードルを上げられちゃうのは本気で困るのよ。

本当に申し訳ないけど、私はなんとしても平穏な学生生活を維持したいの。

「ええ、それはもう、ゲルトルードさまのご負担のない範囲で構いません」

ユベールハイスさまが笑顔でうなずく。

そんでもってこの天使な美少年ってば、またちょっと小首をかしげ、あざとい上目遣いで言い出しちゃうんだ。

「でも、できれば僕のことは、ユベールと呼んでいただけると嬉しいです」

うわー、そうきたか。

ええ、ええ、私がお断りできる立場にないことは、ご存じの上でおっしゃってますよね？　てかもう、私ができるお返事がひとつしかないことも、わかっているのに『お願い』してくれちゃってますよね？

「それでは、ユベールさまと呼ばせていただきます。わたくしのことも、よろしければルーディとお呼びくださいませ」

って、言うしかないじゃんねー？

私の返事に、ユベールくんは輝くような笑顔を浮かべてくれちゃった。

「ありがとうございます、ルーディお姉さま！」

って、待って！

お姉さまってナニ？　そこまで許可してない！

てか、なんでこの美少年はここまで私にグイグイきちゃうのよー？

お茶とおやつの前に、軽く散策して栗も拾いましょうということになりました。

みなさん三々五々栗林に散っていかれたのに、ナゼか美少年侯爵さまは私にグイグイきたまま放してくれません。

美少年過ぎる侯爵さまな弟なんて、欲しくないです。

などと口にできるわけがない私にべったり貼りついたまま、ユベールくんはにこやかに話しかけてくれちゃってます。

「ルーディお姉さまも来年は領主クラスを選択されるのですか？」

「はい、そのつもりです」

「僕も一年早く生まれていたら、ルーディお姉さまと一緒に領主クラスで学べたのにと思うと、やっぱり残念です」

いや、そしたら同い年だから、私がお姉さまにはならないでしょ。

と、私が声には出さずに脳内突っ込みしてても、ユベールくんはにこやかに続けてくれちゃう。

「でも、再来年になれば僕も領主クラスに進みますから、そうすればルーディお姉さまとご一緒できる機会も増えますね」

そうなのよ、領主クラスってそもそも人数が少ないから、二年生と三年生の合同授業が結構あるらしいのよ。

「そうですね。それは楽しみですね」

なーんて一応、私も笑顔を貼り付けてうなずいておく。

ああもう、学科はともかく、乗馬やダンスっていう実技での私の残念っぷりに、この美少年侯爵さまがガッカリして距離を置いてくれるようになることを、心から願ってしまうわ。

まったくいったいナニがどうなって、私はこんな美少年にロックオンされちゃったの？

ホントにホントに申し訳ないけど、こんな容姿も肩書も煌々《きらきら》しい男子が傍に居てくれちゃ、私が望む平穏な学生生活なんてどう考えても送れそうにないから困るのよー。

ユベールくんのお母さまであるメルさまは、レオさまと私のお母さまと三人で四阿に陣取ってホントに楽しそうに話し込んじゃってる。

そりゃあ、仲良しの三人で積もる話もあるでしょう。でも、お宅の息子さん、こんな感じで放置しちゃっててていいんですかー？

私とユベールくんの傍にはもちろん、ナリッサとユベールくんの近侍さんが付いていてくれてるんだけど、ナリッサの笑顔が氷点下になってて、近侍さんはなんかちょっと笑いを堪えてるっぽい。なんだろう、この近侍さんもアーティバルトさん系ですか、そうですか。笑えるほど主《あるじ》が暴走してても止める気はないってことね？

その本家本元のアーティバルトさんは、お茶の準備のために散策には参加してない。

そしたら、公爵さまがぼっちになっちゃうのではと失礼な心配もしたんだけど……公爵さまってば、ハルトヴィッヒさまと手をつないで栗拾いしてるの！

しかも、私は見た。見てしまった。

ハルトヴィッヒさまのほうから『ヴォルフおじさま～』って、手を伸ばしているところを！

公爵さま、眉間に縦ジワ寄せてても甥っこちゃんにはなついてもらってるのね。

なんかしみじみ、よかったですねーと思っちゃったわ。

そんでもって、アデルリーナは！　ジオラディーネさまと！　手をつないで！　一緒に栗を拾ってるのよー！

う、嬉しい！　リーナの初めてのお友だち！

ええもう、どれだけ煌々しい美少年侯爵さまが絡んできていようが、私はそっちが気になってしかたがない。

「リーナちゃん、イガは危ないから、触ってはダメよ」

「わかったわ、ジオちゃん」

「栗は、つやつやしていて、指で押してもふかふかしていないのが、いいのですって」

「そうなのね。教えてくれてありがとう、ジオちゃん」

って、聞いた？　聞きました？

リーナちゃんにジオちゃんよ！　もうすっかり仲良しさんよ！

いや、イガに触るもナニも、リドフリートさまがイガから取り出してくれた栗を二人して受け取ってるだけなんだけどね。

それにしてもジオラディーネさまってば、なんかちょっとお姉さんっぽくふるまってるのがすっごくかわいい。やっぱり弟さんがいるからかしらね？

お母さまも言ってたけど、リーナはおっとりしたタイプだから、ジオちゃんみたいに活発で周りを引っ張ってくれる子って相性良さそう。学院でも同級生になることだし、このままずっと仲良しさんでいてほしい。

てか、私もあっちに参加したい〜〜。

なんかユベールくんにロックオンされまくってるおかげで、私ゃいまだに一個も栗を拾ってないんですけど。栗拾いにきたのに、栗を拾って帰らないと、渋皮煮だって甘露煮だってモンブランだって作れないのにー。

公爵さま、甥っこちゃんとの仲良しタイムを楽しんでるだけじゃなくて、こっちもフォローしてくださいませ！　この場でこの美少年侯爵さまに物申すのは、爵位が上である公爵さまの役割じゃないですかっ！

と、ばかりに私は公爵さまに念を送ってたんだけど、全然気がついてくれない。

ふんぬー、フォローしてくれなきゃモンブランを作っても試食に呼んであげませんからね、と私がキリキリしてると、公爵さまじゃなくてリドフリートさまが気づいてくれたっぽい。

「侯爵どの、それにゲルトルード嬢、こちらに栗がたくさん落ちていますよ。せっかくですから、拾われませんか？」

そう、にこやかに声をかけてくれたリドフリートさま。

うわーん、いい人だ。

「ありがとうございます、ヴェントリー伯爵さま」

私は本気の笑顔で答えちゃった。

そして、その笑顔のまんま、美少年侯爵さまに声をかける。

「ユベールさま、伯爵さまもあのようにおっしゃっていますし、せっかくですからわたくしたちも栗を拾いませんか？」

「……そうですね」

って、ヲイ！

聞こえたわよ？

ええ、ちゃんと聞こえたわよ、キミ、いま舌打ちしたよね？

そんなキラキラ笑顔でしらを切っててもダメよ、やっぱり天使なのは見た目だけってコトね？

いや、その見た目で中身まで天使だっていうのは、まずあり得ないと思ってたけどね。

そりゃもう、生まれたときからエースで四番じゃないけど、これだけ人目を引く容姿で侯爵家の嫡男なんだもんね、周りからチヤホヤされてないワケがないもの。

まあ、ある意味フツーな歪み方だと思うわ。自分が誰にとっても『一番』でなきゃイヤなんだろうね。もっと面倒くさい歪み方してたら、こういう場面で舌打ちさえしないもんね。たとえば、どこかのイケメン兄弟みたいに、ミョーにうさんくさい方向へ行っちゃうとかね。

ということで、ユベールくんの舌打ちに対しては、私も笑顔で圧をかけておくだけにした。

そしてもうさっさと私は、呼んでくれたリドフリートさまのところへ、つまりアデルリーナとジオラディーネさまのところへと行く。

「ルーディお姉さま、栗がいっぱい拾えました！」

早速リーナが満面の笑顔で言ってくれる。

ああもう、ホントに嬉しそうで楽しそうでホントにホントに私の妹はかわいくてかわいくてかわいすぎてかわいい（以下略）。

「よかったわね、リーナ。ジオラディーネさまと一緒に栗拾いができたのね」

「はい、ジオちゃんがいろいろ教えてくれて」

そのジオちゃんは、なんだか得意満面だ。

「わたくし、去年もここへ栗拾いに来ましたの。リーナちゃんは初めてだと言うので、お手伝いさしあげましたのよ」

うわーん、ジオちゃんもめっちゃかわいいんですけど！

「ありがとうございます、ジオラディーネさま」

「あら、わたくしのことはジオと呼んでくださいませ」

私がお礼を言うと、ジオちゃんが言ってくれちゃった。「それで、あの、わたくしも、ルーディお姉さまとお呼びしてもいいかしら？」

「もちろんですわ、ジオさま」

ええもう、こんなかわいいかわいい妹が増えるのはバッチこーい！　です。

ホントにホントに、二人ともかわいくてかわいくてかわいすぎる～。

リーナとジオちゃんを見守ってるリドフリートさまもにこにこだし、栗を入れるかごを持って付いてきてくれているリケ先生も、それに同じようにかごを持ってる若い女性、ジオちゃんの家庭教

師さんらしき女性も、やっぱりにこにこだ。

「ルーディさん、今年の栗はとても出来がいいようですよ」

リケ先生が、栗の入ったかごを私に見せてくれる。

「まあ、本当にぷっくり大きくてつやつやで美味しそうですね」

ストレートに本音をもらしちゃった私に、リケ先生も笑顔で答えてくれた。

「ええ、本当に美味しそうですわ。我が家ではよく焼き栗にするのですけれど、ルーディさんはどのように栗を召し上がりますの？」


その、リケ先生の何気ないように聞こえた問いかけに、いきなり周囲の空気が変わった。

だってほら、公爵さまがいきなり甥っこちゃんを抱き上げて足早にこっちへやって来たし、リドフリートさまも一瞬真顔になった。なんなら、美少年侯爵さまもいきなり身を乗り出してきて、ジオちゃんの家庭教師さんも栗の入ったかごを抱えてスチャッとリケ先生のとなりに並んだ。

いや、ちょっと待って、何なのこの包囲網は！

てか栗の食べ方だよね？　栗の食べ方ひとつでこの包囲網？

とりあえず、渋皮煮に甘露煮にモンブラン、それにできたら栗蒸し羊羹なんか、食べられたらいいなーとは思ってるけど。

「ゲルトルード嬢、きみのことだから、また目先の変わった美味しい栗のおやつを考えているのではないか？」

足早というかほとんど超速で私のところへやってきた公爵さまが、きょとんとしてる甥っこちゃんのハルトヴィッヒさまを自分の腕から下ろしながら、身もふたもなく訊いてきた。

まあ、公爵さまの反応は、想定内っていえば想定内よ？

でもなんでほかの人たちもみんな、そろって期待に満ち溢れた目で私をロックオンしてるの？

いや、リケ先生はすでに我が家でポテサラサンド三つも食べちゃったから、私のおやつを期待してくれちゃうのは、まあわかる。でも、ジオちゃんの家庭教師さんなんて初対面どころかまだ名前も聞いてないし。リドフリートさまだって、本日初対面よね？

ユベールくんは……あーサンドイッチとマヨネーズをすでにご自宅で食べてる可能性、高いな。レシピ買ってもらったもんね。もしかして、ずっと私に絡んでたの、そのせい？　美少年侯爵さまも実は食いしん坊キャラだった？

って、もしかしてこの世界って、食いしん坊キャラしかいないの？

なんかもう本気でちょっと遠い目になっちゃった私の前で、ジオちゃんが公爵さまに小声で質問してる。

「ヴォルフ叔父さま、ルーディお姉さまのおやつって、そんなに美味しいものですの？　お母さまもずっと、美味しかった美味しかったとおっしゃっていたのですけれど」

あああ、レオさまがご家庭内でも布教してくださっちゃったのね？

で、問われたヴォルフ叔父さまな公爵さまも、なんかもう胸を張って答えちゃってるし。

「うむ、そうだな。ゲルトルード嬢の考案する料理はどれも本当に美味しい。ジオも今日のおやつを食べればよくわかると思う」

「そうなのですね、それはとっても楽しみですわ！」

ジオちゃんも食いしん坊キャラ確定のようです。

そのジオちゃんのようすに、なんとアデルリーナまで布教を始めちゃった。

「ジオちゃん、ルーディお姉さまが考えられたお料理は、どれも本当に美味しいのよ。今日のおやつも、たくさん用意してあるけれど、ぜんぶ美味しくて」

「そうなのね？」

「ええ、ルーディお姉さまががんばってくださって、とってもたくさんあるの。でもわたくし、まだぜんぶ食べてしまえなくて……ハンバーガーもホットドッグも、半分しか食べられないの。だって、そこでよくばって食べてしまうと、お腹がいっぱいになってしまって、プリンが食べられなくなってしまうのですもの」

いや、ちょっと待って、こんなに一気にしゃべる妹を、私は初めて見た気がする。

どうしよう、アデルリーナもすでに食いしん坊キャラだった？　全部食べきれないことが、本当に残念そうなんですけど？

リーナの布教に、ジオちゃんも興味津々になってるし。

ジオちゃんのはちみつ色の目が、キランと輝いてる。

「『ぷりん』というおやつは、リーナちゃんはぜったいに食べたいのね？」

「そうなの、本当に美味しいの！　とってもなめらかでとろりとしていて……それにね、メレンゲクッキーもお口の中でしゅわって消えちゃうの、本当に美味しいのよ！」

「お口の中で消えちゃうクッキー？」

「ええ、食べてみるとわかるわ！」

な、なんか、よくわかんないけど……でも、おやつの話でリーナがジオちゃんと盛り上がって、さらに仲良くなれるならそれでいいのでは……って、気がしてくる。

う、うん、いいよね？

そうよ、お引越ししたら、新居にジオちゃんとレオさまをお招きしてお茶会を……いや、その場合メルさまも呼ばないわけにいかないでしょ、でもそしたらこの舌打ち美少年侯爵さまも付いてきちゃうのでは？

いや、いやいや、そもそもレオさまをお招きするのなら、公爵さまをお招きしないというわけにはいかないと……。

ワケわかんなくなってきちゃった私に、公爵さまはやっぱり問いかけてくる。

「で、どうなのだ、ゲルトルード嬢？　何か栗を使った、新しいおやつの案はあるのだろうか？」

なんか公爵さまに問われたとたん、スンッとばかりに私の気持ちが落ち着いた。

だってね、お招きしようがしまいが、絶対我が家に食べにくるもん、この人は。それも、試食と称して厨房まで乗り込んでくるよね？

私は、ようやく気を取り直して答えた。

「そうですね、二、三、考えてはいますけれど、まずは我が家の料理人と相談しようと思っております」

「うむ、あの素晴らしく腕のいい料理人だな」

ええそうです、我が家のマルゴは天才ですから。

でも一応、釘は刺しておこう。

「ただ、栗をおやつにするには、どうしても大量の砂糖が必要になります。砂糖は貴重ですから、栗のおやつはそれほど多くは作れな――」

「砂糖だな」

公爵さまは思いっきり食い気味に言った。「すぐに手配しよう。どれほど必要だ？　ああ、どのみち、尊家に砂糖は必要だろう。商会でのおやつ販売に向けても必要であるし、とにかく手に入るだけ用意しよう」

うんうんと納得顔でうなずく公爵さまに、ナゼかリドフリートさまが言い出す。

「閣下、そもそも栗が大量に必要ではありませんか？　本日は拾えるだけ拾っておきませんと」

「その通りだ、リド」

感心したように公爵さまがリドさまの肩をたたく。「とにかくまず栗を、拾えるだけ拾ってゲルトルード嬢に渡しておかなければ」

もはや訊くまでもなく、我が家で栗のおやつの大量生産をさせる気満々です。

それはもう、公爵さまと伯爵さまだけでなく。

まさかの、美少年侯爵さままで言い出してくれちゃった。それもいたって真剣に、また礼儀正しく自分のことをちゃんと『私』って言って。

「閣下、それでしたら閣下の近侍さんもお呼びしたほうがいいのではございませんか？　栗を拾う人手が必要ですから。もちろん、私の近侍にも手伝わせます」

「いいことを言う、ホーフェンベルツ侯爵どの」

公爵さまは満足顔で答えてる。「クレメンス、至急アーティバルトを呼んできてくれ。それに侯爵家の近侍と、差し支えなければヒューバルトも」

「かしこまりまして」

クレメンスと呼ばれた、ハルトヴィッヒさまの侍従らしい男の人が、超速で四阿のほうへと移動していく。

ホントになんなんでしょう、この素晴らしい連携プレーは？

みなさん、そろいもそろって、食い意地が張り過ぎです。

ほら、リケ先生とジオちゃんの家庭教師さんも、アイコンタクトを交わしながらこっそり小声で話し合ってるんだよ？

「リケ、どうすればわたくしも栗のおやつのご相伴にあずかれると思う？」

「何か考えてみるわ。リーナさんとジオさまもこれだけ仲良くなられたのだし」

「そうね、ジオさんがご招待されれば、わたくしもご相伴にあずかれそうですものね」

「お勉強会の名目で、ジオさまと貴女をお招きすることを提案してみようかしら？」

「ええ、ぜひお願いするわ」

聞こえてますよ、先生がた。

なんだろうね、どうもこちらの家庭教師の先生、リケ先生とめっちゃ仲良しな気配がしてるんですけど。同じ年ごろの若いお嬢さんだし、もしかしたら学院の同級生とかそういうのかも。

そうこうしているうちに、さっき公爵さまに命じられた侍従さんがアーティバルトさんとヒューバルトさん、それにユベールくんの近侍さんを連れて戻って来た。

おいおいイケメン兄弟よ、笑いを隠しきれてないよ？

侍従さんに事情を聞いたんだろうね、栗拾い用の火ばさみとかごを持参してやってきたイケメン兄弟、なんかもう最初から目が笑っちゃってるの。いや、ユベールくんの近侍さんも完全に目が笑ってるよね？

その笑いを隠しきれてない、イケメン兄弟の同類っぽい近侍さんはユベールくんのところへと向かう。当然アーティバルトさんは公爵さまのところへ行き、そんでもってヒューバルトさんが私のところへやってきた。

「ゲルトルードお嬢さま、その、栗のおやつを……」

ヒューバルトさん、肩をひくひくさせちゃって、ちゃんとしゃべれてないんですけど。

いいよもう、笑っちゃいなよ。

私は澄まして言ってあげちゃった。

「ええ、公爵さまのご要望による『いつもの展開』です」

ブハッと、堪え切れずにヒューバルトさんが噴き出した。

なんだかね、もう『栗拾い』っていう、気軽なノリじゃなくなっちゃったっぽい。

公爵さまを筆頭に、みんなマジな目をして栗の収穫に走ってる。

いや、イケメン兄弟とそれに侯爵家の近侍さんはまだちょっと目が笑ってる気がするけど。

そんでも、とにかくまず栗の入ったイガを一か所に集めて、後でまとめてイガから取り出そうってことに決まったらしく、私の目の前に栗のイガの山が築かれていく。

いやーしかし、舌打ちしてた美少年侯爵さままで、なんかすっごく真面目にイガを拾い集めてるんですけど？

そんなに、そんっなに、栗のおやつ、食べたい？

それほどまでにマジな男性陣を横目に私たち、つまりお子ちゃまと先生たち女性陣は、栗のイガ山の前でちょっとまったりしてる。

ヒューバルトさんが収納魔道具から敷布を出してくれたので、その上に腰を下ろし、とりあえずイガから取り出せそうな栗があれば出しましょうかねー、って感じだ。

で、そこでようやく、私はジオちゃんの家庭教師さんの紹介を受けた。

「ゲゼルゴッド宮廷伯爵家の長女でファビエンヌと申します。どうぞよろしくお見知りおきくださいませ」

少しふっくらとした感じの、優しそうな先生だ。

でもって、リケ先生と同じく宮廷伯爵家のお嬢さまなのね？

そう思いながら私がファビエンヌ先生に挨拶を返したら、リケ先生が説明してくれた。

「ファビエンヌとわたくしは同じ宮廷伯の娘で、しかも同い年でございますので、幼い頃よりずっと一緒に育ちましたの」

やっぱり！　超仲良しさんじゃん！

リケ先生はにこにこと説明を続けてくれる。

「わたくしが家庭教師の職を探していることを、このファビエンヌがレオポルディーネさまに話してくれましたの。それでわたくしはご当家にご紹介いただけたのです」

そりゃあね、リーナとジオちゃんが学院に入学する前から仲良しさんでいるには、家庭教師の先生同士も仲良しさんなほうが、いろいろと情報交換もできていいだろうなとは思うよ。お互いの学習の進捗状況とかね、そういうのもわかったほうが励みになるしね。

でもね、情報交換しやすいってことは、我が家の情報はリケ先生からファビエンヌ先生、そしてレオさまへと、筒抜けになっちゃう可能性がめちゃくちゃ高いってことじゃない？

なんか……なんか、こう、またもや嵌められたような気が……いや、リケ先生を選んだのは私たちだし、リケ先生がホントにいい人でいい先生であることに間違いはないと思うんだけど……それでもこう、レオさまからも着々と包囲網を張り巡らされているような気がしてしまうのはナゼ？

いや、ね、レオさまっていうかガルシュタット公爵家が後ろ盾になってくださるっていうのは、とってもありがたいことよ？

それに、メルさまっていうか、こっちはもうホーフェンベルツ侯爵家のご当主なんだけどさ、来年以降学院でも後ろ盾っぽくなってくれちゃいそうで、そっちもやっぱり非常にありがたいことなんだけど。

なんだけど。

あんまりにも重すぎない？

後ろ盾があんまりにも立派になりすぎて、私はその重さにもうひっくり返っちゃいそうなのよ。

それでなくても、エクシュタイン公爵さまが後見人になってくれちゃって、こっちはもう正式にというか公式に私の後ろ盾なんだしさ。

おかしい。うん、おかしいよね？

確か我が家は、家屋敷も全財産も一夜で失って没落確定だったんじゃなかったっけ？

いったいナニがどうなってこうなったの？

って、ナニがどうもこうも、原因はわかってるんだけどね。

はっきり言いましょう。

すべては、公爵さまの食い意地に端を発しています。

気が付いたら、食いしん坊が食いしん坊を呼び、こんな事態に。

いやもう、公爵さまにはすっごくお世話になってるし、悪い人じゃないこともとっくにわかってるし、本当なら下へも置かぬ扱いであるべきなのはわかってるんだけど……なんかあまりにもいろいろと残念過ぎるわよ。

おかげで、最早とどまることを知らぬかのように広がり続ける食いしん坊の輪。

リケ先生とファビエンヌ先生も、すっかり食いしん坊トークに花が咲いてます。

「本当にもう、フレデリーケがゲルトルードさまの伯爵家でいただいた、お芋のサラダをはさんだパンが美味しかった美味しかったと、わたくしにずっと言い続けておりまして」

「だって本当に美味しかったのよ。わたくし、三つもいただいてしまったもの」

「貴女、三つもって、いただきすぎでしょう」

「我慢できなかったのよ。それくらい美味しかったのよ」

にこにこ顔でリケ先生はリーナに話を振っちゃう。

「リーナさんも美味しく召し上がっていましたよね、あのお芋のサラダのパンを」

「はい！　わたくし、あのおいものサラダが大好きなのです！」

あああああ、アデルリーナまで本当にキラキラの笑顔でお返事しちゃってて、本当になんでこんなにかわいくてかわいくてかわいすぎてかわ（以下略）。

かわいいかわいいリーナは、さらに嬉しそうに言う。

「今日のおやつにもありますよ。あのおいものサラダをはさんだパンは」

「えっ、本当ですか、リーナさま？」

ファビエンヌ先生、がっつり食いつきました。

「はい、ルーディお姉さまがメニューに入れてくださっています。ファビー先生も、ぜひめし上がってくださいませ！」

そう答えてるリーナのかわいいかわいい満面の笑みにデレそうな私を、そんなキラキラの目で見ないでくださいませ、ファビー先生。

そんでもって、ジオちゃんもやっぱり興味津々だ。

「リーナちゃん、じゃあ今日のおやつは、さっき貴女が言っていた、はんばー？　ナントカと、ホッと？　ナントカに『ぷりん』、お口で消えてしまうクッキーと、さらにそのおいものサラダのパンがあるのね？」

アデルリーナは嬉しそうに指を折って数えて見せる。

「そうよ、ハンバーガーとホットドッグとおいものサラダのサンドイッチと、プリンにメレンゲクッキー、あと果実とクリームのサンドイッチと、バターのクリームをクッキーではさんだおやつがあるの！」

「そんなにいっぱい！」

ああ、リーナってば、いつの間に全部ちゃんと発音できるようになったのかしら、しかも今日のメニューを全部覚えているなんて、ホントにホントに私の妹はかわいいだけじゃなくて賢くてやっぱりかわいくてかわいくてかわいい（以下略）。

そんでもって、必死にデレを隠している私を、みんなそろってそんなキラキラの目で見ないでください。

なんだかもう、ハルトヴィッヒさままで、キラキラの目で私を見てます。

「今日はそんなにいっぱい、おやつがあるのですね」

「そうなのです」

リーナが真剣に答えてる。「本当にいっぱいあって、本当にどれも美味しいのです。ですから、ぜんぶ食べきれないのが、たいへんな問題なのです」

「リーナちゃんが食べきれないのなら、わたくしとハルトもむずかしそうですわね」

ジオちゃんも真剣に言い出した。「リーナちゃん、ゆうせん的に食べるとしたら、さきほど貴女が言っていた『ぷりん』になるのかしら?」

「そうね、プリンははずせないです。その次になると……」

なんなんでしょう、お子ちゃま三人で、どのおやつを優先的に食べるべきかの相談が始まってしまいました。

なんというか……自分の妹がこんなにも食いしん坊さんだったなんて、私はいままで気がついてなかったかも。それはもちろん、私が用意したごはんやおやつは、いつだって美味しい美味しいってにこにこ顔で食べてくれてたんだけど。

ちょっと本気で茫然としちゃった私に、リケ先生がくすくす笑いながら言ってきた。

「さすがに、美味しいおやつのこととなると、ジオさまもハルトさまも真剣ですわね」

「あら、わたくしたちも真剣ではなくて、リケ? 本日のおやつの時間が、本当に楽しみですわ」

ファビー先生まで、笑いながらも本音がダダ漏れ状態のようです。

そこで私は素朴な疑問を、率直に訊いてみることにした。

「けれど、あの、ガルシュタット公爵家のような高位の貴族家でいらっしゃると、ふだんから美味しいものは召し上がっていらっしゃると思うのですが……それでも、目新しいおやつが楽しみということなのでしょうか？」

私の問いかけに、リケ先生とファビー先生が顔を見合わせた。

そして、ファビー先生が少しだけためらいがちに言ってくれた。

「そうですね、わたくしは公爵家で何度もおやつをいただいておりますが……その、なんと言いますか、美味しくないわけではない、といった感じです」

えーガルシュタット公爵家でも、そういうレベルなんだ？

でもレオさまだって、あんなに美味しいお料理にこだわってらっしゃるよね？

我が家でお出ししたサンドイッチだって真っ先に口にされていたし、ご家族に対しても我が家で食べたものが美味しかった美味しかったって、話しておられたみたいだし。

それで、なんで？

私は思わず、さらに素朴な疑問を口にしてしまった。

「それであれば、どうして……その、料理人を代えるだとか、その、もっと美味しいお料理を毎日お口にできるように、されないのでしょうか？」

二人の家庭教師さんがまた顔を見合わせた。

あーやっぱりまずかったかな、こういう、他所の貴族家のご家庭内に関することにまで口を出すようなことは……と、私が質問を撤回しようとしたとき、ファビー先生が口を開いてくれた。

「それはやはり、難しいでしょう。公爵家であれば、王都のタウンハウスであろうと料理人も代々仕えている者をお使いでしょうし」

それかー！

そうだよね、何代にもわたって仕えてくれてる家臣ともいうべき料理人を、腕がイマイチだからって簡単にクビにはできないよね。メルさまんチだって、料理人さんも三代目とか四代目とかって話だったし。

そこで今度は、リケ先生がちょっと困ったような顔で言ってくれた。

「そうですね、そもそも口に入れるものを作る料理人なのですから、身元の確認ができない者を使うことはできないですし」

それは確かに、貴族家の中に身元の確認ができない人を入れるわけにはいかない……口に入れるものを作る料理人だから、特に。

そう思って、ようやく私は気がついた。

気がついて、愕然とした。

毒、だ。

お料理に毒を入れられることを、警戒しなくちゃいけないんだ。

貴族家の料理人事情

なんか、私にはまったく実感が湧かないんだけど、本当に毒殺とか……日常的に警戒しなきゃいけないようなことなんだ……。

お茶会では、おやつを提供した人が最初に口をつけて毒が入ってないことをアピールしなきゃいけないとか、他家の御者さんに飲食物を提供してはいけないとか、家人が誰も同席していない状態でお客さんにお茶を出してはいけないとか。

そういうものだ、と、頭ではだんだん理解できてきたけど、私の場合そこに危機感とか警戒心とかがまったくセットになってない。

私が本当に愕然としちゃったもんだから、二人の先生がなんだか慌ててフォローするようなことを言い出してくれちゃう。

「あ、あの、公爵家のような高位貴族家でなければ、それなりに料理人の入れ替えもあるのですけれど」

「そうです、我が家も五年ほど前に料理人を入れ替えました」

「そうね、あのときリケのお家では次の料理人探しが大変で」

「ええ、紹介状を持った料理人を何人も面接して……でも、紹介状だけではわからないこともありますから」

「身元がしっかりしている者であっても、目に余ることをする場合もありますものね」

「目に余ること？」

二人の会話に出てきた言葉に、私は思わず反応しちゃった。

そうしたら、リケ先生がまたちょっと困ったように言ってくれた。

「はい、我が家の料理人を入れ替えたのもそのせいです。料理の腕は、まあ、それなりだったのですが、その、専横があまりにもひどくて」

「専横、ですか？」

やっぱり問い返してしまった私に、リケ先生はさらに教えてくれた。

「そうなのです。以前使っていた料理人は、我が家に長年出入りしていた奥向きの業者を勝手に追い出し、自分に多額の賄賂を贈ってくれる業者を引き込んでいたのですよ。そのせいで、我が家のお料理の質も、リネン類などの質もどんどん落ちてしまって……さすがにその料理人を使い続けることはできませんでした」

そうか……そういう問題もあるんだ。

貴族家で消費する食材をどこで購入するかって、基本的に料理人が決めるもんね。

その食材も毎日大量に使うから、貴族家御用達になればその業者は安定収入が得られる。そりゃあもう、熱心に売り込みもするだろう。業者を選ぶ権限がある料理人に、賄賂のひとつも贈ろうとするだろう。

さらに料理人はほかの業者、いまリケ先生が言った『奥向き』と呼ばれている、家庭内で使用するリネン類などの消耗品を扱う業者の選定にも関わってくることが多いらしい。

そこで料理人が勝手に、自分に多額の賄賂を贈ってくれる業者だけを選ぶことだって、やろうと思えばやれちゃうんだ……。

そんなの、よっぽど身元が確かで信頼できる人でなければ、料理人として厨房へは入れたくないって、なっちゃうよね。

そしてそっちを優先させた結果、お料理の腕がイマイチであっても、それはもう許容範囲だってことか……いや、うーん、お料理の腕がイマイチなプロの料理人っていう存在自体が、私には不思議なんだけど。

その疑問に答えることを、ファビー先生が言ってくれた。

「料理人という職に就けば、平民であっても貴族家の中で上級使用人になれますから……貴族家の料理人になること自体を目的にしている料理人も、かなり多いと聞きますよね」

それだ。

私はものすごく納得しちゃった。

「そのような目的で料理人になったのであれば、美味しいお料理を作ろうという気持ちはほとんどないでしょうし、新しいお料理をくふうしてみようという意欲もないのでしょうね」

「ルーディさんのおっしゃる通りですわ」

リケ先生も目を見張っちゃってる。「お料理をすること自体が目的ではない料理人が、美味しいお料理を作ってくれるとは到底思えませんものね。だから、大して美味しくないお料理ばかりになってしまうというわけですね」

そして、言った本人のファビー先生もちょっと目を見張っちゃった。

「そう、そうですよね……お料理に対する意欲がない料理人もいる、ということですよね？」

「貴族家の上級使用人という地位を得ることを第一の目的として料理人になったのであれば、そういう人もいるでしょうね」

　私がうなずいてそう言うと、ファビー先生はちょっと頭を抱えた。

「ああ……そういうことなのですね」

　そのようすに、リケ先生が少し心配したように訊く。

「ファビー、まさか貴女のお家の料理人も専横なふるまいをしているの？　でも、貴女のお家の料理人は確か……」

「ええ、すでに二十年近く勤めてくれているわ」

　ファビー先生がため息を吐く。「我が家の料理人は専横なふるまいをすることはないし、人柄も温厚で信用できる者よ。ただね、その……お料理に対する意欲が感じられないというか……いま、そういうことだったのね、と気がついてしまったの」

「そういうことって？」

　リケ先生の問いかけに、ファビー先生は苦笑する。

「本人に専横なふるまいをする気などないけれど、貴族家の上級使用人という地位を得たことに満足してしまって、お料理に対して特に何か取り組もうとする気もないのね、って」

　あー……そのケースも、ありそうだわ。

　特に野心があるわけでもないけど、ただ貴族家の上級使用人という地位をキープするためだけに料理人という仕事をしているってことよね。

　そうするともう、お料理することが単純に日々のルーティンになっちゃって、決まりきったお料理を機械的に作ってるだけになっちゃうっていう。

「つまり、その、毎日代わり映えのしない同じようなメニューが続き、それも特に美味しいとは感じられないような……」

「まさにその通りですわ、ゲルトルードさま」

ファビー先生が苦笑する。「わたくし、子どもの頃からそういうお食事ばかりでしたので、そういうものだと思っておりましたの。けれど、お茶会や晩餐会に招かれるようになりますと、ときおり大変美味しいおやつやお食事をいただけることがありまして……そこで初めて、我が家のお食事は美味しくないのだと気がついたのです」

「あ、でも、わたくしもそうよ」

リケ先生も言い出した。「わたくしもお茶会や晩餐会に招かれるようになって初めて、美味しいおやつやお食事というものを口にしたの。本当に、美味しいってこういうことだったのねと、感動してしまったくらいよ」

「そうそう、感動したわよね」

ファビー先生も激しく同意してる。

はー……なんかちょっと、この国の貴族家における料理人事情がわかってきた気がするわ。

安全性を考えると半端な人を雇うことができず、雇った以上はそれなりに厚遇する。厚遇されることがわかっているから、その地位や肩書を目的として料理人という職に就こうとする人たちが出てくる。

そういう人たちは、いちばんの目的であるその地位を手に入れてしまえば、手段でしかない料理そのものに向上心を持つことが難しい。だから、大して美味しくないお料理ばかりが量産される。

そういうことね？

そんでもって、そういうことを理由に解雇しても次の料理人を探すのがまたすごく難しい、と。

だってさっきリケ先生が言ってたもの、紹介状を持った料理人を何人も面接して、って。それってつまり、貴族家の紹介状を頼りに身元の確認をしてるってことよね。

でも……その紹介状、当てになんないよ。

我が家も出したもんね、辞めていった料理人に。何年間我が家に、名門と呼ばれているクルゼライヒ伯爵家に料理人として勤めておりました、とだけ書いた紹介状を。

そう、この料理人の作るお料理は美味しくないです、なんてことはいっさい書かないで、ね。

身元の確認にはなるけど……お料理の腕は保証してないのよね。

たぶんあの料理人も、貴族家における上級使用人っていう地位を得ることをいちばんの目的に、料理人をやってるってタイプだろうなあ。ホントに美味しくなかったもん。それに、専横っていうほど露骨じゃなくても、業者から賄賂を受け取るくらいはしてたと思う。

紹介状を持って、そういう料理人がぐるぐるといろんな貴族家を回ってるんだとしたら……なんかもう、我が家の紹介状をもとにあの料理人を雇ってくれた貴族家さん、本当にごめんなさい、って思っちゃうわ。

「でも、そうすると……」

私はまた素朴な疑問を口にしちゃった。「美味しいお料理を召し上がっている貴族家もあるのですね。その、お茶会や晩餐会で美味しいおやつやお食事に出会えたということは」

「そうなのですよ」

なんかもう、リケ先生とファビー先生がそろって身を乗り出してきちゃった。

「わたくしがおうかがいしたところによると、ご領地で召し上がる地元のお料理がとても美味しいので、ご領地の料理人を王都に連れてこられたのだそうです」

「わたくしがお聞きしたのも、ご領地のお話でした。そのかたは、異国と接するご領地だとかで、ご当主が宿場のお食事処で召し上がったお料理がとても美味しくて、そちらのレシピをお買い求めになったのだそうです」

なるほど。

そうよね、地方男爵家出身のお母さまも、領地では美味しいごはんを食べていたって言われていたもの。とにかく地元の新鮮な食材を使っているっていうだけでも、お料理って格段に美味しくなるものだしね。

そして、宮廷伯爵家のご令嬢であるお二人は、顔を見合わせてため息をこぼした。

「わたくしたちは領地のない家で育ちましたので……」

「そうなのです、我が家ではそういった、地方でのお料理を口にする機会というものがなくて」

それもまた、なるほど、だよねえ。

納得しちゃってた私に、リケ先生が声を落としてこっそりという体《てい》で問いかけてきた。

「ルーディさん、その、大変失礼なことをおうかがいしますが……ルーディさんのお家の料理人はどのように探してこられましたの？」

なんだか、ファビー先生もさらに身を乗り出してきちゃう。

「そうですよね、先ほどもエクシュタイン公爵さまが、素晴らしく腕がいいとおっしゃっていたような料理人ですもの。やはり、ご領地からでしょうか？」

「いいえ、商業ギルドからの紹介です」

「商業ギルドですか？」

あっさりと答えた私の前で、二人がそろって目を丸くしてる。

「え、では、その、紹介状は……？」

「紹介状は持っておりませんでした」

私は正直に説明した。「なんでも、以前勤めていた貴族家の奥さまとお料理に対する考え方が合わなかったとかで、紹介状を書いてもらえなかったそうです」

「それでも、その料理人をお雇いになったのですね？」

やっぱり目を丸くしてる二人に、私はさらに説明した。

「はい。当時商業ギルドで我が家を担当してくれていた職員が、我が家にぴったりな料理人だと紹介してくれましたので。本当にその通りでした」

ホントだよ、クラウスには感謝しかないよ。

「本当に、運がよかったと思っております」

私はもう正直に申告しちゃった。「いまの料理人が我が家へ来てくれていなければ、わたくしはこれほど多くのお料理を新たに作ることはできませんでした。本当に、腕がいいだけでなくお料理そのものに対する意欲も大変高い料理人です」

いやもう、本気でマルゴさまさまだもんね。

「それは……正直にうらやましいですわ」

「ええ、本当に。そのような料理人はもはや財産ですわね」

なんだか、この先生がたとお話ししていると、こんなにも食いしん坊さんがそろってる理由というか、なんで美味しいお料理に対する欲求がみんなこんなに高いのかが、わかってきた気がする。みんな世の中に美味しいお料理があることはもう知ってるんだけど、その美味しいお料理を口にする機会があまりないから、ってことだよね。

機会があまりないっていうか、たぶん滅多にないから、その機会が巡ってきたとたん、みんな盛り上がっちゃうんじゃないかな?

その機会の少なさって、いま聞いた料理人事情にもよるものだと思うんだけど、あとひとつ……私がすごく気になってるのが、貴族の間には外食産業というものがほとんど存在していない、ってことだ。

だって、ゲルトルード商会でカフェをやりたいって私が言ったときの、公爵さまをはじめみんなの反応を思うと、ねえ?

外食産業がもう少し発達していれば、手軽に美味しいものが食べられると思うのよ。

お店が増えれば当然、美味しいお店に人が集まるから、ちゃんと淘汰されて美味しいお料理を出すお店が残っていくものだし。

それにね、美味しいお料理を出すお店がふつうにある、ってことになれば、上級使用人っていう地位だけで満足してるような料理人でも刺激されると思うし、危機感も抱くと思うんだよね。

外食産業が発達すれば、そういう点においてもいい効果が生まれるんじゃないかなあ。

だから、私はそれについても訊いてみることにした。

「あの、お二人におうかがいしたいことがあるのですが……もし、王都の中に美味しいおやつとお茶を楽しめる飲食店、それも貴族女性が気軽に立ち寄れるような飲食店がありましたら、ご利用されたいと思われますか？」

リケ先生もファビー先生も、またそろって目を丸くした。

「あの……飲食店ということは、その店内でお茶やおやつをいただく、ということですわね？」

「そうです」

私はうなずいた。「貴族女性や平民の女性が、お買いもの帰りなどに気軽に立ち寄って、気の置けないお友だちとおしゃべりをしながらお茶と美味しいおやつを楽しむ、そんなお店です。貴族女性には、数名が同席できる程度の個室をご用意するつもりです」

「お待ちください」

リケ先生がさっと姿勢を正した。「そのように具体的なことをおっしゃるということは……もしかして、本当にそのような飲食店を王都に開店させるご予定がある、ということでしょうか？」

「ええ、予定というか、まだ本当に計画の段階なのですけれど……本日わたくしがお持ちしたおやつも、店内で飲食していただけるだけでなく、お持ち帰りでもご購入いただけるようにする予定にしております」

私がそう言ったとたん、ファビー先生が両手で自分の口元を覆った。

「なんて恐ろしい……」

「えっ？」

ギョッとしてしまった私の目の前で、ファビー先生はおののいたように肩を震わせた。

「そんなお店があったらわたくし、毎日通いつめてしまいますわ……！」

お、おおう。

ファビー先生、めちゃくちゃ本気なのですね？

以前、レオさまの侍女さんにうかがったときも、積極的に利用したいと言っていただいたのだけれど、このファビー先生の反応を見てるとなんかもう、貴族女性のみなさんにめちゃめちゃ支持してもらえそうな気がしてくるわ。

でも、今日のお話でひとつ懸念が生まれちゃったんだよね。

「それで、あの、またひとつおうかがいしたいのですが」

うなずいてくれたリケ先生とファビー先生に、その懸念について問いかけてみた。

「そういった飲食店の場合、特にお毒見役を置くようなことはできないと思っています。もちろん個別にお毒見役のかたを伴ってご来店いただくことは構わないのですが……そういったお店でも、ご利用になりたいと思っていただけますか？」

お二人が顔を見合わせた。

そして、まずはリケ先生が考えながら問いかけてきた。

「飲食店ということは……そこで提供されるお茶もおやつも、それこそ不特定多数のかたが口にするわけですよね？」

私が答える前に、ファビー先生がうなずいた。

「それでしたら、むしろ安全ではありませんか？　誰がどのお料理を口にするかわからないという状況で、特定の誰かを狙うというのは難しいと思いますもの」

そうして、二人はまた顔を見合わせる。

「それに、よほど高位の貴族家のかたでなければ、そこまで慎重にはならないと思いますわ」

「そうですね、具体的に危険を感じていらっしゃるかたは、まずそういう場所にお出かけにはならないと思いますし」

そう言って二人はうなずきあってくれたんだけど……具体的に危険を感じちゃうような人も、実際にいらっしゃるわけか……。

「それに、ルーディさんがそのようなお店を考えていらっしゃるということは」

リケ先生がまた問いかけてきた。「後見人となられたエクシュタイン公爵さまも、そのお店にかかわられるということなのでしょう？」

「はい、公爵さまには商会の顧問になっていただいております」

私が答えると、二人はやっぱり顔を見合わせ、そして今度はくすくすと笑いあった。

「それでしたらもう、多くの貴族が安心して利用すると思いますわ」

「ええ、本当に有名ですものね」

「有名……と、いうのは？」

えっと、ナニ、公爵さまの食い意地ってそんなに有名なの？　公爵さまがバックについてるお店なら間違いなく美味しいって、みなさん思ってくれるの？

と、私は思わず問いかけちゃったんだけど……とんでもない答えが返ってきた。

「もちろん、エクシュタイン公爵さまが訪問先では決して飲食はされないということが、ですわ」

は、い？

「本当に有名ですものね。もともとお忙しいかたですから、お茶会や晩餐会にもあまりご出席されないのですけれど、まれにご出席されても本当に何もお口にされないですから」

「討伐遠征でも、ご持参されたものか、近侍さんがご用意されたものしか、お口にされないそうですわよ」

「徹底されていますのね」

「それでも、ガルシュタット公爵家をご訪問されたときだけは、お茶やおやつも召し上がるのでしょう？」

「ええ、それはもう。姉君さまたちの嫁ぎ先、つまり王家とガルシュタット公爵家だけが例外だというのも、有名なお話ですものね」

「その公爵さまが喜んで召し上がるおやつですもの、誰だって食べてみたくなりますわ」

ち、ちょ、ちょま、ちょっと待って！

あの、誰の話をしてるんですか？

訪問先では決して飲食はされない？

あの、えっと、それって、なんだかんだ我が家にやってきては毎回もりもり食って帰るあのおっさん、じゃなくて、エクシュタイン公爵さまのことじゃないですよね？　違いますよね？

いや、だってエクシュタイン公爵さまって、我が家に突然やってきた、その最初のときから、我が家でいろいろ食べてるよね？

そう、夜中に大慌てでサンドイッチをお出しして……いや、その前にまず、お茶と林檎のパイをお出ししたわ。そのときも、特になんていうこともなく、ふつうに召し上がったよね？

その次は……そう、その次にはもう、厨房に乗り込んできちゃって、ホットドッグをもりもり食べてくれちゃって……その後は完全になし崩しでしょ、とにかく新しいおやつやお料理を作ったら呼んでもないのに必ず試食しにやってきちゃうし。

その公爵さまが、訪問先では何も口にしない？

お姉さまがたの嫁ぎ先だけが例外？

えっと、あの、つまりそれって、毒を盛られることを警戒して、ってことだよ、ね？

いや、確かに……夜中にサンドイッチをお出ししたとき、毒の話はされていたけど……そんなにカジュアルに毒って盛られちゃうの？　って、驚愕した覚えはあるんだけど……でも、それだったらなんで、我が家であんなにもりもりもりもり食べまくってくれちゃってるの？

私、最初にサンドイッチをお出ししたとき、お毒見さえしなかったのに？

そもそもあのサンドイッチだって、アーティバルトさんからのいわば催促だったんだよね？　いや、もう公爵さまはすでに林檎のパイを食べてたから？　アーティバルトさんも我が家で出すお食事なら公爵さまも食べるっていう、前提で催促してくれたってことよね？

なんかもう、さっぱりワケわかんなくなっちゃってる私の前で、リケ先生とファビー先生はくすくす笑いながら話を続けてる。

「本当に、あの『飲まず食わずの公爵閣下』が、訪問先でおやつを召し上がって、しかもそれがすばらしく美味しいとおっしゃっているだなんて」

「そうそう、そんなお話を聞いて、興味を持たない人なんていないのかしら」

「わたくしもお話を聞いたとき、真っ先に、自分も食べてみたいと思いましたもの」

「ええ、わたくしもよ。あの公爵さまですら、お口にされずにはいられなかったほどの美味しさということですものね」

いや、待って。なんか違う。

違うけど……違うけど、やっぱり公爵さまの食い意地が発端？

ヨソでは絶対飲食しない公爵さまが、自らの禁を破ってまで食べちゃったほど美味しかったんですってよ、って……だから食べてみたいって、そういう話になっちゃってるの？

「ルーディさん、おうかがいしてもよろしいかしら？」

リケ先生が、なんかもうキラキラした目で私の前にずいずいっと身を乗り出してきた。

「え、あの、なんでしょう……？」

腰が引け気味になってる私に、リケ先生はさらに迫ってくる。

「ルーディさんがお出しになられたおやつを、公爵さまが最初にお口にされたときは、どのようなごようすだったのです？」

「それは、わたくしもぜひ知りたいですわ」

ファビー先生もずいずいと身を乗り出してきちゃった。

「え、えっと、どのようなごようす、って……」

いやもうフツーにお茶にお誘いして、林檎のパイもありますよ、って……そこへ行くまではイロイロあったけど、お茶自体はフツーだったよね？

「最初にお出しになったおやつは何でしたの？」

「公爵さまはどのようにお召し上がりになりましたの？」

えー、あの、こういうのって、どうすればいいの？　別にフツーでしたって、正直に言っちゃえばいいの？

「きみたちは、いったい何の話をしているのだ？」

これもまた衝撃の事実

突然降ってきたその声に、リケ先生とファビー先生が跳び上がった。いや、私も一センチくらい浮いたかも。

って、公爵さまってばいつの間に！

本当にいつの間にか、公爵さまが私たちのすぐそばに立っていた。ええ、その手に栗のイガが山盛り入ったかごを提げて。

それに公爵さまだけじゃなく、リドフリートさまもユベールくんも近侍さんズも、みんなそろっていつの間にか戻ってきてるんですけど。

ったく、近侍さんズめ、お約束で肩をひくひくさせてるんじゃないわよ。最早イケメン兄弟だけでなく、ユベールくんの近侍さんも完全にセットだわ。

「あ、あの、閣下、何の話というのは」

「ええ、あの、わたくしたち、ゲルトルードさまと親睦を深めようと」

先生お二人は、ささっと何事もなかったかのように、お子ちゃまたちのほうへと下がっていかれました。

「ゲルトルード嬢」

公爵さまの眉間のシワがめっちゃ深いです。

私はちょっと視線を泳がせちゃったんだけど、深々とため息を吐きだした公爵さまは、逃がしてくれませんでした。

「説明するので、少しこちらへきなさい」

いやー、もう、なんだろう。

そんでも逆らうという選択肢を与えられていない私は、粛々と公爵さまの後についていくしかないのよね……。

と、いうことで、ほかの人たちから少し離れた木立までやってきました。

公爵さまと私、二人きり……ということはなく、もちろんナリッサとアーティバルトさん付きだよ。こういうときは貴族って便利。絶対お供が付いてきてくれるもんね。

しかし公爵さまってば、ナニを説明してくれるんでしょう。

私としては、本当に本当にヨソのお家ではいっさい何も口にしないのか、ってことを訊いてみたいんだけど。我が家ではあんなにもりもり食ってるのに。

公爵さまは眉間にシワを寄せまくって、腕組みをして考え込んでる。

とりあえずそのまま待っていると、公爵さまはおもむろに口を開いてくれた。

「私が、訪問先で飲食物を口にしないのは事実だ」

マジっすか！

え、本当に？　誰か違う公爵さまの話じゃなくて？

思わず目を見張っちゃった私には視線を向けないまま、公爵さまは続けて問いかけてきた。

「きみは、私が姉二人とは母親が違うことは、知っているのだろうか?」

知りませんって!

私は慌てて首を振った。

「あの、初めてお聞きしました」

「そうか……そこからか」

公爵さまは、本当に深々と息を吐きだした。

しばらく考え込んでいた公爵さまは、それでも話し始めてくれた。

「我が家の先代当主は、正妻との間に娘二人が生まれたものの、男子には恵まれなかった。上の娘は生まれてすぐに王太子殿下との婚約が決まったが、下にもう一人娘がいるのだから、その娘に婿を取ればいいものを、先代は自分の息子を跡継ぎにすることに執着した」

深々と息を吐きだしながら公爵さまが言う。「そうして、生まれたのが私だ」

ええと、つまり、公爵さまは先代公爵家当主と正妻の間に生まれた子ではなく、いわゆるお妾さんの子、というわけ?

視線を送って来た公爵さまに、私はうなずいてみせた。

うん、この理解であってるらしい。

公爵さまは続ける。

「こういう話は貴族家、特に高位の貴族家ではめずらしくない。我が国は一夫一妻制だが、基本的に嫡男しか跡継ぎを認めていないため、息子欲しさに側妾を抱える当主は多い」

うん、まあ、たぶんそういう話はあるんだろうね。

それは私も理解できる。納得は、できなくても。

またうなずいてみせた私に、公爵さまはさらに続けた。

「だがそれは、正妻としては当然のことながらおもしろくない話だ。自分が産んだのではない、ほかの女が産んだ子が跡継ぎになるのだからな。だから当家の正妻は私が生まれたとき、夫に宣言した。必ず私の命を奪ってやる、と。彼女はいまだに、私を葬り去りたいと思っているはずだ」

え、いや、あの……ちょっと理解が、追い付きません。

私はなんだか、むしろこう、ぽかんと間の抜けた顔で公爵さまを見てしまった。

だって、宣言？

宣言した？　命を奪ってやるって……公爵さまが生まれてすぐに？　赤ちゃんだよね？　生まれたばっかの赤ちゃんを殺してやるって、自分の夫に向かって言い切っちゃったの？　その正妻さんは？

「正妻は、宣言した通り、何度も何度も私の命を狙った」

微塵も揺るがない声で公爵さまは続ける。「階段から突き落としたり、馬を傷つけて落馬させたり、それはもう、さまざまな手を使って私の命を狙ってきた。だが、やはり一番多かったのが、毒を使うことだった」

なんだかもう言葉も出ない私の前で、公爵さまはやっぱり淡々と話し続けた。

「私は家の中でも、姉たちが用意してくれた飲食物以外、いっさい口にできなかった。特に上のベルゼルディーネ姉上がいてくれなければ、いま私はここに生きてはいない」

そこで、公爵さまはまたひとつ、息を吐きだした。

「こういう話は……貴族の間ではすでに知られていることなので、私が訪問先で出された飲食物にいっさい手を付けなくとも、誰も問題にはしなかったのだ」

「……知、られて、いる？」

私は、そこでようやく声が出た。「あの、知られている、ん、ですか？　その、公爵さまが、正妻さんから、その……」

喉を鳴らしてしまった私に、公爵さまは当然のようにうなずく。

「ベルゼルディーネ姉上が王家に嫁いだとき、私を一緒に連れて出てくれたからな」

「は、い？」

意味が分からず変な声が出ちゃった私に、公爵さまは続けてくれた。

「私は当時十歳だった。幼い私をそのまま公爵家に残していけば、まず間違いなく正妻によって命が奪われてしまう。だからベルゼルディーネ姉上は、エクシュタイン公爵家の正統な跡継ぎである弟を保護してほしいと先代国王陛下と王妃殿下に願い出て、私を引き取ってくれたのだ」

そして公爵さまはまたひとつ息を吐く。「私は十歳から十七歳まで、つまり先代が亡くなって家督を継ぐまでの間、宮殿で育ったのだ。そのことは、たいていの貴族が知っている」

なんか……なんか、情報量が多すぎて私の頭の中がオーバーヒートしそうなんですけど。

いや、頭の中よりも先に、感情のほうがオーバーヒートしそう。

だってまさか、このいろいろ残念なところのある食いしん坊な公爵さまが、そんな過酷な生い立ちだったなんて。

「そういう顔をする必要はない」

苦笑とともに公爵さまがそう言って、私は思わず両手で自分の顔を触ってしまった。

いま、私、どんな顔をしてたんだろう?

「本当に、こういうことは貴族家の中ではよくあることだ」

公爵さまは肩をすくめる。「きみもまた、自分の父親に殺されかけたと言っていたではないか」

いや、それは確かにそうなんですけど。

でも……やっぱり、そういうことを『よくあること』にしちゃいけないでしょう。

それに、私の場合は前世の記憶があったから……鞭でめちゃくちゃに叩かれて殺されかけたときは、まだ記憶が完全にはよみがえってはいなかったけど……それでも前世の記憶のおかげで中身が一気に大人になったから、そのぶん冷静かつ客観的に自分が置かれている状況を考えることができたと思う。

でも公爵さまは、違うでしょ?

生まれたときからずっと家の中で自分の命を付け狙われていて、毎日ふつうにご飯を食べることすらできない状況で育つだなんて。

それでも……。

「公爵さまに、姉君さまがいてくださって本当によかったです」

本当に、本っっ当に、心からそう思うよ。

私に、お母さまと妹がいてくれたのと同じように。

「そうだな」

公爵さまの顔が和らいだ。「ベル姉上だけでなく、レオ姉上も私のことをずっと守ってくれた。レオ姉上は学生時代に婚約者を病で亡くしており、結婚が一度白紙に戻ってしまったのだが」

「えっ？」

またびっくりな情報に目を見張っちゃった私に、公爵さまはさらに教えてくれた。

「レオ姉上は、自分が嫁《とつ》がずに家に残っていると母親である正妻が自分に婿を取って弟の私を廃そうとするからと、自分で決めてガルシュタット公に嫁いでくれた。歳も離れているし、後妻になるわけであるし、先妻の子もいるしと、誰もが案じたのだが……いまもずっと夫婦仲がよくて安堵している」

おおう、レオさまもカッコいいです。

いや本当に、公爵さまにお姉さまお二人がいてくださって、心からよかったって思うわ。

公爵さまはレオさまとも仲良しだけど、きっと上のお姉さま、いや、うん、王妃さまなんだけどさ、そっちのお姉さまともいまもずっと仲良しなんだろうな。

ただ、公爵さまのお父さまは……亡くなって清々したって言ってたくらいだから、公爵さまのことを何ひとつ守ってはくれなかったんだろう。それも不思議だけど。

だって、跡継ぎの息子が欲しくて、わざわざ正妻の怒りを買ってまでほかの女性に産ませたんでしょ？　それでなんで……それに、公爵さまを産んだお母さまはどうされているんだろう？

なんか、ちょっと考えるといろいろ疑問が湧いてくるんだけど、なんかもうすでに頭の中も気持ちもいっぱいいっぱいだし、いまこれ以上公爵さまに語ってもらうのはさすがにしんどい。

だけど、ひとつだけ……これについては、私は訊いといたほうがいいと思うんだ。

「では、あの……なぜ、公爵さまは我が家ではお茶やおやつを召し上がったのですか？　その、最初に我が家で林檎のパイをお出ししたときも、公爵さまはごく当たり前に召し上がってくださったように思うのですが……」

「そうだな……」

フッと視線を逸らして、公爵さまは黙り込む。

あごに手をやり、しばらく口をへの字にしていた公爵さまが、ぼそりと言った。

「新鮮、だったから、だろうか？」

「新鮮？」

意味わかんないよ。

私は思いっきり、そういう顔をしたんだと思う。

公爵さまは咳ばらいをして、さらに言ってくれた。

「私が訪問先で飲食をしないことは、貴族の間では知れ渡っているからな。だからもう最初から、誰も私にお茶やおやつを勧めたりしない。だが、きみやきみの家族は、それに使用人に至るまで誰も、そのことを知らないのか、と……少し驚いて、新鮮に感じたのだ」

はー……。そういうもんなの？

そりゃ私は、てか、お母さまもヨーゼフもそんな、貴族の間で知れ渡っているようなことなんて知らなかったけど……うーん、やっぱりお母さまがレオさまのお友だちっていうのが、大きかったのかな？　大好きなお姉さまのお友だちのお家だと思うと、安心感はあるだろうからねえ。

とか、私が思っていたら、なんかもうこれまた『いつもの展開』で、アーティバルトさんが笑いだした。

「閣下、正直にお話しになるべきですよ」

「アーティバルト」

公爵さまがにらみつけたけど、アーティバルトさんはこれっぽっちも気にせずさらに言った。

「これだけゲルトルード嬢のおやつを召し上がっておきながら、その言い訳はないでしょう。少なくとも、ゲルトルード嬢には知る権利がありますよ」

そう言われちゃっても、公爵さまは口をへの字にしたままそっぽを向いてる。

なんなんでしょ、いったいナニがどうなってるの？

アーティバルトさんが肩をすくめ、やれやれしょうがない、といった表情で話してくれた。

「閣下は、嬉しかったんですよ」

「は？」

目を見開いちゃった私に、アーティバルトさんは笑いながら言う。

「もうずっと、どこへご訪問されても、最初からお茶もおやつも出てこないですからね、閣下の場合。それが、お茶に誘っていただいただけでなく、林檎のパイもありますよ、だなんて……貴女や奥さまになんの他意もないことは明白でしたし、それにいい加減」

そこでまたアーティバルトさんが笑う。「閣下も訪問先でおやつをいただきたいと思っていたのですよ。閣下が実はおやつが大好きだというのは、貴女はもうよくご存じでしょう？　さすがに、正妻さまもご領地に隔離されてもう長いですからね。でもなかなかそれが言い出せなくて、ずっとその機会をうかがっておられたのですよ」

なんだそりゃ。

でも、アーティバルトさんのこの説明のほうが、新鮮だのなんだの言われるより、よっぽど納得がいくわ。

公爵さま、ホントはもうずっと、訪問先でもおやつを食べたかったたってことだよね？

でも、それを言い出すタイミングがなかったと。

公爵さまがご当主になってすでに十年以上経ってるわけだし、さすがに日常的に毒殺される危険性は減ってきてるんなら、そりゃみんながおやつを食べてるところで自分だけ何も食べないって、この食いしん坊さんには相当つらかったでしょうよ。

で、たまたま何も知らない我が家で、ごく当たり前に林檎のパイがありますよって言われちゃったもんだから、よっしゃー！　って感じで食べちゃったと。

で、食べてみたら、とっても美味しかったんですよね？

夜にお出ししたサンドイッチも、その後のホットドッグやフルーツサンドやプリンやプリンやプリンなどなど、我が家ではとにかくナニを食べても美味しかったので、ついお姉さまがたにも自慢しちゃったと。

そこからウワサが広がって、私には初対面のリドフリートさまやファビー先生までもが我が家のおやつに期待を込めまくってくれちゃうようになっちゃったと。

つまり、そういうことですね？

まあ、でも、公爵さまのこんな過酷な生い立ちなんか聞いちゃうとねえ。

ほとんど生まれたときからずっと、おやつもお食事も、自由に好きなものを好きなだけ食べるってことができなかったんだろうなって、簡単に想像がついちゃうから……そのせいで余計に美味しいものに執着するようになったんだろうな、っていうことも想像できちゃうからねえ。

それを思うと、まあ……少しぐらいは大目に見てあげてもいいかな、と思わなくもない。

いや、やっぱり厨房にまで乗り込んできてもりもりもりもり試食しまくってくれちゃうのは、ご遠慮申し上げたいわ。

で、その我が家にやってくれば何か美味しいものが食べられると、すっかり味をしめちゃったご本人は、そっぽを向いて知らん顔してる。

小学生か！

てかもう、近侍さんに説明させちゃってる時点でかなりダメダメだと思うよ。なんだかなー、叱らないから正直に言いなさい、って気分。

もーホンットにこのおっさん、げふんげふん、公爵さまってば残念なだけじゃなくいろいろ面倒くさいわ。

「わかりました」

私はそっぽを向いてる公爵さまに言った。「それでは本日も、ご用意した軽食とおやつを召し上がってくださいませ。そろそろお茶の準備も整っているものと思いますし」

パッと公爵さまが私に顔を向けた。

そんでもって、わざとらしく咳ばらいをして言い出すんだ。

「うむ、そうだな。みなを待たせるのも悪い。お茶にしよう」

だからアーティバルトさん、肩をひくひくさせてるの、止めてってば。


みんながいる四阿のほうへ、公爵さまと一緒に歩いていくと、手前のところにアデルリーナたちお子ちゃまメンバーと先生たちがいた。

なんだかアデルリーナもジオちゃんも、ちょっと深刻な顔をしてる。

そして、私たちが戻って来たことに気が付くと、パッとこちらへと駆けてきた。

もしかして、私が公爵さまに怒られてたとか思って心配してくれたんだろうかと、私もちょっと慌ててリーナたちのほうへ小走りしてしまう。

「ルーディお姉さま」

ジオちゃんが胸のところで両手を組み合わせ、私に呼びかけた。

でも、そこでちょっとためらって、となりにいるアデルリーナに視線を送る。アデルリーナのほうも両手を組み合わせて、ジオちゃんと目を交わし、私に向き直った。

「あの、ルーディお姉さま、ジオちゃんが……」

ナニ、いったいどうしたの？

何か問題でも起きたのかと私がさらに慌ててると、ジオちゃんが意を決したように言い出した。

「ルーディお姉さま、お願いがあるのです」

「お願い、ですか？」

目を見張っちゃった私を、ジオちゃんはものすごく真剣な顔で見上げてる。

「あの、はしたないお願いであることは、じゅうぶんわかっているのです。でも、あの……食べきれなかったおやつを、その、いただいて帰ってもいいでしょうか？」

わぁお。

ジオちゃん、アナタもすっかり食いしん坊さんですね？

気が付いたらハルトくん、ハルトヴィッヒさまも、ジオお姉さまの横にならんじゃってるし。

「ルーディお姉さま、ぼくもおねがいします。リーナちゃんから、どんなにおいしいかおしえてもらったので、どうしてもぜんぶ食べたいのです」

ハルトくんもめちゃくちゃ真剣です。

私は笑顔で答えちゃった。

「ええ、もちろんですわ。おやつは多めに作って持ってきましたし、お気に召したようでしたら、お土産に差し上げたいと思っていたほどですから」

「本当ですか！」

ああもう、ジオちゃんもハルトくんも、パーッと顔を輝かせてくれちゃって！

「ありがとうございます、ルーディお姉さま！」

「よかった、『はんばーがー』は、おなかがいっぱいになってしまうから、お夕食にいただいたほうがいいって、リーナちゃんがおしえてくれて」

「『ぷりん』と、おいものサラダの『さんどいっち』は、ぜったいに食べたいというお話になったのですけれど、どうしてもほかのおやつもいただいてみたくて」

うんうん、お持ち帰りしてもらっていいですよー。

私がにこにこ顔でうなずいちゃってると、公爵さまも言い出した。

「ジオ、ハルト、ではレオ姉上には私から話しておこう。夕食にハンバーガーやホットドッグを食べさせてもらいなさい。どちらも驚くほどに美味しいぞ」

「ありがとうございます、ヴォルフ叔父さま！」

「わーい、ヴォルフおじさま、だいすき！」

うわああああああ！

公爵さま、甥っこちゃんに大好きなんて言ってもらってるんですけど！

ホンットになついてもらってんですね？

いや、いまもちょっと眉間にシワ寄ってるのに、甥っこちゃんは全然怖がってないですね、それどころか無邪気に抱きついてくれちゃったりなんかしてますね、いったいナニをどうやってそこまでなついてもらったんですか？

って、そっちがものすごーく気になってるんだけど、でも、私に向けられている家庭教師の先生がたの圧がちょっとすごい。

あまりにも期待に満ち満ちた目で見つめられてしまって、私はそちらに顔を向けないわけにはいかなかったり。

「もちろん、リケ先生もファビー先生も、お召し上がりきれなかったぶんは、お持ち帰りくださって結構ですわ」

「ありがとうございます、ルーディさん！」

「感謝いたしますわ、ゲルトルードさま！」

うん、なんかもう、これ言い出したらみんな、お土産に持って帰るって話になりそう。

今日持ってきたぶんは、プリンどころかメレンゲクッキーの一個にいたるまで、何ひとつ残らない可能性が高くなってまいりました。

まあ、でも、公爵さまのおかげで我が家のお料理にはすでに変なプレミアが付いちゃってるようだし、ゲルトルード商会の商品販売に向けて、みなさんにプロモーションしていただけるんだと思えばいいわよね。

いいと、思うことにする。

気が付いたらナゼか商会の頭取にされちゃってたけど、もうせっかくだからこのさい、レシピ販売も店頭販売もカフェ経営もがっつり稼がせてもらいましょう！

と、私が前向きに考えていたら、公爵さまがビミョーにはずんだ声でナニか言っているのが聞こえてきた。

「うむ、栗の収穫も順調であったな。これだけ集めておけば、かなりの量のおやつが期待できる」

そうですか、そのイガの山が公爵さまの脳内では、すでにおやつに変換されていますか。

私は思わず目をすがめて、積み上げられているイガの山を見ちゃった。

いやもう、どうすんのよ、このイガ。誰が剥いて栗を取り出すの？　まさか、我が家で剥いて取り出せなんて言わないよね？　それでなくても公爵さまってば、取り出した栗は全部我が家に丸投げする気満々としか思えないのに。

でもって、聞こえてきたリドフリートさまの声にちょっとだけホッとする。

「そうですね、閣下。後で我が家の下働きの者に命じてイガを剥かせます。剥いた栗は閣下にお届けしておけばいいでしょうか？」

とりあえず、我が家でイガ剥き作業はしなくてもいいようです。

公爵さまがうなずいてます。

「うむ、そのようにしてもらおうか。私がゲルトルード嬢に届けよう」

って公爵さま、その口実でまた我が家に来てナニか食って帰る気満々ですね？

言っときますけどね、栗の渋皮煮なんて調理にほぼ一日かかりますからね？　こんなに大量の栗の鬼皮を、渋皮を傷つけないようていねいに剥くだけで何時間かかると思ってるの？

モンブランの栗ペーストだって、ミキサーもないんだし時間かかりますからね？　栗を持ってきたら、その日にすぐ何か食べられるとか思ってても大間違いですからね？

うーん、ちょっと本気で何か対策考えないと、このままじゃずっと公爵さまの食欲を満たしてるだけで毎日が終わっちゃいそうなんですけど。

学院の冬学期が始まったら、当然私は厨房に入ることが難しくなる。さすがにそうなれば、この食いしん坊公爵さまも毎日毎日毎日毎日、我が家にやってきてなんか食わせろ状態にはならないと思うけど。

ならないと、思うけど！

イマイチ信用が足りないんだよね、私がいなくても厨房へ突撃なんてことされちゃったら、いったいどうすればいいの？　私がずっと我が家の厨房に貼りついてるわけにはいかないんだよ？

一応、学業を優先するようにってことも言ってたよね、この人？

それに引越しだよねえ。

とにかくそっちをどんどん進めたいんだけど、新居のリフォームが必要になっちゃったから……

今日これから、レオさまに相談できるかな？

うーん、栗のおやつを作って、揚げ物の試作をして、レシピのうち書けるものは書いていって、同時に引越し作業を進めていって……商会店舗のリフォームもあるよね？　これ、授業が再開したら全部同時進行していくの、絶対無理だって気がするわ……。

ホントに私、こんなことをすべてやっていかなくちゃいけないの？

ってていうかもう、あんなに頑張ってお料理を用意したお茶会すらまだ始まっていないのに、すでにお腹いっぱいなんですけど！　いまから始まる、そのお茶会を無事に乗り切れるかどうかも、すでにだーいぶ怪しいんですけどー！

書き下ろし番外編

ある日の国王夫妻

The Daughter of
a downfall Earl
Wants to Support
Her Family

「なんだあれは。ただもう自分が食べた料理が美味かったと、自慢しに来ただけではないか」

そう言われる陛下の口元が笑っている。

「我が弟がたいへん失礼をいたしました」

澄まして我《われ》が答えると、陛下は喉を鳴らして笑ってくださった。

「王妃よ、何を言う。ヴォルフは我が義弟でもあるのだぞ」

まったくありがたいことだ。

陛下は義弟にあたる我が弟を、本当によくかわいがってくださっている。

弟のヴォルフもそのことがよくわかっているため、公務がなくとも足しげく宮殿にやってくる。

そして日々あったことを報告してくれるのだ。

公務であっても、ヴォルフが陛下に面会に来たときは、たいてい人払いがされる。同席するのは基本的に、国王と王妃それぞれの個人秘書官とヴォルフの近侍のみだ。

我が弟は、己《おのれ》の出自に引け目を覚えているのか、どうにも汚れ仕事を率先してやりたがる。陛下もそのことはよくご理解くださっていて、無理のない範囲で公務を割り振ってくださるのだが……それでも表立って評議会にかけられるような内容ではない仕事も多い。

であるから、ヴォルフが……エクシュタイン公爵家当主ヴォルフガング・クランヴァルドが陛下と面会するときは、人払いをするのが当然であるという暗黙の了解が成立しているわけだ。

そして実際に公《おおやけ》にはできない仕事の話もあるわけだが、本日のように日々の報告というか、おもにどれほど美味しい料理を食べたかという自慢話をするような場合であっても、最初から人払いがされているため、ヴォルフは遠慮なく話して帰る。

いや、本日も多少は、興味深い報告もあったのではあるが。

「しかし、なんとも奇妙なことになったものだ。我も一時は本気で、かのクルゼライヒ伯爵家は取り潰す以外に方法はないと考えていたのだが」

陛下の言葉に我もうなずく。

「まったくです。まさか、いままでいっさい表に出ていなかったかの家の長女が、それほどまでに優秀であったとは」

「かの令嬢が、ヴォルフに領地も家屋敷も全財産を巻き上げられたと思い込み、自ら策を練って新たな住居を購入していたと聞いたときは、我も本気で耳を疑ったぞ」

いかにも楽しげに、陛下の目が笑っている。

けれど、すぐに陛下はその目を伏せられ、深々と息を吐きだされた。

「……よくぞ、生き残っていてくれたものよ」

陛下のその言葉に、思わず我も深く息を吐いてしまった。

なにしろ、あの愚かなクルゼライヒ伯が己の娘を……長女のことをとことん嫌い抜いているという話は、我らの耳にも入っていたほどなのだから。

あの愚かな伯は、己の長女に関し『気味が悪い』『明らかに何かがおかしい』と、周囲の者にこぼしていたという。

いま思えば……おそらく、その長女の知能があまりにも突出していたためであろう。

知能が優れすぎている子どもというものは、えてして周囲が戸惑うほどに大人びているものだ。幼い外見からは想像もつかないような、大人がたじろぐような鋭いことを口にしたりもする。

そのあまりにも優れた幼い娘の言動によって、あの愚かな伯は己のやたら高いだけの自尊心を傷つけられるようなことがあったのであろう。

「次女が生まれた時点で、長女の存続は相当に危ういとは我も感じていたのだが……さすがに、次女の魔力が発現するまでは、あの愚かな伯であっても手を下しかねたのであろうか」

「おそらく、そうでありましょう」

陛下の重いつぶやきに、我もうなずく。

「どれほどに気に入らぬ娘であろうとも、あの愚かな伯は己の地位や財産を血族以外の者に継がせるなど、絶対に受け入れられることではありませなんだでしょうから」

「ああ……想像するだけで、気分が悪くなるな」

陛下が顔をしかめられている。

我もまったく同じ心境だ。

まことにもって残念なことながら、そういった話は、我が国の貴族の間ではそれほど珍しいものではない。

息子に恵まれず、気に入らぬ娘が爵位を継ぐしかないという状況になった貴族家の当主が、己が存命のうちに都合のよい婿を取り、娘はただもう跡継ぎを産ませるための道具としてしか扱わぬということは、本当に珍しくもないことなのだ。

それもひどい場合は、娘を暴力で支配しほぼ幽閉した状態で、ただもう子を産むこと以外の行為をいっさい認めない。そして当然のごとく、生まれた子が男子でなければ、娘はいっそうひどい仕打ちを受けることになる。

しかもその、当主が己の娘が気に入らぬ理由というのが、娘が己より優秀であるから、という場合が非常に多いのだ。

いや、もちろんそのような輩は、己が娘より劣っているなどとは決して認めぬ。ただもう、娘のくせに生意気だ、小賢しい、かわいげがない、だからこの娘には『しつけ』が必要だ、と言って当然のことであるかのように暴力をふるうのだ。

まったくもって不愉快極まりない話だが、貴族男性には、女性とはなべて自らが支配し従属させるものであると、決めつけている者が多すぎる。

事実、クルゼライヒ伯爵家にもその事例があるのだ。

かの令嬢ゲルトルードの曾祖母は、オルデベルグの爵位持ち娘であったが、当時の当主であった父親からひどく疎まれ、成人後は王都のタウンハウスに幽閉されているも同然であったという。しかもその娘は、学院時代は才媛として鳴らしていたというのだから。

その娘が、父親のあてがった愚鈍な婿との間で唯一なした子が、先代のクルゼライヒ伯だ。

先代のクルゼライヒ伯は、優れた軍人ではあったが、ひどく感情に乏しい者であったと、我も記憶している。

そしてその、ひどく感情に乏しかった先代伯が、これまた唯一なした子が、先日亡くなった前クルゼライヒ伯だ。

前クルゼライヒ伯の行状については、最早言うまでもない。

どのような手を使ってか地方男爵家から迎えた美しい妻を、結婚以来『籠の鳥』にしているという話は、貴族社会の間では知らぬ者もおらぬであろうというほどの状況であったのだから。

その前伯が、嫌い抜いているという長女をどのように扱ってきたであろうか。

想像するだに恐ろしい。

本当に、かの令嬢ゲルトルードにはよくぞ生き残っていてくれたと、感嘆せざるを得ぬ。

さらには、王家としてはクルゼライヒ領の正統な相続人が無事に生きていてくれたというだけでも十分な話であったのに、その正統な相続人である令嬢がすばらしく聡明で優秀であるという。

それどころか、ヴォルフの話によると、彼女は使用人に対しても本当に手厚く遇しており、心優しく情の深い令嬢であるというのだから。

本当に、信じられぬような話だ。

あの愚かな前クルゼライヒ伯の娘が……いや、かの令嬢はリアの娘であるのだったな。

リア……前クルゼライヒ伯の夫人であるコーデリアとは、我も在学中に何度も会っている。

なにしろ彼女は、我が妹であるレオポルディーネのかけがえのない友人であるのだから。

レオから紹介され、本人がおらぬところでもレオからたびたびリアの話を聞かされた。

リアのほうも、当時王太子殿下の婚約者であった我に対してもまったく臆するようなところがなく、あくまで大好きな友人レオの姉君という立場での我に、常に朗らかに接してくれた。

見目の麗しさ以上に、リアには内からあふれ出る清々しさのようなものがあった。地方貴族家で本当にのびやかに、愛情豊かに育ったのであろうと思わせてくれる、そんな令嬢であった。

そのリアが、かのクルゼライヒ伯に嫁いだとたん、その輝きのすべてを失ってしまったのだ。

どれだけ美しく飾り立てられていようが、リアは公の場で自らの言葉で話すことすら、夫君である伯により禁じられていた。

おそらく、リアにとって唯一の肉親であった父……先代のマールロウ男爵を、何らかの形で人質に取られていたのであろう。でなければ、あのリアが黙って夫の命令に従うとは思えぬ。

そしてその父が没した後は、娘のゲルトルードがそこに代えられていたのではないだろうか。

リアは、公の場に連れてこられていても、ただただきらびやかに飾り立てた置物としてしか扱われていなかった。

さらにそれは公の場だけではない、リアは邸宅内においてさえも、友人や親族と面会することはおろか文《ふみ》を交わすことすらも許されず、最早軟禁といっていい状態に置かれてしまっていた。

我が妹のレオはそのことを心底嘆き悲しみ、幾度となくリアと連絡を取ろうとしたが叶わず、我にも繰り返しその状況を打開してほしいと上申してきていた。

もちろん我も、リアの状況には心を痛めていた。

それに陛下も……前クルゼライヒ伯には、相当に思うところがおありのごようすだった。

陛下はかの愚かな伯とご年齢がお近いため、学院でも何年かは同じ学舎に通われていたのだ。

いくら愚かだとはいえ、当時の王太子殿下に直接盾突くような真似は、さすがにあの伯もしてはおらなんだであろう。しかし、陛下にとってかけがえのない友人であるという御仁には、さまざまな嫌がらせをしていたのだと我も聞き及んでいる。

そのご友人のことは、王太子というご身分の上から当時も公にすることができず、国王となられたいまもひそやかに交流を続けておられるとのことだが……そのご友人のために何もしてやれなんだのだと、陛下はずっと気に病んでおられる。

そのようなこともあり、陛下もまたクルゼライヒ伯爵家の状況をなんとかして打開すべきとお考えであった。

だが、たとえ国王や王妃であっても、個別の貴族家の内情にまで口出しすることなどできぬ。

我が国は専制君主国家ではなく、中央集権制国家でもない。国政は、領地持ち貴族家の当主による評議会によって運営されている。国王が、他の貴族を支配しているわけではないのだ。

ましてや、国王や王妃が個人的に思うところがあるからなどという理由で、特定の貴族家の内情に介入するなど決して許されるものではない。

しかも、先代の王、つまり陛下の父王が特定の貴族家に強引に介入された結果、引き起こされた問題がいままさに我が国を蝕《むしば》んでいる。

そのような状況で、我らも名門伯爵家に対しうかつに介入することができなんだのだ。

そして、そうやって手をこまねいていた我らが、ようやく策を練ってリアと娘の救出に動いたのだが……そのすべてが、裏目に出てしまった。

本当にあのことについては、我も陛下も痛恨の極みであった。

結果として、我らにとってかの伯爵家との唯一の橋渡しであった未亡人ベアトリスが領地へと遠ざけられ、夫人であるリアは完全に孤立無援の状態に置かれてしまったのだから。

まったく、かの令嬢にはよくぞ生き残っていてくれたと思うと同時に、夫人のリアに対してもよくぞ母として踏みとどまっていてくれたと、本当に心底思わずにいられぬ。

先代未亡人のベアトリスも、リアが自らの手で娘を育てられるようあらゆる手を尽くしたと言ってはいたが……おそらく、すでにぎりぎりの状態であったであろう。

本当にただただ、それでも間に合ったのだ、という感慨しかいまは浮かばぬわ。


思わず深く息を吐いてしまった我の向かい側で、陛下も同じく深い息を吐きだされた。

「……かの令嬢には、でき得る限りのことをしてやりたいものだな」

「我もそのように考えております」

即座に、我も同意してうなずいてしまった。

陛下は姿勢を崩され少々行儀悪く机に肘を突き、考え込むようにさらに口を開かれた。

「通常であれば、取り潰しを免れた貴族家の爵位持ち娘であるのだから、我らでよい婿を選んで間を取り持ち、領地の経営を安定させるという方向でいくのだが」

そして陛下は苦笑される。「かの令嬢は、そのような『通常』のやり方では対応しきれぬ令嬢であるらしい」

「おっしゃる通りのようにございます」

我が同意すると、すぐに我の秘書官であるトルデリーゼが書類を広げてくれる。先ほど、ヴォルフとともに訪れていた近侍のアーティバルトが提出してくれた報告書だ。

その報告書にさっと目を通し、我は陛下に申し上げた。

「現時点でほぼ確定している案件は、かの令嬢が開発した新しい料理のレシピを国軍が買い上げること、そして同じくかの令嬢が開発した不思議な布の加工権を魔法省魔道具部が買い上げることの二件にございます」

うなずいて陛下が先を促してくださる。

「また、特定の売買契約以外にも、かの令嬢は何やら新しい刺繍を開発し、そしてその刺繍が公開されればすぐに市井の新たな流行となることは間違いないであろうと、報告書には記載されております。さらには、かの令嬢は料理に関して特段の才能を有しているらしく、国軍に提供するレシピのほかにも、多数の目新しく美味しい料理レシピを開発しているとのことであります」

「先ほど、我らの弟が熱弁をふるっていたアレだな」

陛下が喉を鳴らして笑われる。「ああ、『ぷりん』に『さんどいっち』に『はんばーがー』であったか。それに確かに、国軍に提供される『ほっとどっぐ』も実に美味で興味深い料理であった」

「陛下は実際にお召し上がりになったのでございましょうか?」

思わず我が眉を上げると、陛下は楽しげに笑みを深められた。

「うむ、ヴォルフが軍の審議にかけるさいに、我も呼んでくれたのだ。その席に件《くだん》の『ほっとどっぐ』の見本をアーティバルトが持ち込んでいたのだが、その見本がふたつしかなくてな。誰が試食をするかで軍の連中と大層揉めたのだが、そこは国王権限で我が味わった」

まったく、こういうときの陛下は本当に楽しそうでいらっしゃる。

けれど陛下はすぐに表情を改められた。

「その『ほっとどっぐ』なる料理なのだが、驚くほどに簡便な料理であった。あれならば食材さえ調達すれば、調理の心得などない新兵にでもすぐに作れるであろう。その食材も決して特殊なものではない。それでいて実に美味で、しかも腹持ちも非常に良さそうであった。片手でさっと食べられる点も評価が高く、軍の連中も目を輝かせておったぞ。もちろん、我も執務中の軽食として、ぜひ採用したいと思っている」

「それほどの料理でございましたか」

我はまた別の意味で眉を上げてしまった。

陛下も感心を隠さずにうなずいておられる。

「本当に、それを目にしてしまえばこんなに簡単な料理なのかと思うほどなのだが、それほど簡単であるがゆえに、なかなか思いつかぬような料理であった。ヴォルフも言っていたが、大きなパンを薄く切って使うという、そういう誰もが驚く発想の転換ができるところが、かの令嬢のもっとも評価されるべき点であるらしい」

「確かに、ヴォルフがそのように申しておりましたな」

我も思わずうなってしまった。「かの令嬢の料理は、使用する食材も砂糖以外は卵や牛乳などすぐに手に入るものばかりで、それでいて何故そのように見映えもよく味もよい、何より目新しい料理が作れるのかが本当に不思議である、と」

「うむ、料理における汎用性というものは、非常に重要であろう。すぐに手に入る食べ慣れた食材を使っているのであれば、誰もが手を出しやすい」

陛下のうなずきに、我もうなずき返す。

「どれほど目新しく美味しい料理であっても、滅多に手に入らぬような食材や、特別に高価な食材を使っているのであれば、料理として広がってはいかぬでありましょうから」

我は再度、報告書に目を落とす。

「さらに、魔法省が権利の購入を決めている不思議な布につきましても、その布の基本的な加工に必要な材料ならびに道具は、平民の一般家庭にもあるものだと記載されております。そして基本加工作業自体も、決して難しいものではないと」

「それもまたすばらしい話であるな」

陛下の眉も上がった。「ヴォルフの説明を受けても、その、実際にどのような布であるのか想像が難しいのだが……それでもあのヴィールバルトが狂喜したというほどに利用価値が高い布なのであろう？　それを平民の一般家庭でも加工できるとは」

そのとき、陛下の秘書官であるレイゲンスが音もなく新たな書類を広げてくれた。魔法省魔道具部からの、その不思議な布に関する報告書である。

陛下はその報告書にサッと目を通し、うなるようにおっしゃった。

「かの令嬢が提供したその不思議な布は、手で温めるだけで自在に形を整えることができ、カップなどにもぴたりと貼り付けてふたにできるらしい。しかも水洗いができるため繰り返しの使用が可能で、さらには保湿性に優れており、食材の一時的な保存などにも向いている布だとのことだ。もうこの時点で、十分な有用性を感じられるのだが」

陛下がさらにうなられた。「魔道具部では、その布の持つ特性を強化する魔力を付与することによって、さらに丈夫で使い勝手のよい梱包材にしたいと考えている、と。なお、ごく基本的な強化系魔力付与のみで十分な効果を得られると考えられるため、価格を含め非常に利便性の高い製品にできるであろうと報告している」

我も思わずうなってしまった。

「もとがリネンのような一般的な布だとのことでございますし、最初の加工において必要であるのは平民の一般家庭でも対応できる材料と道具、さらには魔道具部の魔力付与加工においても、ごく基本的な強化系魔力付与のみで十分な効果でございますか」

「うむ、これはもう相当に価格を抑えた製品を販売できるであろうな。それこそ、平民であっても日常的に使用できるくらいの価格までに」

陛下はそうおっしゃって、軽く頭を抱えられてしまう。

「基本的な加工の段階では魔力も必要とせず、手で温めるだけで形を自由に変えられ、しかも保湿性があって水洗いも可能。布であるから当然軽く、使用せぬときは薄くたたんでおけるであろう。

そのような優れた梱包材がすばらしく安価に製造販売できるとなると……」

思わず、我も頭を抱えてしまった。

「その、基本的な加工に必要な材料と道具にもよりましょうが、その布の大量生産に乗り出す領地が続出するのではございませぬでしょうか」

「ううむ、確かヴォルフによると、その布の基本的な加工に関しては意匠登録もせぬ方向だということであるし、その可能性は非常に高いな」

我の言葉を陛下も頭を抱えたまま肯定してくださった。

そして息を吐きだし、陛下は続けられる。

「まずは魔道具部……ヴィールバルトがどのような製品に仕上げてくるか、それを確認し、その上で何らかの規制を敷くべきであろうな」

「魔法省の上層部とも綿密な連携が必要になりそうです。特定の領地にのみ、利益が偏るのは好ましくございませぬゆえ」

「其方の言う通りだ」

我のうなずきに、陛下もうなずきを返してくださる。

「可能な限り、我が国内における新たな産業として育てたい。それほどに有用な製品であれば、諸外国への輸出も十分に検討できるであろうし」

「まずは、ヴィールバルトへ製品化を急がせましょう」

そう言ってから我は苦笑してしまう。「まあ、あの男のことでございますから、とっくに夢中になって寝食も忘れ取り組んでおりましょうが」

「まったくだな」

陛下も笑っておられる。

そして陛下は楽し気にさらにおっしゃられた。

「かの令嬢ゲルトルードは、ヴィールバルトと直接面会させても大丈夫だと、兄のアーティバルトが保証してきている。かの令嬢の突出した発想力と、ヴィールバルトのあの才能が上手く結びつけば、さらなる新たな産業を興すことも可能になるやもしれぬぞ」

「我も、そこには非常に期待しております」

はっきりと我もうなずいてから……少しばかり、遠い目をしてしまった。

陛下も同じことを考えてしまわれたようで、やはり少しばかり遠い目になっておられる。

「まあ、それだけに……かの令嬢の配偶者を選ぶことが、非常に難しくなっておるな」

「……おっしゃる通りにございます」


もし、かの令嬢ゲルトルードが婿を取り自ら領地の経営をするつもりであれば……ヴィールバルト・フォイズナーほど条件の合う者はおるまい。ヴィールバルトはまあ、その、いろいろと難しい部分もあるが、才能と人柄に関してはまったく問題はないのであるし。

ただし、そうなった場合……あの不憫な我が弟が、さらに不憫な状況になることが避けられぬであろうという予測が、いま我の頭の中に居座っておる。

陛下も、わざとらしく咳ばらいなどされてしまわれている。

「いや、実際に……我らの弟があれほどはしゃいでいる姿というのは、我らの太子が生まれたとき以来だと思うほどであるからな。本日先ほどのようすを思い返してみよ、ヴォルフは本当にかの令嬢ゲルトルードの話しかせずに帰っていったではないか」

「まことに、おっしゃる通りにございます」

我はうなずき、そして思わず深く息を吐いてしまった。

「しかし、あの弟にその自覚がありましょうかと」

「それであるな」

陛下も深々と息を吐きだされてしまわれた。

我らとしても、かように優秀で今後我が国の経済において重要な役割を果たしてくれそうな令嬢を、でき得るならば我ら王家の身内として囲い込みたい。

その場合、王太子妃として迎えるのは得策ではないと、陛下も考えておられるはずだ。かの令嬢の才覚は、宮廷での駆け引きなどではなく、国家の経済においてこそ発揮されるべきものであると思われるからだ。

それらの状況からして、我が弟がかの令嬢を妻に迎えてくれれば、本当に申し分のない話なのである。それは確かに、年齢は多少離れてはいるが、かの令嬢にとっても利点の多い嫁ぎ先であるはずなのだ、公爵家夫人という地位も彼女に十分な権威を与えるであろうし。

だが。

「未亡人となったコーデリアへの我らの贖罪もあるゆえ、確実に支援ができる我らが弟を救済に向かわせたわけだが……なんとも微妙な状況になってしまったようであるな」

「ええもう、先ほどあの弟が、かの伯爵家の厨房に乗り込み調理を手伝ったなどと、それもさも自慢げに話し出したさいには、我も思わず目を剥いてしまいましたぞ」

そう言って我が頭を抱えるのと同時に、陛下も頭を抱えておられる。

まったく何をしておるのだ、あの愚弟は。

いやもう、はしゃぎすぎて周りがまったく見えておらぬのであろう。だいたい、そのようなとんでもない無礼を働くなど、かの令嬢が良い感情を持ってくれるわけがないであろうに、そんなことすらもわからなくなっているのだとしか思えぬ。

近侍のアーティバルトは必死に笑いを堪えて肩を揺らしていたが、まったくもって笑いごとではないぞ。下手にかの令嬢の後見人となったことで、弟ヴォルフが暴走できてしまう条件を与えてしまったようなものではないか。

まさか、このような事態になろうとは。

我らもうかつであった。

未亡人リアに関しては、姉であるレオの盟友であることを弟も承知しているため、まさかにそういう状況にはならぬであろうと踏んでおったが……年若い令嬢のほうが、あれほどまでに見事にあの愚弟の胃袋をつかんでこようとは。まったく、あの弟は不憫な生い立ちからして、どうにも食い気に弱い。

しかも新しい刺繍などと……その試作品を手にしたあの弟が、どれほどはしゃぎまくったかが目に浮かぶようだわ。

いや、もちろん、表面上はいつものごとく取り澄まして眉間にシワを寄せ、気難しい公爵を装っていたであろうから、おそらくかの令嬢や他の者たちにはそのはしゃぎぶりもさとられてはおるまいが……我らのように身内の目からは一目瞭然であったはず。

まったく、我が弟ながらあれには難点が多すぎる。

姉の欲目を抜いても、あれの人柄自体は悪くないとは思うのだが……それもだんだん怪しくなってきておるのではないか。

「とにもかくにも、まずはかの令嬢ゲルトルードの意向を確認するところからでございましょう」

我の重い息に合わせるように、陛下もうなずいてくださる。

「そうであるな。ヴォルフとの後見人契約においても、令嬢本人が望まぬ婚姻を求めぬと特記したほどであるのだし」

「我もかの令嬢の選択権を奪いたくはございませぬ。ようやく愚かな父親から解放された令嬢の心情を思うと、でき得る限り本人の意思を尊重してやりたく存じます」

「うむ、我もそのように考えておる」

陛下もうなずいてくださるのだが、それはそれでまた問題があることは十分に承知されている。

「ただし、かの令嬢の価値はすぐさま他の貴族家にも知れ渡るであろう。さすれば、どのような手を使ってでもかの令嬢を囲い込もうとする者が必ず出てこよう」

「はい、その辺りにつきましては、我が弟妹にも十分に警戒するよう申し伝えます」

「なにしろ、我が国に新たな産業を興してくれそうな令嬢であるのだ。状況によっては、我ら王家がかの令嬢の盾になることも可能であると、伝えてやるがよい」

「ありがたきお言葉、感謝申し上げます」

まったく、我が愚弟にまっとうな甲斐性というものがあれば、我らもこれほどに気苦労することもないであろうに。

しかしながら、まずはかの令嬢ゲルトルードの動向に、要注意であるな。

我も早いうちに令嬢本人と面会をしておこう。

うむ、そのさいには、かの令嬢が編み出したという目新しい料理を、ぜひとも我にも味わわせてもらおうではないか。うむ、それがよい。

かの令嬢の才覚を鑑《かんが》みれば、我は姉としてだけではなく、王妃としてもぜひそうせねばならぬ。

書き下ろし番外編

とある近侍の憂鬱

The Daughter of
a downfall Earl
Wants to Support
Her Family

「先ほどから申し上げております通り、母が不在なものですから」

我が主がにこやかな笑みを浮かべてずっと断っているのですが、相手はなかなか引き下がってくれません。

「しかもこの通り、本日領地からこの王都に移ってきたばかりですので、とてもとても閣下をおもてなしできるような状態ではありませんし」

「いやいや、せっかくこうして貴殿が王都に出てこられたのですから、ぜひご挨拶だけでも。夫人が外出中とのことですが、そのうちお帰りになるでしょうから」

夫人がそのうちお帰りになるのは間違いないですが、それって客が決めることじゃないですよ。と、近侍の俺でさえすでに笑顔を貼り付けてるのが面倒になってきてるんだから、我が主もいい加減ブチ切れそうだよなあ。

しかし、こんな露骨な真似をするほど切羽詰まってるんだろうか、デルヴァローゼ侯爵家って。まあご丁寧にご令嬢まで連れてきて、我が主に売り込む気満々じゃないの。

我が主もそれがわかってるから、さっきからずっとご令嬢のことは無視しちゃってるし。

そのご令嬢は、我が主を一目見たとたん、すっかりポーッとなっちゃってるみたいだけどねえ。そりゃあもう、御年十五になられたばかりの我が主、見た目は精霊のごとき美少年だから。いや、ご令嬢自身も絵に描いたような金髪碧眼の、結構な美人さんなんだけど。

ああでも、さすがに口元がひくひくしてきてるよ、美少年な我が主も。

だけどそんなこと、いっさい構おうともしないんだな、この図々しい押しかけ客は。

「それになにより貴殿、ユベールハイスどのが無事に侯爵位を継がれるとのこと、ぜひお祝いも申し上げたくございましてな」

うわー、ますます露骨。

いやー同格の侯爵家当主だとはいえ、同格の場合の序列は年齢順が基本だからね、まだ十五歳の我が主には無下にはできないってのをいいことに、グイグイきますねー。

「それはありがとうございます。ただ、私の爵位継承については、明日陛下より仮のご承認をいただくという状況ですので。ご存じの通り、正式な継承は私が成人してからになります」

うん、頑張れ我が主。

とっとと帰りやがれこのクソ野郎、って言いたくてたまらない雰囲気はだいぶ漏れ出ちゃってますけど、それでも一応態度も口調も崩さないのは偉いですよ。

いやでも、ホントにどうしたもんか。

こんな玄関先で押し問答しててもどうしようもないんだけど。

と、思っていたら、奥さまがお帰りになられたようです。

玄関前の車回しにご当家、ホーフェンベルツ侯爵家の紋章入り馬車が停まり、ご当家夫人メルグレーテさまが降りてこられました。

「あら、いったい何ごとでしょうか？」

小柄ながら、ご令息である我が主とそっくりな美貌の夫人が、ツンとあごを上げていぶかしげに他の侯爵家の当主を見上げるさまは、なかなか堂に入っておられます。

「おお、これはこれは、よいところに」

夫人のご登場に、しつこく粘ったかいがあったとばかりにデルヴァローゼ侯爵閣下が笑みを浮かべられました。

「いや、尊家の新しい当主が王都に到着されたと聞き及びましてな、一言なりともご挨拶をと、おうかがいしたところです」

「それはご丁寧に」

さすが、口元だけを笑みの形にして目はいっさい笑わないという、歴戦の貴族家夫人の迫力よ。

「ではご挨拶をいただきましたので、本日はこれにてお引き取りくださいませ」

おおう、すばらしいです、メルグレーテ奥さま。

相手が他の侯爵家のご当主だろうが、一刀両断でございます。

言われたデルヴァローゼ侯爵さまのほうは、とっさにナニを言われたのか理解できなかったようで、ぽかんとされております。

いっぽうメルグレーテ奥さまのほうは、これでもう迷惑な客の話は終わりとばかりに、にこやかな笑顔をご令息に向けておられます。

「お待たせしてごめんなさいね、ユベール。荷ほどきをしてくれていたのでしょう？　わたくしもいまから荷ほどきをするわ。それに、明日の陛下へのお目見えの準備もしなければいけないし。領地から到着したばかりで貴方も疲れているでしょうけれど、今日はもう少し頑張りましょうね」

さすがです、メルグレーテ奥さま。

もう思いっきり、今日引越してきたばっかりなんだよ、めちゃくちゃ忙しいんだよ、しかも国王陛下へのお目見えさえ済んでないのに、てめーなんかの相手してるヒマなんざないんだよ、と実にさりげなく、かつ明確にお伝えになっておられます。

我が主であるユベールハイス坊ちゃまも、これまたにこやかに答えておられます。

「ええ、母上。荷ほどきがまだ途中です。明日のことも、母上にお訊きしておきたいことがあったので助かります」

「ではまず、居間へ行きましょう」

美貌の母と息子はさらりと客人に背を向け、すたすたと歩き始めました。

「なっ、なんという態度だ！」

おっと、あまりのことに茫然としていたらしいデルヴァローゼ侯爵さまがついに声をお上げになりましたよ。

「デルヴァローゼ侯爵家の当主がこのようにわざわざ挨拶に出向いてやっているのに、茶の一杯も出さずに追い返すつもりなのか！」

ちらり、とそちらに視線を送られたメルグレーテ奥さまは、冷え切った声で一言です。

「グラフマン、お客さまがお帰りよ。お送りしてちょうだい」

「かしこまりまして」

執事のグラフマンさんが一礼し、有無を言わさずデルヴァローゼ侯爵閣下とご令嬢を玄関から追い出しました。

はー、やれやれ。

「まったく、どうしてあんなに愚かなのかしら」

居間のソファーに腰を下ろされたメルグレーテ奥さまは、開口一番先ほどのお客人を罵《ののし》ってくださいます。

「あれほどの無礼を働いて、わたくしたちがいい感情を抱くとでも思っているのかしら。ただただわたくしたちに不快な思いをさせるだけの場に、わざわざご丁寧にご令嬢までお連れになって。本当に、どうしてその程度のことがわからないのかしら」

同じくソファーに腰を下ろした我が主ユベールハイス坊ちゃまも、心底うんざりされています。

「母上、今後は僕もあのようにさっさと追い払ってもいいですか？　一応、同格とはいえ年齢が上の相手ですから、それなりに笑顔を振りまいてはいたのですけれど本当にしつこくて」

「ええ、構わなくてよ。貴方も侯爵位を正式に継承するのですもの」

メルグレーテ奥さまは、運ばれてきたお茶を一口飲んで、さらりと言った。

「それにユベール、貴方にその気があるのであれば、学院入学後に王太子殿下の側近として引き立てていただけることになったわ。明日のお目見えのさいに、陛下からそのお話があると思います。ああいう無礼な連中を追い払うための箔付けにもなることですし、わたくしとしては貴方に受けてもらいたいのだけれど」

「あー……王太子殿下の側近ですか」

少しばかり顔をしかめてから、ユベールハイス坊ちゃまがうなずいた。

「わかりました、お受けします。僕としても、面倒な人たちに寄って来られたときに追い払う手立てがあるのは助かりますので」

「よかったわ、そうしてちょうだい。本当にこれから、貴方に対してああいう無礼極まりないご令嬢の押し売りは続くでしょうからね」

ホッとしたように笑みを浮かべたメルグレーテ奥さまが、ふと俺に顔を向けた。

「でもデルヴァローゼ侯爵家って、確かあのご令嬢お一人しかお子がなかったのではなくて？　それでどうしてあのように我が家にお連れになったのか、マックスは理由を知っていて？」

はいはい、ご指名ですね。

俺はにこやかにお答えする。

「はい、デルヴァローゼ侯爵家には五年前に男子がお生まれになったと聞いております」

「そうなの？　それは、側妾がお産みになったということ？」

顔をしかめられたメルグレーテ奥さまに、俺はにこやかに告げる。

「いえ、ご正妻がお産みになられたとのことです」

「それはまた、珍しいわね」

メルグレーテ奥さまが眉を上げておられますが、ホントに珍しいです。

ご正妻との間に女子しか恵まれず、どうしても跡継ぎの男子が欲しくて側妾を抱えまくる上位貴族家当主の話はよく聞きますけどね。

それが、ご令嬢お一人を授かられただけだった正妻さんが、十年以上経ってからなんとご嫡男も授かられただなんて、滅多に聞く話じゃないです。だからまあ、俺もすぐ答えられるくらいよく覚えてたんだけど。

「あのご令嬢、すでに王都中央学院に通っていらっしゃるわよね？」

「はい、現在一年生で御年十六とお聞きしております」

大丈夫、メルグレーテ奥さまのご質問にもバッチリ答えられますよ。

「マックスって、ホントにそういう他家の話、よく知ってるよねえ」

ユベールハイス坊ちゃま、そんなうさんくさそうに言わないでください。

俺はやっぱりにこやかーに答えておきますからね。

「そうですね、特にお年頃のご令嬢がおられる上位貴族家の動向については、情報収集を怠らぬようにしております。ユベールハイスさまの今後に関わってこられる可能性が高いですから」

ええもう、お若い主に仕えている近侍としては必須の職務なんで。

って、その我が主ユベールハイス坊ちゃまは、露骨に顔をしかめちゃってますけど。

そりゃね、御年十五にして名門侯爵家を継承することが決定している、しかも全方位的に見た目完璧な美少年のご当主なんですから、ご結婚のお相手も選び放題でしょう。

と、いうのがまあ、ふつうの発想なわけですが、実際はちょっと微妙なことになっているんですよねえ。

何故なら、我が国の王太子殿下御年十七に、いまだに婚約者がおられないからです。

そう、いま王都中央学院に通っておられるようなお年頃の上位貴族家のご令嬢であれば、まず王太子妃の座を狙われるはずなんです。

そりゃーもう、さっきのデルヴァローゼ侯爵家みたいに厚かましい当主であれば、まあ間違いなく自分の娘の嫁ぎ先として第一候補は王太子殿下でしょう。

それなのに、なんでまたわざわざ我がホーフェンベルツ侯爵家に、こちらの都合などいっさいお構いなしにいきなり押しかけてきたのか。

それはもう、嫁ぎ先の二番手として確保しておきたかったからでしょうよ。

よりによってご当家の、この名門侯爵家の若き美少年当主を二番手扱いって。

その意図がはっきり透けて見えていたから、メルグレーテ奥さまもあれほどばっさりと切り捨てられちゃったわけです。

しかも、かのお家はご嫡男が誕生されたとはいえ、まだ御年は五歳。魔力が発現するまでは、跡継ぎとして確定することは難しいでしょう。場合によっては、かのご令嬢が爵位持ち娘として跡継ぎになられる可能性も、まだ残されている。

だから、ご令嬢よりも年下で成人されるまでまだ猶予があるご当家のユベールハイス坊ちゃまに狙いを絞ってきたんだろうな、ってこともいまの俺の説明で透けて見えちゃったわけです。

いやー、ホンットに失礼にもほどがある、って話ですよ。

ユベールハイス坊ちゃまが露骨にイヤそうに顔をしかめちゃって、メルグレーテ奥さまも本気で不愉快そうな顔をされちゃうの、まあ当然ですよね。

とりあえずこれで、ユベールハイス坊ちゃまのご結婚相手に、あのデルヴァローゼ侯爵家のご令嬢という線はなくなった、ってことかな。

いやまあ、貴族家同士の力関係があるから、断言はできないけど。

俺としては、まかり間違ってもあのご令嬢はやめておいてくださいね、と正直に思うわ。ご令嬢自身のお人柄はわからないけど、あんな失礼で厚かましい親族がついてくると思うとねえ。

今後も、とりあえず我が主ユベールハイス坊ちゃまにお仕えしたいと考えている身といたしましては、できるだけ平穏な日々を希望いたします、はい。

いや、俺がこれからもずっとこの職場で雇い続けてもらえるのかは、わからないけど。俺、まだ勤続一年ちょっとだもんな。うん、クビにされない程度に頑張ろう。

なんてことを考えていると、メルグレーテ奥さまがまた俺に問いかけてこられた。

「マックス、貴方はクルゼライヒ伯爵家のご令嬢について、何か知っていて？」

「クルゼライヒ伯爵家のご令嬢でございますか？」

いや、ちょっとばかり俺も眉を上げちゃったんだけどね、クルゼライヒ伯爵家のご令嬢って、ある意味いまいちばん話題のご令嬢なんだもんね。

「クルゼライヒ伯爵家と申しますと、先ごろご当主が急逝され、ご長女が爵位と領地をご継承になると思うのですが」

「ええ、そのご長女であるご令嬢のことよ」

うなずかれたメルグレーテ奥さまに、俺はさらに言う。

「はい、その御年十六になられるご長女の後見人に、このたびエクシュタイン公爵閣下がおなりになるのだとうかがっております。それになんでも、かのご令嬢はご領地もお屋敷もすべて失ったと思い違いをされていて、そのためご自邸で競売を開催されることで費用を捻出し、新居を自らご購入されたのだと小耳に挟んでおります」

いやー俺もね、最初にこの話を聞いたときは、なんだそりゃ、あり得ねえだろって半笑いだったよ。だから、実際にそのご令嬢が商業ギルドを仲立ちとして宝飾品の競売を行ったって裏が取れたときは、本気で驚いた。なんでそんなことができちゃうんだよ、たった十六歳のご令嬢に。

「よく調べているわね」

メルグレーテ奥さまがにこやかに褒めてくださる。

「とんでもないことでございます」

と、俺が頭を下げたとたん、メルグレーテ奥さまはさらににこやかに言われた。

「でもさすがのマックスも、まだ知らないみたいね。そのクルゼライヒ伯爵家長女のゲルトルード嬢が頭取を務める商会が、すでに立ち上がっているなんてことまでは」

「は、い？」

「クルゼライヒ伯爵家の夫人、いえ、未亡人となったコーデリアは、わたくしの親友なの」

なんだかとっても嬉しそうにメルグレーテ奥さまがおっしゃいます。

「学院時代の同級生で、お互い結婚してからはいろいろとあったものだから、まったく連絡を取ることもできていなかったのだけれど……このたびわたくしもリアも自由になれたので、早速会いにいってきたのよ」

あー、メルグレーテ奥さまが王都に着くやいなや、ガルシュタット公爵家のご夫人とともに馬車で走り去っていかれた場所というのが、そのクルゼライヒ伯爵家のタウンハウスだった、ということでしょうか？

確かに、長年会いたくてたまらなかったご友人に会いにいかれるのだと、おうかがいしておりましたが……そんな、一人息子のユベールハイス坊ちゃまを置き去りにして飛んでいくほどお会いになりたかったお相手というのが、そのクルゼライヒ伯爵家の未亡人？

それに、クルゼライヒ伯爵家の夫人といったら……急逝されたご当主がずっと『籠の鳥』にしてたってことでも有名で……だからずっと会いたくても会えなかった、ってことか。

うーん、メルグレーテ奥さまが、ガルシュタット公爵家夫人のレオポルディーネさまと非常に懇意にされていることは俺も知ってたけど……そこに、クルゼライヒ伯爵家の未亡人さんも？

ユベールハイス坊ちゃまも初耳だったらしくて、きょとんとされています。

いや、でも……俺、いまちょっと想像できちゃった気がする。

そこまで熱心にお付き合いされているほどのお友だちというのは……その、メルグレーテ奥さまの少々特殊な、あのご趣味のお仲間さんだと……そういうことですかね？

思わず視線を泳がせちゃった俺のようすになんかこれっぽっちも構わず、メルグレーテ奥さまはさらに嬉しそうに話されてる。

「そこでリアのお嬢さんたちも紹介してもらったの。ええもう、本当にすてきなお嬢さんたちだったわ。次女のアデルリーナちゃんはまだ幼くて魔力も発現していなかったのだけれど本当に素直でかわいらしくて、そして長女のゲルトルードちゃんは本当にびっくりするほど聡明なのよ。しかもとってもやさしい性格のお嬢さんでね、母親であるリアのことも本当に気遣っていて……わたくし感激してしまったわ」

うーん、もしかしてメルグレーテ奥さまが他家のご令嬢をここまで褒めちぎるのは初めて?

これまでに、ユベールハイス坊ちゃまの子どもの社交として、同年代のご令息やご令嬢を何人か領地にお招きしてお茶会を開かれたこともあったけど、メルグレーテ奥さまがそのお子さまたちを褒めてるのなんて一度も聞いたことがない。特にご令嬢については、基本的に全員ボロクソに言ってたもんなー。

けど、そのクルゼライヒ伯爵家のご令嬢……実際に自邸で競売を開催して自力でタウンハウスを購入しちゃうようなご令嬢なんだから、メルグレーテ奥さまがおっしゃる通り聡明というか、頭が切れるってことには間違いなさそうなんだよね。

で、メルグレーテ奥さまのクルゼライヒ伯爵家のご令嬢話は続いてます。

「それでね、エクシュタイン公爵閣下がそのルーディちゃんの後見人になられて、同時にルーディちゃんを頭取とした商会を立ち上げられたそうなのよ。だからユベール、貴方もホーフェンベルツ侯爵家の当主として、そのゲルトルード商会の顧問にしていただきましたから」

ユベールハイス坊ちゃま、固まってらっしゃいます。

そりゃそうだろ、寝耳に水どころの話じゃないよ。

だけどメルグレーテ奥さまは、ますます嬉しそうに語っておられます。

「もちろん、ルーディちゃんはお飾りの頭取などではなくてよ。実際にルーディちゃんが考案した商品を販売するための商会なの。その商品というのがね、いま具体的に計画されているのは新しいお料理のレシピなのだけれど、わたくしがそのお手伝いをすることになったのよね」

「母上が、お手伝いですか？」

完全に固まってたユベールハイス坊ちゃま、ようやく反応されました。

てか、俺もソレ聞きたい。

「そうよ。お料理の絵を描くの」

メルグレーテ奥さま、もう最高に嬉しそうです。

いや、メルグレーテ奥さまの絵の腕前がとんでもないことは、俺も知ってるけど。

俺は思わず問いかけてしまった。

「メルグレーテ奥さま、あの、お料理のレシピの販売とおっしゃいますと……通常、料理人同士が口頭で伝えあうものであったように、私は記憶していたのですが」

「ええ、そうよ。でも、あまり詳しいことはまだ言えないけれど、わたくしが絵を描くの。と、言えば想像できるのではなくて？」

いやもう、にんまりとメルグレーテ奥さまは笑ってらっしゃいますが……絵を描くって、料理の絵を描くってことは、レシピを文章で書いて、そこに絵まで添えて販売するってことですか？

えっと、売れるの？　そんなレシピ。

料理人ってふつう、字なんかほとんど読めないですよね？　そんな、字で書いてある上に絵まで添えてあるようなレシピって……どっかに飾っておくんですか？　それ、レシピの意味あります？

俺は笑顔を貼り付けたままの顔を、コテンと横に倒してしまいそうになったんだけど、ユベールハイス坊ちゃまもおんなじような反応だな。

だけど、メルグレーテ奥さまは嬉しさがあふれかえっているかのようです。

「そのお料理もね、本当に、本ッ当に美味しいの！　今日さっそくルーディちゃんにごちそうしてもらったのだけれど、もう信じられないくらい美味しかったの。それも、軽食とおやつを二種類もよ。しかもその二種類だけではなくて、美味しいお料理のレシピがさらにいくつもあるらしいの。もう信じられないわ。ええ、レシピの正式販売はまだ先の予定だというお話だったのだけれど、無理をお願いして、特別に我が家に販売してもらえることになったのよ！」

「え、あの、母上が絵を描くレシピを、ですか？」

「あら、特別に販売してもらうのですもの、まずは料理人同士の口頭によるものよ」

ユベールハイス坊ちゃまの問いかけに、メルグレーテ奥さまはころころと笑っておられます。

「明日さっそく、ベラとジルドをクルゼライヒ伯爵家に送るわ。明日の夜には、そのとびきり美味しいお料理をユベール、貴方にも味わってもらえると思うわよ」

そしてさらにご丁寧に、メルグレーテ奥さまはとんでもないことをおっしゃいました。

「そうそう、それに四日後にはリアとレオのご家族、それにエクシュタイン公爵閣下もご一緒に、王宮西の森へ栗拾いピクニックに行きますからね。ルーディちゃんがお弁当を用意してくれることになっているの、本当に楽しみよ！」

えっと、二公家参加のピクニックって……ソレ、俺も行くんですかね？

はー、疲れた。

やっと晩飯にありつけるよ。

俺は厨房へと向かいながら、思わずずっしり重い息を吐きだしちまった。

いやもう、今日はこのタウンハウスにようやく到着して本格的に王都での生活を始める、その準備だけでも結構な労力が必要だったのに。

なのに、メルグレーテ奥さまはタウンハウスに入る前に一人でどっかへ行っちゃって、母上は僕を置いてどこへ行っちゃったんだとブーたれてる我が主ユベールハイス坊ちゃまをなだめるのにひと苦労だったし。

おまけにあの失礼極まりないデルヴァローゼ侯爵家のおっさん、じゃなくてご当主がわざわざご令嬢連れで押しかけてきて。

帰邸されたメルグレーテ奥さまが、その招かれざる客を一刀両断に追い出してくださったと思ったら、なんかその後にもいろいろあったしなあ。

加えて、明日のユベールハイス坊ちゃまの国王陛下へのお目見えには、近侍の俺もついていかなきゃいけないようだし、そっちもすっげー気が重いんですけど。

いやもう、俺みたいなうだつが上がらない貧乏弱小子爵家の次男坊なんぞ、陛下の御前に出ちゃイカンでしょ。

うー、侯爵家当主の近侍になった以上は、避けて通れない道だとわかってるんだけどさ……そもそも侯爵家に勤めるなんてこと自体、俺には想定外だったってーの。ホンットに、なんでこうなった？　っていまだに思ってるもんな。

だいたいさー、俺みたいになんの後ろ盾もなく、魔力量も平凡で、持ってる固有魔力もたいして使い勝手のいいもんじゃないし、なんでそんなヤツをこんな名門侯爵家で雇うかね？　それも、未成年のお坊ちゃまだとはいえご当主の近侍だよ、近侍。

いまさら言っても遅いけど、やっぱ給料に釣られて承諾するんじゃなかったかもなあ……でも、ホンットに待遇的には恵まれてるんだよなあ、この職場。

そりゃ確かに、一人息子のユベールハイス坊ちゃまはわがままも言われたりはするよ？　それにあの坊ちゃま、そこそこ腹も黒いし。でも、そこまで悪辣じゃないっていうか、結構かわいいトコあるんだよねえ。最近は俺にもかなり気を許してくださって、ぽろっと本音をこぼしてくれちゃったりもするし。うん、悪い主じゃないんだよなあ。

ホントに給料もいいし、実家に身を寄せるのが難しくなっているわけだし、俺としてはやっぱりこのままここで近侍をさせていただくのが、いちばんいいんだろうな、と……結局そういう結論になっちゃうわけなんだけど。

考えてもしょうがないことを考えながら厨房の扉を開けると、ふわーっと美味しそうな匂いが鼻をくすぐってくる。

あーうん、これもこの職場の良いとこだよな。

どんなに遅くなっても、使用人のために食事がちゃんと用意してあるんだもんな。それは、領主館《カントリーハウス》からこのタウンハウスに場所を移しても変わらない。

ほかの貴族家じゃ、使用人の食事なんて早い者勝ち、それも主家のみなさんの食べ残しが回ってくるだけで、おまけに見映え重視でひたすらクソ不味い料理だったりするし。

俺はもうありがたく、焜炉の上に置かれた大鍋の中からスープをボウルにたっぷりと掬い、テーブルの上のかごからパンを取る。冷却箱を覗くと、使用人用容器の中に切ったチーズが並んでいたので、そちらも少々いただく。

はー、毎日こうして温かい食事を口にできるだけでも感謝感激だよ。スープが冷めないように、大鍋をのせた焜炉にはほんのり火を残しておいてくれるんだもんな。料理人のベラさん、ジルドさん、本当にいつもありがとうございます。

って、今日はベラさんもジルドさんも厨房に残ってないな？

いつもは、最後の使用人が食事を済ませるまでベラさんかジルドさんが厨房に残っていて、鍋や食器や焜炉の火の後始末をちゃんとしてから下がるんだけど……タウンハウスに移ったとたん、それを止めるなんてないよな？

あ、もしかして、明日はクルゼライヒ伯爵家へレシピの購入に行くから、その件でメルグレーテ奥さまか執事のグラフマンさんに呼ばれてんのかな？

でも、それにしても……下働きの人も誰一人厨房に残ってないってのは、ちょっと珍しい気がするね。そりゃ確かに、越してきたばかりでまだちょっと人手が足りてない状態ではあるんだけど。

うーん、俺が最後なんだとしたら、鍋がのってる焜炉の火を落としといたほうがいいかな？

おおー、スープにソーセージがたんまり入ってる。具が多くて食べ応えあるなー。いやもう、ホンットにありがたい職場環境だよねえ。

と、俺は本当にありがたく夕食を味わっていたんだけど。

ふと、勝手口のほうで人の気配がした。

「やあ、マックスくん。久しぶりだねえ」

俺は完全に固まり、手にしていたスプーンがぽろっと落ちていった。


「こんな遅くまでご苦労さん。ユベールはわがまま言ったりしていない？」

にこやかに言いながら、その人がすっと俺のとなりに腰を下ろした。

「あ、あの、旦那……いや、えっと、アル、ヘプスバウトさま、いや、ヘプスバウトさ、ん？」

「好きに呼んでくれていいよ」

動揺しまくってる俺に、その人は楽しそうに笑う。

そう、この人は……先月メルグレーテ奥さまが正式に離縁され、このホーフェンベルツ侯爵家から叩き出された元当主のアルブレヒト・ヘプスバウトさまだ。

もちろんすでにホーフェンベルツ侯爵家当主としての地位も名前も失っており、現在はご実家のベックイーズ子爵家にお帰りになっている、はず。

と、いうことは、立場的には俺と同じなんだよ、子爵家の次男っていう。

でも……ベックイーズ子爵家って、ブーンスゲルヒ侯爵家であるヘプスバウト一族の直系の分家なんだよ。我がノースバウアー子爵家のような貧乏弱小子爵家とはまったく違う、立派な後ろ盾があってコネもたっぷりある裕福な子爵家なんだよ。

「あ、あの、どうして……?」

「どうしてもなにも、私はつい最近までこのタウンハウスに、それも長い間ずっと暮らしていたんだからねえ」

いや、だから、どうやってここまで、厨房まで入ってこれたのか、ってことだよ。

そりゃ確かにこの人にとっては、このタウンハウスは勝手知ったるではあるだろうけど、この人が二度と入って来られないよう、厳しく警戒しているはずなのに。

なんかもう完全に視線を泳がせちゃってる俺を、この食えない元当主はすっかりおもしろがってるらしい。にんまりと笑いながら、俺に言うんだ。

「なにより、私はユベールハイスの父親なんだよ? 息子のことを気にかけるのは、父親として当然じゃないか。息子のようすを、近侍であるきみに尋ねるのも、当然のことじゃないかい?」

いや、だから、そのお父さまをご令息にはもう近寄らせないと、お母さまであるメルグレーテ奥さまは息まいていらっしゃるんですってば。

「わかってるよ、メルはどうもその辺り、潔癖だからねえ」

俺の考えてることを読んだように、元当主は大げさに息を吐いてくれちまう。そしてやっぱり、にんまりと……本当にべったりと貼りつくような笑みを、俺に向けるんだ。

「だからね、こうやってこっそり、ユベールの近侍であるきみに会いにきたんじゃないか」

「え、えっと、あの、でも……」

口ごもってしまう俺に、元当主はさらに言う。

「だいたい、私がこのタウンハウスにいたときに使っていた使用人は、もう片っ端からメルが解雇してしまったんだろう？　そうなると私としても、息子のことを教えてもらえる伝手ってものが、なくなってしまったわけだよ」

すーっと、俺と肩が触れるほどに距離を詰めてきた元当主が、首をかしげて俺の顔を至近距離から覗き込む。

「今日、メルはクルゼライヒ伯爵家を訪問してたんだろう？　そこでどういうことがあったのか、メルも息子のユベールには話したんじゃないかな？　ねえ、マックスくん？」

あ、あの、目が……目が、まったく、笑っておられません。

「どうだった？　ユベールは、クルゼライヒ伯爵家のゲルトルード嬢に興味をもったようすだったかな？　それに、かのご令嬢が頭取となって商会を立ち上げただなんて噂を聞いたんだけど、そういう話なんかしていなかったかな？」

こ、怖い。めちゃくちゃ怖いです。

ナニソレ、ゲルトルード嬢が商会の頭取とか、そんなの俺もさっき聞いたばかりで……それでなんでそのご令嬢のことを、こんなにしつこく訊いてくるんですか、この人は？　それ、ユベールハイス坊ちゃまと何か関係あります？

俺が視線を泳がせ、口ごもっていると、元当主はふふふふと笑った。

「ねえ、マクシミリアン・モルドリッツくん？　きみは確か、ノースバウアー子爵家のご次男だったよねえ？」

ぞわーっと、悪寒が俺の背筋を駆け上がる。

「これから、私に息子の話を、ときどき教えてくれないかなあ？　そうすれば、きみやきみのご家族に、とってもいいことがあるかもしれないよ？　ね？　どうかな？」

そっ、それってつまりナンですか、ときどきお教えしなければ、俺や俺の家族に何か悪いことがあるかもしれないってことですかー！

最早冷汗ダラダラで、心臓をバクバクさせている俺の鼻先で、元当主がやっぱりふふふふふと口元だけで笑う。

「まあ、そういうことを、ちょっと真面目に考えてくれないかな？　ね、息子のようすを知りたい父親の気持ちを汲むと思って、よろしく頼むよ？」

まったく笑ってない目がねっとりと俺を見つめていて、俺はもう気が遠くなりかけてた。

「じゃあ、今日はいきなりだったし、この辺で」

唐突にすっと、元当主が体を引いた。

「でも本当に、いま私が言ったことを考えておいてよね？　きみと、きみのご家族のためにもね」

そう言い残して、元当主はすたすたと勝手口から出ていった。

ぶっはーーーと口から息を吐きだし、俺はテーブルに突っ伏した。

頼む、お願いします、俺にそういう高度な諜報活動なんぞを要求しないでください！

ホントにどうすんだよ、コレ？　俺にはそんな、いまや完全にご当家を支配しておられるあのメルグレーテ奥さまに逆らうとか、そんな恐ろしいことなんてできないんだけど。

だってもう、メルグレーテ奥さまは本当に本気であの人のことを嫌いまくってんだよ？

このタウンハウスに引越してくるにあたっても、あの元旦那の息のかかった使用人は片っ端から追い出して、ご自分のワーズブレナー一族に代々仕えている使用人だけをぞろぞろと領主館から連れてきて。

もうしっかりはっきり、あの人からなんらかの接触があっても決してご令息ユベールハイスさまに近づけるんじゃないと、使用人一同に厳命されてんですけど？

あああああもう、なんで俺なんだよ！

いや、確かに俺はユベールハイス坊ちゃまの近侍だし、それに勤続まだたったの一年ちょっとっていう新参者だし……ちくしょー、俺ってばめちゃくちゃ狙い目じゃないかよー！

と、そのとき、ぽんっと……誰かが俺の肩をたたいた。

文字通り俺は跳び上がった。

心臓が破裂しそうな勢いで鳴り響く中、振り向いた俺が見たのは……。

「ヒュー！」

「いやー、悪い悪い。久しぶりだな、マックス」

笑いを堪えるように肩をひくひくさせながら俺のとなりに腰を下ろしたのは、学院時代の同級生で腐れ縁のヒューバルト・フォイズナーだった。

「お、おま、いつから居たんだ？」

「んー、最初から、かな」

まだ動揺しまくってる俺の横で、ヒューはその誰もが振り向く美形な顔でにやにやと笑ってる。

「固有魔力を使ってたのかよ？」

「そういうこと」

ホンットに質《たち》が悪いったら！　こいつはこんなに目立つ容姿のくせに、自分の固有魔力を使って誰にも気付かれずにどこにでももぐり込めてしまう。

「なんか大変なことになってるみたいだな、マックス？」

まるっきり他人事《ひとごと》で、ヒューは完全におもしろがってる。

「お前な、笑いごとじゃねえよ、俺は本気でいま困ってんの！」

「いや、大丈夫だろ、お前なら」

「なんなんだよ、その根拠のない励ましは！」

ヒューは喉を鳴らして笑ってる。

俺は腹立たしげに言ってやった。

「情報通のお前ならわかってると思うけどな、あの元当主は子爵家の次男だっていっても、背後にはブーンスゲルヒ侯爵家がついてんだぞ？」

「知ってる」

ヒューはやっぱり笑ってる。そしてさらっと言いやがるんだ。

「でも、お前にはこのホーフェンベルツ侯爵家がついてるだろ？」

「そ、そりゃ確かに、当主の近侍という立場からしたら……でも俺は、ご当家ではいちばんの新参者なんだぜ？　そんな新入りを、そこまで守ってもらえるかなんて……」

「俺はさ、最初から居たって言っただろ？」

ヒューがにやりと笑う。「さっきあの元当主をここへ引き入れたの、執事だよ」

「は？」

俺は目を剥いた。いやもう冗談抜きに、目玉が飛び出しそうなくらいに。

「執事……執事って、あの、グラフマンさん？」

「そういう名前だったな」

「い、いや待て！　待てよ！　グラフマンさんって、ワーズブレナー一族に仕えて六代目とかそんなくらいの執事だぞ？」

そこまで歴代の使用人だから、あの元当主がこのタウンハウスで暮らしてたときもずっと執事をしていたにもかかわらず、グラフマンさんは解雇されなかった。

実際、高位貴族家のタウンハウスの執事なんて、そうそう簡単に入れ替えられるもんじゃないからな。それくらい地位も高いし、人選が難しい仕事なんだ。

「脅されてるとか、そういう感じじゃなかったな」

ヒューは鼻を鳴らした。「まあ単純に、夫人が爵位持ち娘だったっていっても、女性が実質的に当主で領主であるのが気に入らないとか……内心ひそかに思ってたのかもね。それで新しいご当主となられた坊ちゃまから男親を引き離すのはよくないとかさ、変に頑なな忠誠心を煽られちゃったとか？　あのアルブレヒトだっけ、そういういやらしいとこ突いてくるの、得意そうじゃん」

そ、それは……あり得そうな、気がする。

執事のグラフマンさんなら、メルグレーテ奥さまのあの、ちょっと特殊な趣味についても知ってるだろうし……ああいうの、駄目な人って絶対駄目っていうか、絶対受けつけないだろうからな。

それを、元当主だったあの人から、坊ちゃまに悪い影響を与えるとかささやかれちゃったら……一族への忠誠心の高さゆえに転ぶことって、なんかありそうな気がする……。

「それに、お前ももう聞いてんじゃないの？　ご当家のお坊ちゃまは、王太子殿下の側近に引き立てられることが決まってるし」

俺はぎょっとばかりにヒューを見た。

「……なんで、お前がそんなこと、知ってんだ？」

「俺、その話をメルグレーテ夫人がしてるとこに居たもん」

「は？」

「いや、固有魔力は使ってないって。ふつうに、その場にいたの。今日メルグレーテ夫人が、ガルシュタット公爵家のレオポルディーネ夫人、それにエクシュタイン公爵閣下っていう、王妃殿下のご弟妹がそろってらっしゃる場で、ご自身のご令息を王太子殿下の側近にできないかって話をしていらしたのを聞いてたんだって」

意味がわからん。

真顔になってる俺に、ヒューはさらっという。

「だからさ、俺、ゲルトルード商会の商会員になったの」

ますます意味がわからーん！

なんかもうテーブルにババーンと両手をたたきつけたい状態の俺に、ヒューはやっぱり笑ってやがるんだよ。

「あのさ、お前をこのホーフェンベルツ侯爵家につないだの、俺だったって覚えてる？」

「忘れるわけないだろ」

そう、俺は実家に居づらくなったのをきっかけに、何か仕事を紹介してもらえないか、友人の中でいちばんそういうことに明るそうなこのヒューに相談したんだよ。

そしたら、ナニがどうなってこうなったのか、このホーフェンベルツ侯爵家の、それも新しいご当主の近侍に採用されちまったんだけど。

「俺はお前から仕事が欲しいと相談されて、まず兄のアーティに打診してみたわけ。アーティはお前も知っての通りエクシュタイン公爵閣下の近侍だからさ、アーティが閣下の姉君であるガルシュタット公爵家のレオポルディーネ夫人に相談してくれて、レオポルディーネ夫人がご友人であるご当家のメルグレーテ夫人にお前のことを伝えてくださったわけだ」

そ、そういう流れだったの？

目を見張った俺に、ヒューはさらに言った。

「ちょうどメルグレーテ夫人がご令息の近侍を探しておられたんだよね。その条件っていうのが、どこにも紐づいていない、特定の貴族家に利害関係を持っていない、忠誠心は特に必要ないからとにかく真面目できっちり仕事をしてくれる、さらにできれば護衛も兼ねられる人物、ってことだったんだよ」

どこにも紐づいていないって……それについては確かに、俺はめちゃくちゃ胸を張れるわ。

そりゃもう、貧乏弱小子爵家の我が家には有力な親族なんてまったくいないし、俺みたいに魔力量も多くなくて使い勝手もよくない固有魔力しか持ってない平凡な次男坊を、わざわざ囲い込もうなんて奇特な上位貴族家なんかあるわけないし。

「俺はその話を聞いて、マックス、お前は本当に適任だと思った。そしてその通り、メルグレーテ夫人もお前のことはかなり気に入っておられると思うんだけど」

ヒューは真面目な顔で言う。「そのメルグレーテ夫人はいま言ったようにガルシュタット公爵家のレオポルディーネ夫人と長らく懇意にしておられるし、さらにいまはエクシュタイン公爵閣下とも懇意といっていい関係になってきている。で、そのおふたかたは、王妃殿下の実妹と実弟だ。そしてこのたび、ご当家のご令息が王太子殿下の側近になられるわけだ。このホーフェンベルツ侯爵家には、二公家と王家が背後についている状態なんだよ。それだけの家が、お前の後ろ盾になってくれるんだぜ？」

た、確かにそれなら……錚々たる侯爵家の中でも、ご当家は頭ひとつ抜け出てる状態ってことか？

ただ、だからって、それだけの家が、この俺と俺の家族を完全に守ってくれるかどうかは別問題じゃないのか？

眉を寄せた俺に、ヒューはうなずく。

「それから、クルゼライヒ伯爵家のゲルトルード嬢。今後は、このご令嬢がすべての鍵になる」

いや、それについてはさっぱり意味がわからん。

でも……メルグレーテ夫人はそのゲルトルード嬢のことを褒めちぎっていたし、おまけになんでなのかさっきあの人も、そのご令嬢についてやたらしつこく訊いてきたよな……？

「そのゲルトルード嬢を囲い込んでいるのが、エクシュタイン公爵家とガルシュタット公爵家、そしてこのホーフェンベルツ侯爵家という形になりつつある。おそらく、今後は王家もそこに噛んでくるはずだ」

やっぱりさっぱり意味がわからんと眉間のシワを深くした俺に、ヒューはそう言ってからにやりと笑った。

「まあ、お前も実際にゲルトルード嬢と会ってみればわかるよ。四日後の、王宮西の森の栗拾いピクニックを楽しみにしてな」

「お前、そんなことまで……」

「当然だ。言っただろ、俺はゲルトルード商会の商会員になったって。もちろん俺もピクニックに参加するからな。で、今日その話になったとき、お前のことを思い出して、こうやってちょっと顔を見に来たんだけどさ」

ヒューがやっぱりにんまりと笑う。「いや、おもしろい場面に遭遇させてもらったな。まあ、頑張れよ、マックス」

だ、か、らー！

頑張るもナニも、俺にいったいどうしろと？

元当主にあんなねちっこい脅しをかけられて、しかも執事のグラフマンさんがメルグレーテ夫人を裏切ってるとか、そんなめちゃくちゃ重い情報を俺にどうやって処理しろと？

なんかもう恨めしげににらんでしまった俺に、ヒューは涼しい顔をして言った。

「お前には、仕えている主を裏切るだなんて器用なことできるわけがないって、俺はとっくに知ってるから」

そ、それは……それは確かに、俺自身もそんな器用なことは無理だって、思うんだけど！

「だったらもう、お前のやることは決まってるだろ？」

簡単に言うなー！

いやちょっともう、本気でテーブルをバーンと叩いて、ついでにギリギリと歯ぎしりしたい気分なんだけど？

俺は、ぐっと両手を握りしめ、すっくと立ち上がった。

「ヒュー、久しぶりに組手をやるぞ」

「えー、勘弁してくれよ。俺はお前みたいな武闘派じゃないんだから」

「誰が武闘派だ！」

俺は即行で否定した。「俺は、お前みたいに国家保護対象固有魔力を持ってるようなヤツとは違うんだ。魔力量だって多くないし、持ってる固有魔力をなんとか生かして使っていくためには、身体を鍛えるしかないから、しょうがなくやってんだよ！」

「って、お前はそうやっていまでも毎日、どれだけ夜遅くなっても必ず鍛錬してんだろ？　そんなの、しようと思ってできることじゃないって」

ヒューはひらひらと手を振ってるけど、努力するしかない俺には当然の話なんだよ。近侍であると同時に、ユベールハイス坊ちゃまの護衛としても雇われてんだから。そのぶん、給料だって上乗せしてもらってるんだから！

「いいから、ちょっと組手の相手をしろよ」

俺は、むんずとばかりにヒューの腕をつかんだ。

そのとたん、ヒューがちらっと後ろに視線を送った。

「おい、誰か来たぞ」

「えっ？」

と、その視線に釣られた俺の手が、一瞬緩んだすきに……逃げやがったー！

ちくしょー、もうヒューの気配が全然わからねえ！

そもそも誰も来てないじゃないかよ、ったくホンットにアイツは調子いいんだから！

ああもう、わかってる、俺だってわかってるんだよ。でも、そう簡単な話じゃないから、困ってるんだってば。

はぁー……もう、とにかくちょっと体を動かそう。

組手の形を二十番までやれば、ちょっと気分も落ち着くだろうさ。

なんかもういっぱいいっぱいだけど、とりあえず体を動かして寝て、明日また考えよう。

いやもう、明日は我が主の、陛下へのお目見えがあるだとか……そんなことは考えない。俺はもう、今日は何も考えないぞー！

書き下ろし番外編

彼は何故それを持ち去ったのか？

The Daughter of
a downfall Earl
Wants to Support
Her Family

「ゴディアス・アップシャーって、ここ数年名前を聞かないと思ってたら、あのクルゼライヒ伯爵に捕まってたんだな」

弟のヒューバルトが、しかめた顔で言った。

俺はうなずいて答える。

「ヒュー、やっぱお前もそう思うよな？『捕まってた』って」

「そりゃそうだろ、あの向こうっ気の強い男が、黙ってあのゲス伯爵の言いなりになるなんてあり得ない。そもそも、あのゲス伯爵がまっとうな給料を支払ってたとも到底思えないし」

断言する弟に、俺は問いかけた。

「お前、ゴディアス・アップシャーと面識があるのか？」

「面識はない」

首を振ったヒューが言った。「あの男、監視対象だったんだよ」

監視対象……その言葉に思わず眉を寄せ、俺はまた弟に問いかけた。

「どの事件だ？」

「何年前になるかな、ロウナ王国の密輸団事件だよ」

俺たちはいま、兄弟で密談中だ。

お題は、本日クルゼライヒ伯爵家で明らかになった、オルデベルグ一族伝来の品である収納魔道具と魔剣の行方について。

収納魔道具と、おそらくその魔道具に収納されていると思われる魔剣は、どうやら伯爵家の前の執事であるゴディアス・アップシャーが無断で持ち去ったと考えて間違いなさそうな状況だ。

伯爵家の居間でも一通り弟のヒューバルトに事情を説明したが、さらに詳しい話をしてそれらの品々の行方を捜索してもらうために、俺はヒューを自分の部屋……主家であるエクシュタイン公爵家であてがってもらっている自室に呼んだわけだ。

そのヒューは、眉を寄せて思い出しながら話してくれた。

「当時俺は、そのロウナ王国の魔鉱石密輸団を探ってたわけじゃなかったんだけど……俺が監視している対象のうち何人かに、その密輸団が接触しようとしているって情報が入ったんだよね」

「そのうちの一人が、ゴディアス・アップシャーだったというわけか」

「そういうこと」

ヒューはうなずいて、さらに説明してくれた。

「あの頃、ゴディアス・アップシャーはあちこちの賭場で荒稼ぎしててね。そういう奴は、必ず目を付けられる。たいていは、いかがわしい商売をしてる連中に。そして目を付けてきた相手が、実際にあの男に接触を図ってきたら、俺はその情報を国に伝える役目だったんだよね」

「じゃあ、あのロウナ王国の密輸団も、あの男に接触を図ってきたのか？」

俺が問いかけると、ヒューははっきりとうなずいた。

「そう。それもかなり露骨に勧誘してたよ。密輸団の一員にならないか、って」

そしてヒューは、いきなりくっくっと喉を鳴らして笑い出した。

「そしたらさ、あの男、どうしたと思う？」

「どう、って……」

誘いを受けたのか、蹴ったのかのどっちかだろう。

俺はふつうにそう思ったんだけど、どうやら違ったらしい。

「あの男、いったんは誘いを受けておいて、その密輸団の情報を諜報部に売ったんだよ」

「へえー」

思わず俺は声を上げてしまった。

そもそも我が国の諜報部は、その存在が公にされていないからだ。

「よくまあ、情報を売る伝手を持ってたもんだな」

「それがさあ」

ヒューはやっぱり笑う。「あの男、自分が諜報部の監視対象になってることを知ってて、自分を監視してる諜報部員、残念なことに俺じゃなかったんだけど、ほかの諜報部員に自分から接触して密輸団の情報を売ったんだよね」

「そりゃまた……なかなかたいしたもんじゃないか」

俺は正直に感嘆した。

すると、ヒューはさらに笑い出した。

「いやもう、たいしたもんどころじゃないよ。情報を売ったんだから、当然諜報部から報酬が支払われたんだけどさ、なんとあの男、追加料金を請求したんだぜ！　自分が売ったその情報が決め手になって、密輸団を壊滅させることができたんだからって」

さすがにそれは……俺はぽかんと口を開け、それからヒューと一緒になって笑ってしまった。

「そりゃホントに、たいしたもんどころじゃないよなあ」

「だろー？」

ひとしきり笑いあい、それからヒューはハーッと大きく息を吐いた。

「で、こっからは笑えない話。あのゴディアス・アップシャーが、そうやってかき集めた金をどう使ってたかなんだけど……ほとんどすべて、実家に送ってたらしい」

「ああ……」

それは、本当に笑えない話だ。

「ディーダン子爵家だよな……次男だったか、ゴディアスは」

俺も思わず深く息を吐きだしてしまい、沈んだ顔のヒューがうなずいた。

「ディーダン領は、いまもなんとか破産せずに踏ん張ってるようだけど……正直、時間の問題だろうね」

「そうだな……あの領地では、もうどうにもならないだろうな……」

俺たち兄弟の実家ゼルスターク子爵家の領地であるゼルスターク領は、数ある子爵領の中でもかなり面積が小さく、また特にこれといった産業もない。

それでも、領地が小さいぶん領民も少なく、それなりになんとか食べていけている。気候もそこまで過酷ではないし、最低限ではあるけれど必要な量の農産物も確保できているからだ。

けど、アップシャー一族が国から下賜されたディーダン領は……とてもじゃないが、独立した領地として経営していくのは無理だろう。

面積が小さいだけではない、北部地域なので冬の寒さは格別だ。土地も痩せていて、領民の腹をまかなうだけの農産物すら期待できない。それでいて微妙に山岳地帯から外れているため、山岳に棲息する魔物狩りによる魔物石の産業も興せないし、当然魔鉱石の鉱脈なんてない。おまけに、交易が期待できる物流路からも外れている。

そんなことは最初からわかってた……本当に、最初からわかっていた領地なんだ。

こんな領地をもらったって、経営していくのなんて無理だって……みんな、最初からわかっていたんだ。

それでも、泥沼化してズルズルと続いた挙句ホーンゼット辺境伯領に独立を許してしまったあの『ホーンゼット争乱』で、まがりなりにも武功を立てた騎士たちに恩賞を与えないということはできなかった。

そうしてあの争乱後、叙爵された新たな子爵家が乱立し、小さく分割された北部地域が領地として下賜された。

いやもう、あれは恩賞というより、ほとんど嫌がらせだよな。

その、二十年前に叙爵され領地を下賜された『戦後子爵家』の多くが、いままさにバタバタと倒れているんだから。

現在、国王陛下はこの先王による負の遺産をどうするかで、本当に苦慮されている。

陛下の義弟で四公家当主の一人である俺の主、エクシュタイン公爵ヴォルフガングも、その負の遺産の後始末のために何度も何度も北部地域へ派遣されているという状況だ。

もちろんヒューもそのことは十分承知している。だから、笑えない話だと言ったんだ。


「あの北の過酷なヒルデリンゲン地域で、魔物狩りもできない、魔鉱石の鉱脈もないっていったらもう、致命的だよ」

「そうだな……」

「あの男……ゴディアス・アップシャーはどこの賭場でも評判はさんざんで、とにかく金に汚い、金に細かすぎるって言われてたんだけどさ……そうやってかき集めた金を自分の家のために使ってたと思うとさ……」

そう言ってヒューは微妙な笑みを浮かべた。「しかも、そのかき集めた金であの男、妹さんの持参金を用意したってんだから」

「そりゃあ……」

目を見開いた俺に、ヒューは苦笑する。

「泣かせる話だろ？　本人はさんざん悪ぶってイキってたわりに、やってることがさ……妹さんは爵位も領地もない名誉貴族になったらしいんだけど、ちゃんと生活を始められるだけの持参金を持たせてやれたって話だ」

そうしてヒューは、天を仰いでまた深く息を吐きだした。

「悪い奴じゃないと思うんだよなあ。ホントにやり方というか、手口はアレなんだけど」

「そうだな、それだけなりふり構っていられないってことなんだろうな」

俺も同じく深く息を吐いてしまった。

本当に……まったくもって身につまされる話だ。

ヒューもまた、自分が稼いだ金の大半をロッド兄上、我が家の跡継ぎである長兄ロッドバルトに預けている。父上がどうしても受け取ってくれないので、こっそりロッド兄上に預けてるんだ。

それに、実は俺自身も、さらには末っ子のヴィールバルトまで、俺たちはそろいもそろって自分の稼ぎをロッド兄上に預けている。

幸いなことに、いまのところ領地経営が危機に陥るようなことはなく、俺たちが預けた金には手を付けずに済んでいるとロッド兄上は伝えてきてくれているが……本当に身につまされる話だ。

我が家のように『戦前』から続いている子爵家であっても、有力な後ろ盾がない子爵家なんてどこも台所事情は似たようなもんだからな。

それでも俺たちは、そうやって自分の稼ぎがしっかりとあるという、恵まれた状況にある。

だいたい、国からも前例がないと驚かれたというか、ほとんど呆れられてるもんなあ。同じ家の同母の四人兄弟のうち三人までもが、国家保護対象固有魔力の持ち主だなんて。

いやもうぶっちゃけ、末っ子のヴィーが国家保護対象固有魔力保有者と認定されたあと、我が家にというか実質的に母上に、結構な額の報奨金が出たほどだからな。

国家保護対象固有魔力はその名の通り、国が特別に保護している特異な固有魔力のことだ。その魔力の種類は多岐にわたるが、国家保護対象固有魔力の保有者であると認定されると、国からさまざまな援助が与えられる。

でも当然、その代償も求められる。

俺たち国家保護対象固有魔力の保有者は、基本的に国から指示された任務を断れない。最低五年間は指定された国の機関に所属して任務をこなすか、あるいは個別に指示される任務を一定数こなすことを要求される。もちろん、任務に応じた報酬も与えられるんだけど。

俺は、公爵家当主の近侍となったことで、個別の任務を一定数こなすほうを選んだ。だいたいは主であるヴォルフと一緒に任務をこなしているが、たまに単独任務が回ってくることもある。

ヒューはすでに五年間の年季奉公……と俺たちは呼んでるんだが、その任期を全うしている。で、その年季奉公のために国の諜報部に所属していたとき、いま話してくれたゴディアス・アップシャーの件に遭遇したようだ。

ちなみに末っ子のヴィーは、年季奉公もナニも、そのまんま魔法省魔道具部に就職した。ヴィーは完全に特別枠で、学院に入学すると同時に魔法省の研究所に呼ばれたし、高等学院を卒業して正式に魔道具部の職員となったとたん自分の研究室を持たせてもらったほどだ。

これにには俺たち家族一同、ホンットに安心したよ。あのヴィーには、それ以外の選択肢なんて最初からなかったんだから。

まあそういう状況なので……ゴディアス・アップシャーについてもヒューが言う通り、悪い奴ではないと思えてくるし、そう思いたい。多少あくどいことをしていたのだとしても、その稼ぎをほとんど実家に送って、妹の持参金まで用意してやってたなんて話を聞くと、どうしてもそうなる。

しかも、ここ数年はあの悪名高いゲス伯爵に『捕まってた』となると……。

ヒューも同じことを考えていたようだ。

「けど、あのゲス伯爵が、ゴディアスにまっとうな給料を支払ってたなんてことは、絶対にあり得ないだろ」

ぼそりとそう言ったヒューに、俺も同意する。

「まあ、間違いなくタダでこき使ってただろうな」

「そうするともう、何か弱みを握られていたか、それとも誰か人質を取られていたか……」

「あのゲス伯爵に従わざるを得ないって状況に陥ってた、と考えるのが妥当だな」

そう言い合って、俺たちは顔を見合わせてしまう。

「でも、それならなんで、あの男はいまも身を潜《ひそ》めたままなんだ？」

「そこだよな、ゲス伯爵がすでに亡くなってるっていうのに」

「あの男の性格からして、解放されたらもうすぐにどっかの賭場にでももぐり込んで、あのゲス伯爵の悪態をつきまくっていそうなんだが……俺はそういう噂、まったく聞いてないぞ？」

ヒューがそう言うのであれば、実際に奴は身を潜めたままだと思って間違いない。

「そうすると……クルゼライヒ伯爵家の収納魔道具を持ち逃げしたらしい、っていうのが、なあ」

「それなんだよ」

俺は腕を組んで顔をしかめてしまう。「収納魔道具なんていう、『失われた魔術』による特別な魔道具に血族契約魔術が施されてないはずがない。当然、奴も自分にはその収納魔道具が使えないことくらいわかってたはずだ」

そう、そんな当たり前のことを……まあ、ゲルトルード嬢は知らなかったわけだけど。

ヒューも考え込んでいる。

「でも、それを言えばさ……そもそも、なんであのゲス伯爵は、収納魔道具を博打の形《かた》に出さなかったんだ？　収納魔道具の価値を思えば、博打の形にすることも十分考えられるのに。アーティはその場に居たんだろ？　そういうそぶりもなかったのか？」

「なかったな」

俺は、そのときのことをはっきり覚えている。

ヴォルフが陛下のご依頼で、あのゲス伯爵から領地と財産を一時的に取り上げるためにやった賭博の席でのことだ。

「俺には、あのときあのゲス伯爵が何か特殊な魔道具を身に着けているってことは、わかってた。でも、それが何であるかまでは、さすがに俺にもわからないからな。あのゲス伯爵が、最後はクラバットのピンやシャツのカフスまで賭けてきたときも俺はその場にいたけど……その身に着けている魔道具を賭けようとはしなかったので、何か本人にしか価値がないものかと思ったんだよな」

「うーん……」

ヒューが頭を抱えている。

俺も同じ心境だ。これは、かなりやっかいな状況なんじゃないだろうか。

「これはもう、その収納魔道具に、絶対に表に出せない何かが収納されていた……しかもそれは、ゴディアス・アップシャーがあのゲス伯爵に『捕まってた』原因となった何かだ、ということじゃないのか？」

「その可能性が高そうだな……」

思わず、俺は大きく息を吐きだしてしまった。

ゴディアス・アップシャーは、自分では『それ』を収納魔道具から取り出すことはできない。けれどほかの誰かに……この場合はもうあきらかにゲルトルード嬢を指しているんだが、彼女に取り出されてしまうとまずいモノである……そういうことだと判断せざるを得ない。

そうでなければ、奴はすぐにその場でゲルトルード嬢に『それ』を……自分があのゲス伯爵に縛り付けられていた原因を取り出せと、要求したはずだから。そしてさらに、お前の父親が俺にこんな仕打ちをしたんだ、その責任を取れ、慰謝料を寄こせ、くらいのことをゲルトルード嬢に言ったはずだ。

でも、それをせずに、あの男は黙って収納魔道具を持ち逃げした……。

「とにかく、俺は奴が伯爵家を辞めたあとの行方を追ってみる」

自分の首を掻きながら、ヒューがそう言ってくれた。

「そうしてくれるか」

俺は弟に答えながら、気持ちが重くなっていくのを感じずにいられなかった。どうやら……家宝を取り戻せたとき、あのゲルトルード嬢がそうとう厳しい何かにさらされることになると思って間違いなさそうだからな……。

どうか、せめてそれが、あの気丈で心優しいご令嬢に致命傷を与えてしまうようなものではありませんようにと、俺は深く祈ってしまった。

あとがき

三巻です！

みなさまのおかげで、この『没落伯爵令嬢は家族を養いたい』も三巻までできました。お読みいただいて本当にありがとうございます。

この三巻は特に、コミックス一巻と同時発売ということで、作者としても喜びはひとしおです。しろ46先生によるコミカライズ、読んでいて本当に楽しいので、まだお読みでない方はぜひ！

そして、それでなくても登場キャラの多い本作ですが、この三巻ではさらに新たなキャラクターがたくさん登場しました。

中には主人公ゲルトルードのお婿さん候補らしき男性キャラもいますので、今後の展開に作者も期待しております。と、言いつつ、ゲルトルードのお婿さん候補はまだまだ登場するという……果たしてどうなることやら、ですねー。

また今巻は、書き下ろしSSが紙・電子共通で三本、合計で三万字を軽く超えるというボリュームでお届けしております。

一巻二巻と同様に、この書き下ろしを読んでいなくても、本編の内容を読んでいただくことに差し支えはありません。けれど読んでおいていただくと、お話の解像度がグッと上がりますよ、という内容でまとめました。

一本目のＳＳ『ある日の国王夫妻』については、次の四巻に一部つながっています。

続く二本目の『とある近侍の憂鬱』は、作者もびっくりな人選になりました。ユベールくんの近侍マックスくん、思ってもみなかったいいキャラになってくれちゃいました。このマックスのお話につながるのは、もう少し先になりますね。

最後の『彼は何故それを持ち去ったのか？』は、一巻に続きあの役立たず執事ゴディアスのお話です。本編にほとんど出てきていないのに、やたら書き下ろしに登場するゴディアスですが、彼は今後かなり重要な役回りになります。ただ、その内容が明かされるのはさらにもう少し先になります。


書籍に先行するＷＥＢ連載では、読者のみなさまをざわつかせる展開となっていますが、このお話はまだまだ続きます。主人公ゲルトルードは、楽しくて嬉しいことも、つらくて厳しいことも、まだまだたくさん味わいます。

作者としては、最後まできっちり書き切るつもりです。

この『ざまあ』もなければ溺愛もない転生令嬢物語を、これから四巻、さらに五巻六巻七巻と、ずっとみなさまに読んでいただけるよう頑張ってまいります。

みなさまには何卒、応援よろしくお願い申し上げます。

それでは、四巻でまたお会いしましょう！

コミカライズ第一話試し読み

The Daughter of
a downfall Earl
Wants to Support
Her Family

[漫画]
しろ46

[原作]
ミコタにう

[キャラクター原案]
椎名咲月

第1話

転生して
貴族令嬢に生まれて
ゲルトルード嬢！
乙女ゲー的展開もあるかなって思ったけど——
このたびはお父上のこと
お悔《く》やみ申し上げます
多少なりとお慰《なぐさ》めになればと
我《わ》がベルツライン子爵《ししゃく》家のお茶会に
まあ
ありがとうございます
ですが
当主が賭《か》けで何もかも失いしかも亡くなってしまったもので
遺《のこ》されたわたくしたちは立ち退《の》きを迫られておりまして…
た 立ち退き？

お茶会どころじゃない！
ゲス野郎（父親）が公爵さまに身ぐるみはがされて死んだせいでお金がないから
ぜんっぜん
このオークションをなんとしても成功させなくちゃ！

お母さまと
妹のアデルリーナを
養っていくくらい
私がなんとか
してみせるんだから！

お待たせいたしました
本日は当家への来訪感謝いたします
このたび当クルゼライヒ伯爵《はくしゃく》家が長年所有してきました宝飾品を
いくつか手放すことにいたしました
購入を希望される方は
ぜひ名乗りをあげてくださいませ
我が伯爵家ただいま所持金ゼロなんです――

当主のゲス野郎が
全財産を抵当に
入れて博打《ばくち》で大負け
それにショックを
受けたのか
泥酔して
帰り道で馬車に
はねられて死亡
まあでも
ここまでは
いいのよ
問題は
むしろ生きてたら
お母さまもリーナも
どこぞの変態に
売られかねなかったわ……

この国に
「女性の権利」
なんてものが
ほとんどないこと
父が負けた相手は
エクシュタイン
公爵さま
エクシュタイン公爵
国王陛下の義理の弟
（つまり王妃さまの弟）
公爵さまの
代理人からは
特に期日は
設《もう》けないので
今後の身の振り方を
よく考えたうえで
連絡するように
って言われてる
けれど
正式な証文も
あるんだから
とにかく
家も領地も財産も
すべて公爵さまに
明け渡す以外 私たちに
選択肢なんてない

だってこのレクスガルゼ王国では
娘は父の所有物で
妻も夫の所有物という扱いだ
つまり基本的に
家に所属するあらゆるものが父であり夫である「当主」の所有物になっちゃうわけで
証券
家・領地
現金
その当主が全財産を失ったんだから遺された妻と娘は文字通りの一文なし！
唯一
宝飾品やドレスは女性の所有物として認められてるから
それを手放してお金を工面するしかないんだけど…
あのゲス野郎が出入りを許していた業者なんて
ろくな商人じゃないに決まってるし
買いたたかれるのが目に見えてる
だから

できるだけ高く売るためにこのオークションを計画したの
こんなことを思いついたのも
私には21世紀の日本で暮らしていた記憶があるからなんだけどね！
この世界でも競売自体はあっても
こうやって貴族が自邸《じてい》で開催するなんてことはないらしい
弟が商業ギルドの宝飾品部門におりますから
相談してみましょう
ナリッサ弟クラウス君

すごい！
貴族のお屋敷で競売なんて聞いたこともないですが
計画にクラウスもノリノリで
いいですねやりましょう
オークションを無事開催！
ではさっそく準備について……
今回
こちらのクルゼライヒ伯爵家未亡人コーデリアさまよりご相談をいただき
私ども商業ギルドが仲立ちさせていただくことになりました
クラウス・ハーツェル

質問はいいかね
ハーツェル
スッ
どうぞ
これまでこちらの伯爵家には
我がゴドクリフ商会が出入りしていたのだから
こちらの宝飾品を手放すご相談を受けたなら
まずは私のところに話を持ってくるのが筋《すじ》というものではないかね
それは——
私がお願いしたのですよ

噂《うわさ》に聞く『クルゼライヒの真珠《しんじゅ》』が売却されるのではと思いましてね
なんとか手に入れる方法がないかと
こちらの商業ギルドにお願いしたのです
我がホーンゼット共和国にも聞こえた名品ですからね
まさか競売にしていただけるとは!
ねえ?
これなら我々のような異邦の商人にも平等に機会が与えられるというものです
エエ
本当にありがたいコトデス

お聞きのとおり クルゼライヒ伯爵家の蒐集品《しゅうしゅうひん》
特に真珠に関しては 他国にまで知れ渡っているほどの逸品《いっぴん》ぞろいです
今回 どのようなお品を手放されるかは いっさい伏《ふ》せておりましたが
それでも他国の方々も非常に興味をお持ちだとコーデリア様にお話ししましたら
ぜひ他国の方々にも蒐集品をご覧いただきたいとおっしゃってくださいまして
そうなんですの
当家の真珠はもともと四代前の当主が他国より持ち帰ったものですもの
——あのゲス野郎はお母さまにもお金についてはいっさいタッチさせていなかった

おかげで
誰が我が家に
出入りしている商人か
知らなかったから
国内だけに
とどめておくべき
ではないのかも
しれないと
思いましたの
商業ギルドに
相談するのが当然だと
思ってもらえた
あいつかー……
競売はいいと
思います
でもひとつ
問題がありまして
商人同士で
談合をして
まともな競売にならない
可能性があるんです

それじゃダメね
何かいい方法はないかしら……
うーん
!
あ
他国の商人をいれるのはどうでしょうお嬢さま
よその国の商人なら根回しもしにくいですし
おそらくですが積極的に競《せ》り合ってくれると思います
さらに商取引経験のない深窓《しんそう》の令夫人が
よかれと思ってこの形をとったことにすれば
他、いらっしゃいませんか
出入りの商人も異議を唱《とな》えられなくなるらしい

――落札です！
『クルゼライイヒの真珠』こと
大粒真珠のチョーカーとセットのイヤリングはホーンゼット共和国の商人が
イエローダイヤのペンダントとセットのイヤリングはロウナ王国の商人が
小ぶりながらも粒《つぶ》のそろった真珠をあしらったピンブローチは我が国の若手商人が

予想より高額！
ぐっ
諸々のツケの
支払いもあるけど
お嬢さま？
ふるふる
これで
家が買える――!!

このたびは世に聞こえる素晴らしい品を我が手にさせていただくという光栄に浴《よく》し
このルーベック・ハウゼン身が震えるほどに感激しております
ペコペコ
かわレ
このタビはたいへんよい品をいただきマシタ
マコトにありがとうございマス
喜んでいただけてとても嬉しいですわ
このような場を設けてくださったこと
本当に感謝に堪《た》えません
私どものような新参者がまさか…！
また機会がございましたら
どうかよろしくお願いいたします
ええ
こちらこそよろしくお願いしますね

では これより 当行にご足労《そくろう》願えますでしょうか
もちろんですわ よろしくお願いしますね
銀行にお母さま名義の口座が残ってたから ここからはそちらで手続きするの
持参金の口座残ってて助かったー
クラウス
例のタウンハウス できるだけ早く 手付金を納めて おいてもらえる かしら
こそっ
かしこまりました
上々の首尾《しゅび》です お嬢さま
ええもう本当に クラウスには感謝しきりよ

何を
おっしゃいます
貴族の邸宅で
競売を行う
ということを
考えつかれた
お嬢さまは
本当にすごいと
クラウスは
感心しておりましたよ
商業ギルド
商業ギルドに
手数料まで
支払って
いただける
のですし
新しい形態の
仕事の開拓ですわ
——こうやって
前例ができれば
困窮《こんきゅう》した貴族女性に
商業ギルドから声を
かけられるわけで
前世の記憶の
おかげ……
すごいです
悪徳商人に
買いたたかれる
こともなくなるし
商業ギルドも
仲介として新しい
お仕事ができる
私たちみたいな
立場の貴族女性が
少しでも
救済されます
ように——

次巻予告
お姉さま
だれと婚約
するの…？
僕は
どうかな？
コミックス第1巻 好評発売中！
［漫画］しろ46
ミコタにう ill. 椎名咲月
没落伯爵令嬢は家族を養いたい
The Daughter of a downfall Earl
Wants to Support Her Family
4

栗拾いイベント
楽しいお茶会に
どうしましょう お母さま・・・
王妃さまが飛び入り参加!?
目新しいアイデアで、注目を集めるゲルトルード。
家族を守るためにも、婚約者を決めなきゃいけないと言われ——?

没落伯爵令嬢は家族を養いたい3

2024年2月1日　第1刷発行

著　者　ミコタにう

発行者　本田武市

発行所　TOブックス
〒150-0002
東京都渋谷区渋谷三丁目1番1号　PMO渋谷Ⅱ　11階
TEL 0120-933-772（営業フリーダイヤル）
FAX 050-3156-0508

印刷・製本　中央精版印刷株式会社

ISBN978-4-86794-075-4

Printed in Japan